양철북

이-산-하-성-장-소-설

양철북

1판 1쇄 발행 2015년 9월 11일 | **1판 2쇄 발행** 2017년 3월 16일

지은이 이산하 | **일러스트** 장호 김병하
펴낸이 조재은 | **펴낸곳** (주)양철북출판사 | **등록** 제25100-2002-380호(2001년 11월 21일)
편집 박선주 김명옥 | **디자인** 육수정 | **마케팅** 조희정 | **관리** 정영주
주소 서울시 마포구 양화로8길 17-9 | **전화** 02-335-6407 | **팩스** 0505-335-6408
ISBN 978-89-6372-186-6 03810 | **값** 11,000원

카페 cafe.daum.net/tindrum 블로그 blog.naver.com/tin_drum
페이스북 facebook.com/tindrum2001

※ 이 책은 2003년에 펴낸 《양철북》을 전면 개작한 것입니다.
※ 잘못된 책은 바꾸어 드립니다.

양철북

이·산·하·성·장·소·설

양철북

'줄탁'의 뜻처럼 부화하기 위해서는
알 속에서 새끼가 껍질을 쪼고
알 밖에서 어미가 껍질을 쪼아야 한다.
생명은 그렇게 안팎으로 쪼아야
죽음도 외롭지 않다.

이 책 속에 나오는 모든 것들은
내가 넓은 세상에 나오도록
밖에서 껍질을 쪼아준 나의 어미들이다.
한때는 북소리에 발맞추는 사람이 아니라
북을 치는 사람이 되고 싶었다.
북소리로 잠자는 영혼들을 깨우고 싶었다.

오랜 세월이 지난 후
이 성장소설을 개작하면서 문득
다시 그 알 속으로 들어가고 싶어졌다.
북을 계속 치며 살기에는
이 세상이 너무 무거운 탓이다.

오래 버텼다.

2015년 여름
이산하

차례

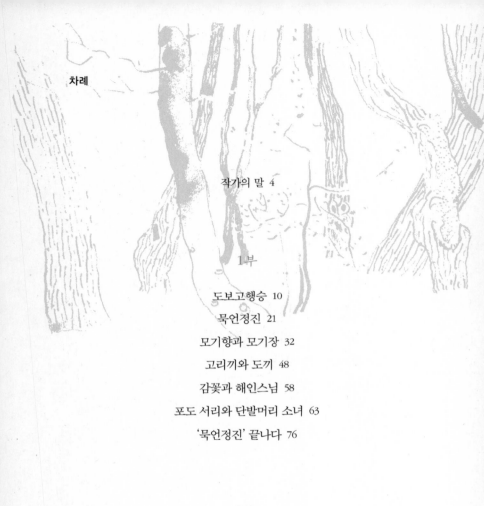

1부

도보고행승

　깊은 산에 깃든 암자는 새가 알을 품은 자세였다. 예로부터 이 산은 숲을 품었고 숲은 절을 품었고 절은 새를 품어 왔다. 그래서 절 뒷산의 이름도 부화산(孵化山)이었는지 몰랐다. 낡은 절의 검푸른 기와지붕 위로 초록색 이끼가 자욱하게 피어 있었다. 오후로 접어들자 숲 속에서는 매미 우는 소리가 더욱 요란했고, 법당에서는 여승의 청아한 독경소리 사이로 목탁소리가 울렸다. 요사채의 댓돌 위에는 백구두 한 짝이 햇빛에 반짝이고, 샘터 옆의 배롱나무에는 백일홍이 한창 피는 중이었다. 철북이는 하얀 런닝구 바람으로 등나무 그늘의 평상에 드러누워 책을 보고 있었다. 철북이 옆에는 하얀 진돗개 한 마리가 조는 듯 앉아 있었다. 뙤약볕이 내리쬐는 한여름, 풍경소리도 잠든 바람 한 점 없는 오후였다.

"어이, 거기 까까머리 광장!"

"예? 저, 저 말입니꺼?"

"니가 광장이가? 허허."

철북이는 뒤쪽에서 누가 부르는 것 같아 벌떡 일어나 앉으며 대답했다. 밀짚모자를 쓴 스님이 툇마루에 앉아 백구두 끈을 묶으며 빙긋이 웃고 있었다. 철북이는 읽고 있던 최인훈의 소설 《광장》 표지를 힐끗 보았다.

"니 그동안 내 밥 갖다준다꼬 억수로 고생 많았제?"

"아, 아입니더."

"아이긴, 방학인데 새벽잠도 설치고."

"그건 쪼께……."

"하하하, 그래 니 이름은 뭐꼬?"

"양철북이라고 합니더."

"뭐? 양, 철, 북? 이름이 와 그리 시끄럽노?"

"안 두드리면 안 시끄럽심더."

"뭐? 안 두드리면 안 시끄럽다고? 푸하하하핫!"

"……."

스님은 재미있다는 표정으로 절간이 떠나갈 듯이 웃었다. 철북이는 그게 당연한 이치인데도 파안대소하는 스님이 이해가 되지 않아 고개를 갸웃거렸다. 웃음을 그친 스님이 벌떡 일어나더니 천천히 철북이 앞으로 다가가 허리를 숙였다. 그러고는 철북이 눈을 빤히 보며 낮은 목소리로 물었다.

"니 말투가 깡다구가 좀 있어 보이구마. 근데, 누가 만약 북을 두드리믄 우찌 되노?"

"그래도 해는 다시 떠오를 겁니더."

"아, 헤밍웨이 팔지 말고 니가 우짤끼고 이 말이다."

"그래도 해는 동쪽에 떠서 서쪽으로 질 겁니더."

"변함없다 이 말이가?"

두 사람의 대화는 계속 똑같이 낮은 목소리였다. 그렇지만 스님은 다소 장난스러운 표정이었고 철북이는 진지한 표정이었다.

"그기 아이고 다른 해가 뜬다는 말이라예. 같은 강물에 두 번 들어갈 수 없다 아입니꺼?"

"어쭈, 이번엔 그리스 철학자도 팔아 묵네. 우야튼 북이 찢어지도록 두드려도 딴 해가 뜰 거니까 니는 괜찮다 이 말이제?"

"그럴 리가요. 그노마가 누군지는 모르겠지만 아마도 손목 하나는 놔두고 가야 될 겁니더."

"손모가지를 자르겠다는 말이가?"

"그래도 응징인데 그 정도는 대접하는 게 예의지 않겠십니꺼."

"니 생각보다 억수로 예의 바르구마."

"고맙심더."

"허 참……."

철북이가 말끝마다 표정 하나 변하지 않고 능청스럽게 대답하자 스님은 기가 차는 모양이었다. 잠시 후 스님이 갑자기 밀짚모자로 거칠게 부채질을 하며 소리쳤다.

"아, 근데 이놈아. 거 씰데없이 손모가지는 말라꼬 짜르노. 그냥 살짝 담가 쪼매 저어주면 되지. 안 글나?"

"뭘 살짝 담가 저어준다는 겁니꺼?"

"칼로 배때기를 살살 애무해준다는……."

"에이, 그래봤자 뱃가죽밖에 더 벗기겠습니꺼. 푹 담가서 빡세게 휘저어삐리야……."

"허허~ 이 녀석이 알고보이 시라소니와 이화룡이보다도 더 악질이구마!"

"……."

"어이!"

"아까 이름까지 물어놓고……. 전 어이가 아이고 철북입니더. 근데 와요?"

30대 중반쯤의 건장한 스님은 말과 행동이 호탕하고 거침없었다. 또 소설가나 시인을 꿈꾸는 철북이 역시 스님한테 제법 능치며 응수하는 걸 보면, 당돌한 구석도 만만찮은 아이 같았다. 키 큰 중과 고등학생의 대화는 때로 흥분해 충돌할 법도 했지만, 거의가 삼촌과 조카처럼 화기애애했다.

"니가 서북청년단이가?"

"예? 서북청년단? 어디서 들어본 것 같기도 한데……."

"어허, 이 녀석이 우리 현대사는 말짱 꽝이구마."

"아, 맞다! 소설에서 얼핏 봤구나. 이문구의 《관촌수필》이랑 현기영의 《순이삼촌》에서……."

"거기는 삐아리 눈물만큼밖에 안 나오구마. 야튼 해방 후 피양의 김일성이가 36년 동안 일본한테 아부하고 지랄 떨던 새끼들을 모조리 잡아다가 장마에 먼지 펄펄 나도록 작살내삔 다음, 그놈들 모가지를 하나씩 똑똑똑똑똑똑똑똑……."

"아따, 지금 목탁 치는 것도 아이고 언제까지 딸 낀데예?"

"따인 놈이 어디 한두 놈이라 말이제, 하하."

"에휴~ 스님들은 살생을 금한다더니 완전 개뿔……."

"이기 뭐라고 궁시렁거리노? 니 내 욕했제?"

철북이의 중얼거리는 목소리가 조금 컸는지 스님이 대뜸 눈에 불을 켰다. 당황해 얼른 수습할 묘안을 찾는 철북이의 눈에 진돗개가 들어왔다.

"아, 그, 그런 뜻이 아이고예……."

"뭐가 아이고?"

철북이가 갑자기 책을 탁 접고 하늘과 진돗개를 번갈아보더니 한숨을 폭폭 쉬며 말했다.

"에휴~ 하늘도 알고 땅도 알고 스님도 잘 아는 요 착한 진돗개가 살생 같은 건 아예 모른다 아입니꺼."

"그, 그래서?"

"그럼에도 불구하고 자꾸 뿔따구가 나올라카니까 제 심정이 얼마나 원통하고 억울하겠십니꺼? 마, 그런 취지에서 완전 개뿔이라는 뜻이고요."

"이기 지금 헷갈리게 뭐라카노? 그라고 개새끼가 우찌 뿔따구가 나노?"

"그러게요, 소도 염소도 스님도 다 뿔이 나는데……."

"뭐? 거기 스님이 와 끼노?"

"아, 중뿔나잖아요. 스님도 잘 아시면서……."

"아~ 이 자슥 진짜 골 때리는 놈이네!"

스님은 어이없다는 표정으로 얼굴을 찌푸리며 더 세게 밀짚모자를 부채질했다. 그때에야 철북이는 안도의 한숨을 쉬었다. 그러고는 진돗개 머리를 쓰다듬으며 "고마워. 니가 일등 공신이야" 하고 속삭였다.

"아, 내가 잠깐 삼천포로 빠졌는데 인제 각설하고, 하여튼 한참 빡시게 목을 따버리자 그때 쥐새끼들처럼 몰래 서울로 토낀 놈들이 이승만이한테 찰싹 달라붙어 빨갱이 잡는다고 만든 단체가 바로 서북청년단이다 이 말이다. 알겠나?"

"그니까 간단하게 시라소니와 이화룡이 같은 깡패들도 그 단체 조직원이었다, 이 말입니꺼?"

"하모. 김구 선생을 암살한 안두희 그놈도 한패고. 그 깡패 새끼들이 일본 깡패들이 도망가고 텅 빈 명동을 주름잡았다 아이가. 이화룡이가 오야붕이고 그 가랭이 밑에 정팔이와 시라소니 이성순, 장천용 같은 놈들이 똥구멍을 핥아먹었고."

"아따, 거 스님께서 별 걸 다 아시네요. 말투도 살짝 거시기하고, 진짜 스님이 맞는지 모르겠네."

"이기 은근슬쩍 말 까네. 그라고 이 백구 친 대머리 보고도 모리겠나?"

"아이고~ 대머리야 천지삐까린데, 내 친구는 백구에다 눈썹까지 홀랑 밀었심더."

"거 문디 새끼도 아이고 죄 없는 눈썹은 와 미노?"

"허 참, 지금 핵심은 눈썹까지 밀어도 중놈이 아이다 이 말입니더. 은근슬쩍 논점을 회피하시네요."

스님은 좀 민망했는지 허허, 웃으며 먼 산을 한 번 본 다음 물었다.

"근데 그노마는 와 눈썹까지 싹 밀었뿟노?"

"혼자 교련 반대 시위한다고……."

"어이구~ 그 괴등학교에 인간 같은 놈도 있구마. 근데 니는 와 안 밀었노?"

"그 사건 다음 날부터 샘들이 앞으로 눈썹 미는 새끼들은 무조건 퇴학시킨다고 협박하고 공갈치는 바람에……."

"그 공갈에 니 쫄았구나."

스님이 빙긋이 웃으며 말하자 철북이도 스님을 빤히 쳐다보며 슬쩍 말을 돌렸다.

"근데 고매한 스님께서 체통 없이 그게 뭡니꺼."

"뭐가?"

철북이가 한심하다는 표정으로 스님의 신발을 손가락으로 가리켰다.

"아, 뭐긴 그 백구두 말이지예. 자갈치 시장 카바레 제비도 아이고 남사시럽게……."

"아니, 이놈아. 신발하고 중하고 무신 상관이고? 와, 까만 고무신 신고 다니면 진짜 중이고 하얀 구두면 가짜 중이가?"

"뭐 꼭 그런 건 아이지만 제 평생 백구두 신은 스님은 처음 본다 아입니꺼."

"평생? 아이고~ 꼴랑 열아홉 살 주제에. 고것도 기저귀에 똥 싸고, 엄마, 이모, 고모 젖 빨아묵고, 아부지 지게 타고 학교 가고, 학교 가다 논두렁에 엎어져 디비 자는 거 다 빼버리믄 암만 잘 봐줘도 겨우 4년 정도밖에 안 되는 기라. 근데 평생이라꼬? 에라이 자슥아, 저 3년째 변비 걸린 뻐꾸기도 가소롭다고 물똥 싸겠다. 고것도 암놈이……."

스님이 숨도 안 쉬고 정말 배탈 난 새가 설사하듯이 좔좔 쏟아
냈다. 조용히 듣던 철북이도 뭔가 수긍 가는 점이 있는지 한풀 꺾
인 음성으로 말했다.

　"허 참, 뻐꾸기 변비와 그게 무신 상관이 있다고……. 하여튼 평
생이란 말은 좀 과하긴 했네예. 글치만 이모 젖은 묵었어도 고모
젖은 한 번도 묵은 적이 없심더. 그라고 학교 가다 논두렁에 자빠
져 땡땡이 친 적도 없고요."

　"그게 아이면 막걸리 새참 나르다가 지가 처묵고 취해서 논두렁
에 자빠져 잤겠지."

　"아니, 그걸 스님이 우찌 아십니꺼? 신통하네."

　"신통하긴, 시골 촌놈들이란 게 다 그렇지. 허허."

　"하긴 머슴 부리는 부잣집 빼곤……. 그라고 우짜지예?"

　"뭘 우째?"

　"암만 그래도 지 의심이 안 풀린다 아입니꺼."

　"이 자슥이……. 그라머 내가 승려 신분증이라도 까야 믿을 끼
가?"

　"뭐, 위조지폐도 판치는 세상에 그런 거야 가라로 만들면 되는
기고……."

　"허허~ 철북이 이노마 이거 진짜 안 되겠구마. 오늘부터 내 니
끌고 다니며 두 눈으로 직접 확인시켜야겠네. 내가 땡중인지 돌중
인지, 하하. 지금 주지 스님과 차 한잔 하고 올 때까지 니 떠날 준
비하거라."

　스님이 껄껄 웃으며 철북이의 까까머리를 한 번 쓰다듬은 다음
주지 스님 처소 쪽으로 사라졌다. 서로 초면이나 마찬가진데도 스

님이 오랜만에 만난 삼촌처럼 소탈하게 대해 철북이도 반 농담조로 얘기했다. 어쩌면 일주일 동안 하루 세 끼 식사 당번을 하는 사이에 서로 살가운 정이라도 들었는지 모른다.

그나저나 철북이는 고민이었다. 가벼운 농담 같았지만 스님이 진짜 자기를 데리고 떠날 기세였기 때문이다. 게다가 아까 많이 보고 많이 생각하고 많이 느끼고 오라는 주지 스님의 말도 심상찮았다. 이래저래 마음이 싱숭생숭한 철북이의 눈에 법당 마당에 떨어진 꽃잎 하나가 들어왔다. 스님이 아침 일찍 쓴 마당으로 바람에 날려 온 모양이었다. 철북이는 얼른 다가가 "에이~ 쓸려면 좀 제대로 쓸지" 하고 투덜거리며 꽃잎을 주웠다. 그러고는 조금 전 스님이 사라진 쪽으로 휙 던져버렸다.

새가 부화하는 시간쯤 지나자 스님이 주지 스님 처소에서 나왔다. 스님은 곧장 요사채로 가 툇마루 위의 바랑을 훌쩍 메고 법당을 향해 합장을 하더니 성큼성큼 절 밖으로 걸어갔다. 하얀 백구두에 밀짚모자를 쓴 데다 키마저 장대처럼 솟아올라 누가 봐도 영락없는 '땡초' 화상이었다. 그 기묘한 조화 탓인지 철북이의 얼굴에 실실 웃음이 흘러나왔다. 저만치 걸어가던 스님이 갑자기 휙 돌아서더니 철북이를 향해 버럭 고함을 쳤다.

"니 퍼뜩 안 따라오고 뭐하노?"

"아, 진짭니꺼?"

"저 녀석이 사기꾼 땡중만 봤나. 그라고 내가 진짠지 가짠지 니 눈으로 확인해야 될 꺼 아이가. 대가리 피도 안 마른 놈이 한번 의심나면 꽉 물고 늘어져 풀 생각은 안 하고……."

"……."

"이맹중이가 고 따위로 갈치더나?"

"이맹중……? 우리 쌤들 중에 그런 이름은 없는데예."

"아, 니가 지금 보는 소설 주인공 이름 아이가."

"나 참, 이 소설 어디에 고등학생한테 땡초 따라가라는 얘기가 나옵니꺼? 또 이름도 맹중이가 아이고 명준입니더."

"지랄, 맹중이나 명준이나 가가 가다. 그리고 이놈아, 우리 중들이 어느 날 화두가 감홍시맨키로 뚝 떨어지길 바라는 줄 아나? 눈에 비지도 않는 그 괴물 같은 화두 하나 풀려고 우리가 얼마나 지랄 염병을 떠는지 니는 모를 끼구마."

"……."

"철북아, 세상 만만한 거 하나도 없데이. 모든 게 내 생각과 내 뜻대로 되면 얼마나 좋겠노. 그라고 우리가 다 안다고 나불대지만 실제론 모르는 것투성이라. 지금까지 니 머리로 배운 것도 지식의 전부가 아이고, 니 눈으로 본 것도 세상의 전부가 아이란 말이다. 그러니까 가끔씩 세상 구석구석 떠돌며 두 눈으로 직접 보고 확인해봐야 세상 뒤꿈치라도 알 수 있단 말이다. 가만히 있다가 가만히 죽기 싫으면 따라온나. 허수아비처럼 빈껍데기로 살고 싶으면 안 따라와도 되고."

"그럼 스님 따라가면 껍데기가 알맹이 됩니꺼?"

"지랄, 그건 니 하기 나름이고."

이때 철북이 머릿속으로 저 땡초가 과연 무엇을 생각하며 어떻게 사는지 좀 확인해봐야겠다는 호기심이 번개처럼 스쳤다. 철북이는 재빨리 방으로 뛰어 들어가 배낭을 챙겼다. 책과 옷가지 등

아무거나 손에 잡히는 대로 대충 집어넣고는 부리나케 스님을 뒤쫓았다. 절 문 밖으로 뛰다가 갑자기 멈추더니 절로 되돌아갔다. 그러고는 주지 스님과 해인(海印)스님, 고시생 최낙수까지 찾아가 인사한 다음 다시 뛰었다. 절 앞 작은 저수지 건너편의 사과밭과 포도밭 사이로 스님의 회색 옷자락이 펄럭였다.

매미들이 귀를 찢을 듯이 울어대는 한여름의 뙤약볕 속이었다.

묵언정진

철북이와 스님의 인연은 이렇게 시작되었다. 그러나 스님이 어디에서 왔는지, 나이가 몇인지, 무얼 하다 스님이 되었는지 철북이는 아무것도 몰랐다. 묻지도 않았지만 설사 물어본들 대답할 스님같아 보이지도 않았다. 다만 무슨 사연인지는 몰라도 집도 절도 없이 떠도는 시시포스 같은 운명의 한 떠돌이 객승이려니, 하고 막연히 짐작만 할 뿐이었다.

스님이 이 작은 암자로 찾아온 것은 철북이가 도착하기 며칠 전이었다. 그날은 온종일 비가 내렸다. 어둠이 저수지를 천천히 지워갈 저녁 무렵이었다. 비에 흠뻑 젖은 젊은 스님 하나가 갑자기 절 마당으로 들어섰다. 그런데 법당 툇마루까지 오기도 전에 도랑 앞에서 쓰러졌다. 놀란 주지 스님이 기도 중이던 여러 불자들을 데리고 나가 스님을 급히 방으로 옮겼다. 젊은 스님은 식은땀을 흘리며 몸을 덜덜 떨었다. 한여름에 장작을 패 군불을 때고 미음을 먹이는 등 불자들의 극진한 보살핌으로 스님은 3일 만에 겨우 일어났다.

그런데 아직 몸이 완전히 회복되지 않은 스님은 주위의 만류에도 아랑곳없이 '묵언정진(默言精進)'이라는 큼지막한 한자를 써서 문짝에 붙였다. 그러고는 면벽수행에 들어갔는지 아예 방 밖으로 나오지 않았다. 해우소(화장실)도 야밤에만 출입하는 듯 사람 기척을 느낄 수 없을 정도로 조용했다.

철북이가 '수구암(守口庵)'에 도착한 것은 70년대 후반의 어느 뜨거운 여름이었다. 고등학생인 철북이는 방학 때마다 부산을 떠나 경산의 깊은 산속에 있는 암자로 들어가 책을 읽거나 글을 쓰곤 했다. 암자 주지로 있는 견성(見性)스님은 철북이의 외할머니였다. 나이 50이 넘어 뒤늦게 머리를 깎고 비구니가 된 외할머니는 거의 폐사나 다름없던 절을 손수 다시 지었다. 오랫동안 혼자 절을 지키며 탑도 세우고 나무도 심고 밭도 일궈 이젠 제법 절간 같은 느낌이 들었다.

그리고 점차 식구도 늘어났다. 한국전쟁 때 남편과 자식들을 다 잃고 정처 없이 떠돌던 늙은 보살이 우연히 기도하러 왔다가 눌러앉아 이젠 공양간(부엌)과 절 살림까지 도맡았다. 또 고아원에서 배고프다고 도망쳐 거리에서 구걸하다가 여기까지 온 어린 행자도 하나 있었다. 지난해 청도 운문사 비구니 강원을 졸업한 새벽 이슬 같은 여승이 하나 들어옴으로써 이제 정식 스님도 두 명이 되었다. 그래도 아직은 작고 허름한 절이지만, 둥지 속의 새처럼 산골짜기에 깃들어 있어 늘 아늑하고 그윽했다. 절 앞에는 작으나 수심이 깊은 저수지가 있었고, 그 아래 양쪽 산비탈에는 사과밭과 포도밭이 펼쳐져 있었다.

오전에 부산역에서 비둘기호 열차를 타고 동대구역에 내린 철 북이는 근처 시외버스 정류장으로 달려가 다시 완행버스를 타고 경산읍으로 갔다. 철북이는 버스에서 내리자마자 시장통에 있는 '이소룡 반점'으로 달려갔다. 철북이는 '짜장면'이란 걸 시골에서 부산으로 전학 온 중학교 때 처음 먹었다. 평소 국수를 좋아했지 만, 이 시커먼 국수는 아주 특이했다. 국수도 아닌 것이, 칼국수도 아닌 것이, 그렇다고 국물도 없는 것이, 색깔까지 연탄처럼 시커 멓게 탄 게 꼭 외양간에 싸놓은 식은 쇠똥 같았다. 볼품은 없었지 만 한 젓가락 감아 맛을 보자, 그만 달짝지근한 게 혓바닥까지 삼 킬 만큼 홀딱 반해버렸다. 그때부터 외식할 일이 생기면 꼭 짜장 면을 먹었다.

오늘도 다른 중국집 대신 지난 겨울방학 때 갔던 그 이소룡 반 점을 찾은 것이다. 이 중국집을 택한 이유는 순전히 간판 이름 때 문이었다. 철북이는 이소룡의 열혈 팬이었다. 철북이는 곱빼기 를 시키고 잠깐 바깥의 공중변소를 다녀와 마파람에 게 눈 감추 듯 먹어치웠다. 그리고 완행버스 정류장으로 가서 찜통 버스를 타 고 먼지 풀풀 날리는 시골길을 2시간쯤 달렸다. 마침 장날이어서 허리 굽은 할아버지와 할머니들이 커다란 짐 보따리를 들고 시골

구석구석마다 내려 도착 예정 시간보다 한참이나 지체되었다. 어린 버스 안내양이 일일이 노인들의 팔을 잡고 부축해 하차시켰다. 그때마다 버스 안내양은 "할아부지, 할무이 잘 살펴 가이소~" 하고 인사한 다음, 재빨리 버스에 타서는 문을 탕탕 두드리며 "오라 잇~" 하고 외쳤다. 다음 차례를 기다리는 시골 승객들은 이마와 등이 땀에 푹 젖은 안내양을 바라보며 삶은 달걀 껍질을 부지런히 까고 있었다. 철북이도 옆자리 할머니가 준 삶은 달걀을 급히 까먹다가 숨이 막혀 컥컥거리는 바람에 사이다 한 모금까지 얻어먹었다. 버스에서 내린 철북이는 논두렁과 밭두렁 길을 지나고 다시 가파른 골짜기 위로 헉헉거리며 걸었다.

비지땀을 뻘뻘 흘리며 수구암에 도착한 철북이는 먼저 샘터로 달려가 물부터 표주박으로 떠 벌컥벌컥 들이켰다. 그러고는 웃통을 훌훌 벗어던지고 세숫대야에 물을 담아 얼굴을 씻었다. 샘터 옆에 붉은 배롱나무꽃이 몇 개 떨어져 있었다. 주워서 냄새를 맡아보니 은은하고 달콤한 수박 향기가 났다. 금방 떨어진 듯했는데 비 오는 날이었으면 향기가 더욱 진했을 것이다. 철북이는 갑자기 수박이 먹고 싶어졌다. 사실 이 배롱나무꽃 때문에 철북이는 '수박 먹는 귀신'이란 별명까지 붙었다. 그 꽃만 보면 수박을 찾았던 것이다. 외할머니한테 들은 얘기지만, 배롱나무꽃은 조금 시들다가 다시 피고, 또 조금 시들다가 다시 피어 가을까지 세 번을 반복한다고 했다. 그래서 배롱나무꽃을 세 번 핀다고 하고 전체 핀 기간이 세 달쯤 되어 '백일홍'이라고 부른단다. 어른들이 배롱나무꽃이 세 번 피면 새 쌀밥을 먹는다고 하는 것도 세 번째 필 무렵이 이미 가을이라 추수를 하기 때문이란다.

"니 왔나."

"철북이 학생 왔네예."

이때 등 뒤에서 외할머니와 해인스님의 목소리가 들려 철북이는 재빨리 남방부터 걸치고 돌아보았다. 두 스님이 법당 툇마루 위에 서서 빙긋이 웃으며 내려다보고 있었다.

"아, 예, 할무이 왔심더. 너무 더워서 좀 씻고 인사드릴라 캐심더."

"이 땡볕에 온다고 욕봤다. 들어가서 좀 쉬거라."

"예~ 그라머 이따 뵙겠심더."

철북이는 두 손을 모아 합장하고 고개를 푹 숙여 인사한 다음 늘 지냈던 요사채로 갔다. 요사채는 법당과 대각선 방향으로 마흔 걸음쯤 떨어져 있었다. 그런데 방문 앞 댓돌 위에 웬 백구두 한 짝이 가지런히 놓여 있었다. 그리고 문짝에는 한자가 큼지막하게 쓰인 종이 한 장이 붙어 있었다. 한자는 일필휘지의 초서같이 쓰여 있어서 무슨 글자인지도 알 수 없었다. 조금 당황한 철북이가 고개를 갸웃거리며 법당 툇마루 쪽으로 되돌아갔다.

"외할무이요……."

"이 녀석이 또……."

"아 참, 겨, 견성스님요. 저게 다 뭐라예?"

"니 두 눈알로 보고도 모리나? 신발하고 한문 아이가."

외할머니가 빙긋이 웃으며 퉁명스럽게 대답했다. 옆에 있던 해인스님이 까르르 웃었다. 빡빡 깎은 머리와 하얀 치아가 햇볕에 말리는 호박씨처럼 반짝반짝 빛났다.

"근데 카바레 제비가 절에 말라꼬 왔답니꺼?"

"뭔 카바레 제비?"

"저기 제비들이 신는 백구두가……."

"이 녀석아, 백구두는 제비들만 신나. 중도 신는다."

"아이고~ 중이 까만 고무신을 신어야지 우찌 남사시럽게……."

"지랄한다. 백구두고 흑구두고 그기 뭐 중요하노. 그냥 신발이면 되지. 안 글나?"

"호호호……."

외할머니의 말에 해인스님이 이번엔 배까지 움켜쥐며 웃었다.

"아따 누가 스님 아이랄까 봐. 마, 됐심더. 그라고 저거…… 무슨 글자는 글자 같은데, 너무 갈겨버려서……."

"쯧쯧쯧, 글짓기한다는 녀석이 고것도 모리나?"

"할, 아니 스님예, 도대체 글짓기가 뭡니꺼? 제가 국민학생입니꺼?"

"내한테는 니가 궁민학생이든 괴등학생이든 다 기저귀 찬 알라다. 그라고 앞으로 저 방 앞에는 쓸데없이 얼쩡거리지 말거라!"

"와요?"

"스님이 묵언정진 중이시다."

"묵언……정진? 그기 뭔데예?"

"쉬잇!"

갑자기 외할머니가 집게손가락 하나를 세워 입술에 댄 채 엄한 표정으로 철북이 눈을 바라보다가 법당 안으로 사라졌다. 해인스님도 철북이를 뒤돌아보며 입술에 집게손가락을 쫑긋 세우더니 빙긋이 웃었다. 뭔지는 모르겠지만 철북이도 따라 웃으며 집게손가락을 세워 보였다.

철북이는 어쩔 수 없이 옆방에 짐을 풀 수밖에 없었다. 방문을 열고 들어가는데 방 안에서 누가 인사를 했다. 귀에 익은 목소리였다.

"철북이 니 오랜마이네."

"어? 낙수 행님 아입니꺼? 근데 여태 안 갔어예?"

"그, 그게 아이고…… 갔다 왔다 아이가."

커다란 검은 뿔테 안경을 낀 최낙수는 대구에서 온 고시 재수생이었다. 지난 겨울방학 때도 이 절에서 공부했던 그는 또 떨어졌는지 연신 머리를 긁적거렸다. 그런데 철북이가 늘 부러워했던 탐스러운 장발은 어디 가고 완전 대머리였다. 철북이가 다가가 안쓰럽다는 듯이 머리를 쓰다듬으며 물었다.

"아이고, 우리 행님이 우짜다가 이래 됐십니꺼? 설마 중 될라꼬 이런 건 아이지예?"

"아이긴! 이번에도 안 붙으면 내 진짜 중 되삘란다!"

"헤헤헤, 그러니까 지가 그만큼 행님 이름 바꾸라카이."

"뜬금없이 내 이름은 와?"

"낙숫물이 떨어지지 도로 올라가 붙지는 않는다 아입니꺼."

"뭐? 이 문디 자슥이 병풍 뒤에서 향냄새 맡고 싶어 환장했나."

"헤헤헤, 기냥 농담입니더. 우쨌든 인자 쪼매 정신 차린 모양이네예."

"이기 또…….."

최낙수의 농담 같은 대답을 철북이는 굳은 결의의 우회적인 표현으로 들었다. 철북이는 방 한구석으로 가 주섬주섬 짐을 풀었다. 짐이라 해봐야 얇은 옷가지와 책들뿐이었다.

"그나저나 행님, 옆방에 백구두가 갈 때까지 신세 좀 져야겠심더."

"그라머 모기장 좀 큰 걸로 바꿔라."

"그래야지예. 근데 옆방엔 누굽니꺼?"

"중."

"그건 나도 아는 데예, 어떤 중이냐 이 말입니더."

"몰러. 나도 달밤에 변소 가다가 잠깐……."

"허~ 저 중도 변소는 가는 모양이네예."

"이 자슥 봐라. 중은 오줌도 안 누고 똥도 안 싸는 줄 아나?"

"어데예, 제 어릴 땐 여자와 중은 진짜 오줌도 안 누고……."

"지랄하네. 사람이든 짐승이든 고기와 풀이 입구멍에서 똥구멍으로 팽생 들락거리는 게 일이다."

"행님도 절밥 좀 묵었다고 꼭 중 같은 소리 하구마. 근데 묵언정진이 뭐라예?"

"그거…… 니한테는 쪼게 어렵겠지만, 마 쉽게 이바구하면 졸나게 도 닦을라꼬 벙어리 행세하는 거 아이가."

"일부러 조디(주둥이) 닥치고 벙어리가 된단 말입니꺼?"

"하모. 딴 놈은 다 제껴뿌고 오직 지하고만 속으로 씨부리는 거지. 뭐 자기와의 싸움이랄까……."

"그라머 말도 걸면 안 되겠네예?"

"하모. 이 수구암도 조디 닥치라는 뜻 아이가."

"근데 행님, 어릴 때 우리 고향에 벙어리들이 천지삐까리였거든요."

"그래서?"

"만약 그 진짜배기 벙어리들이 도 닦는다카믄 훨씬 더 잘 닦겠네예?"

"에라이~ 이 문디 자슥아!"

최낙수가 웃으며 연필로 철북이 머리를 딱, 소리 나게 때렸다. 그런데 "어? 이게 와 안 뿌러지지?" 하고 중얼거리더니 다시 또 딱, 때렸다. 철북이는 "행님, 그새 마이 싱거워졌네예" 하며 빙긋이 웃었다.

다음 날 철북이는 외할머니가 불러 부스스 일어났다. 아침 7시였는데 문밖에는 뜻밖에도 외할머니가 손수 밥상을 들고 서 있었다. 이 암자 창건 이래 이런 사태는 최초라 철북이는 너무 당황해 말까지 더듬거렸다.

"하, 할무이 와, 와 이러십니꺼? 지가 공양간 가서 묵으면 되는데……."

철북이는 감격스러운 표정으로 말하며 얼른 밥상을 받아안았다. 그리고 삼베 보자기를 살짝 걷어보니 스님의 밥그릇인 나무 발우가 여섯 개 놓여 있었다. 군데군데 칠이 벗겨진 낡은 발우였다. 하얀 쌀밥이 담긴 발우 속에서 김이 모락모락 피어올랐다. 반찬 그릇에는 고사리와 시금치 등 온통 푸른 나물 반찬 일색이었다.

"할무이요, 앞으로는 진짜 이러지 마이소. 남의 눈치도 있고……."

"스님 아침 공양 시간이다. 인자부텀 니가 공양 당번하거라. 알았제?"

"예? 이거…… 내 꺼 아입니꺼?"

"니 밥 맞다. 스님이 대신 묵을 뿐이다. 니도 스님 밥 대신 묵고. 우리는 다 남의 밥 대신 묵으며 산다 아이가."

"아이고 골치야. 아침부터 이게 뭔 화두래."

"니도 얼른 씻고 가서 공양하거라."

"아, 글고 공양주 보살님도 계시고 행자 아이도 있는데 지가……."

"손주 녀석이 없으면 몰라도 바로 코앞에 얼쩡거리는데 그라믄 못쓴다."

"그라머 앞으로 맨날 아침 7시마다 일어나야 된단 말입니꺼?"

"절밥 처음 묵나? 니도 글짓기할라카믄 니 밥값은 니가 해야 안 되겠나?"

"……."

"와 대답이 없노? 내가 뭐 틀린 말 했나?"

"아, 그게 아이고 거 엎어지면 코 닿는데 가서 묵으면 되지 바쁜 사람……."

"얼레! 이놈아, 남는 게 시간이고 나오는 게 하품인데, 니가 뭐 그리 바쁘노!"

"방학 끝나면 전국 대학 공모전에 응모할 게 천지삐까리다 아입니꺼. 그래서 요즘은 진짜 오줌 누고 거시기 털 시간도 없어예."

"나두 털 시간 없다 이놈아."

"여자야 당연한 기고……."

"아니 요 녀석이. 뭐가 당연하노! 하하하."

외할머니가 웃으며 철북이 머리에 꿀밤을 한 대 먹였다.

"아, 아야! 알았심더. 마 지가 할께예."

철북이는 얼른 백구두 스님 방 앞으로 갔다. 외할머니가 뒤에서 조용히 주의를 주었다.

"묵언수행 중이시니까 공손하고 조용하게 갖다드려야 한다."

"아따, 제가 뭐 한두 살 묵은 앤 줄 아십니꺼?"

막상 스님 방문 앞으로 갔지만 철북이는 입이 잘 열리지 않았다. 문짝에 휘갈긴 '묵언정진'이란 말에 새삼 주눅 든 모양이었다. 툇마루에 밥상을 내려놓은 철북이의 눈에 글자가 점점 크게 보였다. 겨우 목을 가다듬고 "스님, 아침 공양 시간인데예~" 하고 똑 똑 똑, 노크를 세 번 했다. 기척이 없었다. 또 세 번 두드렸다. 그래도 기척이 없자 잠잘지도 모른다고 생각하며 살며시 문을 열었다. 그러고는 밥상을 들여놓으며 안쪽을 힐끗 보았다. 스님의 얼굴은 보이지 않고 커다란 등판만 보였다. 스님은 웃통을 벗고 있었다. 벽을 향해 꼿꼿이 앉은 스님의 뒷모습은 마치 칼끝을 겨누며 정신집중을 하는 검객 같기도 했다. 저게 바로 벽만 쳐다보며 도를 닦는다는 면벽참선(面壁參禪)인 것 같았다.

갑자기 텅 빈 벽과 방 안에는 뭔가 범접할 수 없는 삼엄한 기운이 감돌고 있는 듯했다. 그것은 어쩌면 뙤약볕 속의 완벽한 정적 같은 것인지도 몰랐다. 문득 시간이 멈춰버린 듯 철북이는 숨이 멎어왔다. 그러다가 어느새 온몸이 서늘해지기 시작했다. 이날 철북이는 스님의 얼굴을 보지 못하고 문을 닫았다. 댓돌 위의 백구두가 아침 햇살을 받아 눈이 부셨다.

모기향과 모기장

점심 공양 때 철북이는 밥상을 들고 다시 스님 방으로 갔다. 어쨌든 앞으로 하루에 세 번은 반드시 가야 하는 방이었다. 한낮의 찜통더위로 방 안은 가마솥처럼 푹푹 찌며 숨이 막힐 듯했다. 작은 들창이 하나 있었지만 그것만으로는 어림도 없었다. 돌아앉은 스님의 넓은 등에는 모기들이 새까맣게 붙어 있었다. 하지만 스님의 몸은 꿈쩍도 하지 않았다. 철북이는 조용히 문을 닫자마자 저수지 옆의 작은 논에서 피를 뽑고 있는 외할머니한테 달려갔다. 논에는 푸른 벼들이 한창 자라고 있었다.

"할무이요."

"와?"

"저 백구두 스님, 완전 독종이네예!"

"독종? 뭐가 그리 독하더노?"

"등짝에 모기들이 새까맣게 붙어 피를 빨아무도 꼼짝도 안 한다 아입니꺼! 모기향이라도 피워 드릴까예?"

"니, 살생을 하겠다는 말이가?"

"아니, 모기 잡는 것도 살생이란 말입니꺼?"

"모기는 산목숨 아이가?"

"허, 참……. 우야튼 스님 저러다가 모기한테 피 다 빨려 쓰러져도 지는 모릅니더!"

"젊은 스님이 고것도 못 이기면 우찌 그 어려운 수행을 하겠노. 쓸데없는 걱정 말고 니 공부나 독하게 하거라."

"……."

"앞으로 세상을 착하게 살아갈라면 먼저 독해지지 않으면 안 된다 이 말이다. 알았제?"

"그거 꼭 독사보고 소같이 착하게 살아가라는 얘기 같구마."

"지랄~ 사람이 독하게 마음 묵으면 몬할 게 뭐가 있겠노. 초장에 뭐든 열씨미 다져놔야 낭중에 똑같은 이슬을 처무도 독사같이 독을 안 맹글고 소같이 젖을 맹글면서 살 수 있는 기라."

"아이고~ 지보고 맨날 뼈 빠지게 일하는 젖소나 되란 말입니꺼?"

"이놈아, 니 몸뚱아리 아무리 짜봐라. 똥만 나오지 젖 한 방울 나오나."

"근데 할무이예……."

철북이가 잠시 고민하는 표정이더니 외할머니 눈을 빤히 보며 말했다.

"또 와?"

"스님 방에 모기향 대신 모기장이라도 치면 안 될까예?"

"며칠 전에 보살님이 너무 보기 딱하다고 모기향도 피우고 모기장도 쳐놨는데 스님이 다 치워버렸다 카더만."

"와요?"

"모기향은 화생방 살생이고, 또 스님이 궁상맞게 우찌 모기장 안에서 도를 닦겠느냐 하면서."

"염~병! 도 닦는데 모기장이면 어떻고 돼지우리면 어때! 세계 위인전 보니까 다들 시베리아 같은 감옥에서도 기똥차게 한 소식씩 하더구만. 할무이 안 그렇십니꺼?"

"하모. 근데 그리 생각하는 녀석이 백구두 흑구두는 와 따지노? 남이사 뭘 신든 한 소식만 하믄 되지. 안 글나?"

"그, 그러게요……."

사실 처음 백구두를 볼 때부터 철북이는 카바레 제비 같은 '괴짜 땡초'로 치부해버렸다. 그런데 지금 외할머니 얘기를 듣고 보니 철북이는 자기가 쳐놓은 덫에 자기가 걸린 꼴이 되고 말았다. 철북이는 그런 자승자박이 창피해 일부로 큰소리를 치며 딴청을 피웠다.

"우와~ 벌써 자마구가 폈구마!"

그러자 외할머니가 넓은 호박잎처럼 넉넉한 웃음을 지으며 말했다.

"올해는 가뭄이 오래 가니까 벼가 불안했던지 2주나 앞당겨 출수해버렸다 아이가. 꽃이 금방 지니까 니도 빨리 실컷 보거라."

"방금 출수라 했십니꺼? 그기 뭔데예?"

"보통 꽃들이 피면 다 개화라 하는데, 벼꽃만큼은 개화라 안 하고 출수라 한다 아이가. 이삭이 나온다는 말이다."

"……"

흔히 농촌에서 부르는 '자마구'는 벼꽃이다. 우담바라 같은 하얀 벼꽃은 멀리서 보면 마치 쌀알이나 눈송이가 묻은 것처럼 보인다. 크기도 쌀 한 톨 정도라 눈에 잘 띄지도 않는다. 그래서 벼꽃이라고 하면 거의가 "벼도 꽃이 피느냐?"고 묻는다.

"어? 할무이요, 저기 벼꽃에 꿀벌 한 마리가 날아왔심더."

"이래저래 베풀라고 공양하러 왔구마. 가마이 보고만 있거라."

"저 쌀 한 톨 만한 벼꽃에도 꼬불쳐 갈 꿀과 꽃가루가 있다는 게 신기하네예. 어쭈, 꿀벌이 다리에 볼록한 노란 꽃가루 주머니까지 달고 왔구마. 저거 무거버서 우찌 달고 날아가노."

"나는 것들은 전부 날개가 지 몸뚱아리보다 더 큰데 저 꿀벌 하나만 날개가 더 작다 아이가. 그래도 잘만 날구마."

진짜 그랬다. 철북이는 외할머니 말대로 날아다니는 곤충과 새들을 떠올려보니 꿀벌만 빼고 전부 날개가 몸통보다 더 컸다. 파리와 모기도 그런 것 같았다.

"근데 그 작은 게 우찌 그리 빨리 날아갑니꺼?"

"그러니까 날개를 발동기처럼 억수로 빨리 돌리삔다 아이가. 새는 바람을 타고 훨훨 날아가는데 벌은 바람을 만들어 웽~ 하고 날아가고."

"하하, 그노마들 날개 억수로 아프겠구마."

"아파야 묵을 기 생기고 목숨도 부지하지. 작은 것들이 큰 것들한테 안 잡혀묵힐라고 을매나 고생이 많겠노."

철북이는 건성으로 툭툭 던지는 외할머니의 말 속에는 어딘지 모르게 많은 뼈가 들어있다고 생각했다. 큰 것들은 바람을 타고 날아가고 작은 것들은 바람을 만들어 날아간단다. 물론 획획 날아가는 작은 새도 있다. 철북이는 잠시 자기가 큰 새일까 작은 새일까, 생각했다. 아니면 웽~ 하고 날아가야 하는 벌이나 파리 같은 것일까. 그런데 과연 자기한텐 날개라도 달려 있는 것일까……. 어쨌든 결론은 작은 것일수록 더 빨리 움직여야 살아남는다는 얘기 같았다.

이때 꿀벌을 슬쩍 본 외할머니가 혀를 끌끌 차더니 말했다.

"쯧쯧, 저 놈은 똥구멍에 불났는지 동네방네 서두르는 거 보이 꿀을 도둑맞아 열불이 났구마."

"예? 꿀도 도둑맞어예?"

"저 벌 말이다. 지가 따온 꿀을 옆집 놈이 훔쳐가는 바람에 여왕벌한테 엄청 혼났구먼. 쯧쯧……."

벌들은 꽃이 많이 피어 꿀이 넉넉할 때는 훔치지 않지만, 그렇지 않을 때는 남의 벌통으로 들어가 몰래 꿀을 훔치는 경우도 많다고 한다. 사람처럼 벌들도 자기 집에 꿀이 풍족하면 느긋해지고 게을러진다. 그 반대로 사람이 꿀을 따버린 벌집의 일벌들은 여왕벌한테 야단맞아 성질도 사나워지고 활동도 더욱 왕성해진단다. 문득 철북이의 머릿속으로 "바쁜 꿀벌은 슬플 여유도 없다"라는 윌리엄 블레이크의 시 한 구절이 스쳐갔다.

"니는 저놈들 보믄 뭐 느끼는 게 없나?"

"없긴요, 나도 저런 날개 한번 달아봤으면 너무 좋겠다……."

"이노마야, 날개는 남이 달아주는 게 아이라 자기 몸속에서 만들어 나오는 기다. 그러니 니도 앞으로 니 날개는 니 스스로 만들거라. 남이 달아주길 바라지 말고."

"……."

철북이는 한동안 말없이 뭔가를 골똘히 생각하다가 입을 열었다.

"할무이요."

"와?"

"날개는 남이 달아주면 안 됩니꺼?"

"안에서 나오는 기 진짠데, 그런 가짜는 달아봤자 얼마 못 간다."

"거 천사들은 이거저거 좋은 거 맘대로 바꿔 달고 잘도 날아다니더만."

"그카이 하늘에서만 산다 아이가. 땅에 내려오면 다 뿌러진다."

"에이……."

"얼래. 니 지금까지 땅에 내려온 천사 봤나? 난 한 번도 천사가 걸어 다닌다는 소린 들어본 적 없구마."

"……."

"갸들은 걷지 않고 날아만 다니는 다 허깨비들이다. 니도 갸들한테 쪼매 홀렸구마?"

"예? 지, 지가요?"

"여기 누가 있노."

"아 참, 생사람 잡지 마이소."

철북이가 당황해 손을 내저으며 정색하자 외할머니가 목소리를 착 가라앉혀 물었다.

"철북아……."

"아이고, 무섭게 와 또 이러십니꺼?"

"니가 내 천사다. 그라고 니가 만나는 것들이 다 니 천사다. 저 벌레도, 저 나비도, 저 벌도, 저 새도, 저 꽃도, 저 풀도, 저 나무도 다 니가 섬겨야 할 천사들이다."

"……."

"앞으로 저 천사들 잘 섬기며 살거라. 우선 니 엄마와 아부지한 테 잘 하거라. 니 아부지는 젊었을 때 혼자 넘어와 객지에서 을 매나 고생이 많노. 몸도 안 좋은데 술도 그리 과하니 걱정이구 나……."

철북이는 벌과 풀과 새와 꽃 같은 것들을 하나씩 가리키는 할머 니의 손끝을 따라가며 조용히 들었다. 할머니의 눈빛이 가랑잎처 럼 쓸쓸했다. 그런데 술을 자주 마시는 아버지 얘기까지 덧붙이자 철북이의 눈시울이 뜨거워졌다. 그렇잖아도 폭음이 잦은 아버지 의 건강이 철북이는 늘 걱정이었다.

목수 조수인 철북이 아버지는 가끔 술에 만취해 집에 오면 그 야밤에 온 가족을 일렬횡대로 앉혀놓고 일장 연설을 했다. 철북이 어머니도 예외는 아니어서 자식들과 단칸방에 벌 받듯 나란히 앉 아 끝까지 경청해야 했다.

철북이한테는 넌 장남이니 수직으로 내리는 건물의 집중 부하 를 각 기둥으로 골고루 분산시키며 전체 균형을 잘 유지해야 하 는 최고 중심인 대들보라고 누누이 강조했다. 그러면서 대들보가 뽀사지면 집이 무너진다는 속담의 첨부도 잊지 않았다. 또 여동 생한테는 지붕과 바람의 무게를 각 기둥에 유연한 곡선으로 흐르게 하는 버선발같이 아름다운 서까래라 하고, 막내 남동생한테는 지붕과 대들보를 지탱하는 기둥이라서 우선 자기 몸부터 튼튼하고 단단한 재질로 만들어야 한다고 연설했다. 마지막으로 철북이 어머니한테는 건물 전체를 밥상 보자기처럼 편안하게 감싸는 지붕이라서 기왓장 하나도 헐고 훼손되면 안 되니 각별히 조심해야 한다고 강조했다. 그러니까 목수의 자식들은 모두 건축물의 원자재들이었는데, 자꾸 되풀이하는 걸로 봐서는 모두 뭔가 부실한 듯했다.

어느 날은 은근히 골이 난 철북이가 어머니가 옆구리를 꼬집는데도 아버지에게 불쑥 물었다.

"그라머 아부지는 뭔데예?"

"뭐시기? 나? 이 아바이?"

철북이 아버지는 만취 상태인데도 허를 찔린 듯 잠시 당황한 표정이더니 곧 허리를 곧추세우고 근엄한 소리로 말했다.

"난 이놈아, 이 아바이는 태양이지 않습매! 기리티 태양! 저 멀찍이 솟아 있지만 집을 따따시 비춰주는 태양, 백두산 용암같이 뜨겁지만 외로운 태양, 그기 나라우, 이놈아! 전부 건성으로 살지 말고 단디 하라우! 인자 날래 자자우. 니들이 깨면 또 그 태양이 떠오를 끼니께."

이 말이 끝나자마자 철북이 아버지는 몇 번 꾸벅꾸벅 졸더니 옆으로 쓰러져버렸다. 드디어 장장 두 시간에 걸친 심야 연설이 대단원의 막을 내린 것이다.

철북이 아버지의 고향은 황해도였다. 스물세 살 무렵, 한국전쟁이 일어나자 인민군으로 싸우다가 포로로 잡혀 거제포로수용소에 있었다. 수용소에서 나와서는 경상도 영일의 깊은 산골로 들어가 농사를 지으며 목수 노릇도 했다. 이웃의 허물어진 집을 수리하거나 새집을 지어주곤 했다. 그래서 철북이네 집 창고엔 집 짓는 연장들로 가득했다. 그런데 자기네 농사는 뒷전이고 거의 공짜로 '자원봉사'를 하는 바람에 젊은 엄마 눈꼬리가 앞산보다 뒷산 꼭대기에 걸리기 예사였다. 앞산보다 뒷산이 훨씬 높았다. 그러면 철북이 아버지는 "아, 그래도 이 사람아, 사람이 밥 먹고 비바람 피해 누울 자리는 있어야 되지 않겠나" 하고 엄마를 살살 달랬다.

부부지간에 그러거나 말거나 철북이는 아버지를 졸졸 따라다니며, 집 짓는 모습을 구경하는 게 그렇게 신기하고 재미있을 수가 없었다. 아버지는 바닥을 튼튼하게 다져 주춧돌을 놓고, 굵은 통나무를 눈으로 한참 째려본 다음 검은 먹줄을 탁탁 튕기며 요리조리 맞게 잘라 대패질을 했다. 철북이는 옆에서 눈부신 하얀 대팻밥에 낙서도 하고 그림도 그렸다. 어느 날은 송진 냄새 나는 하얀 톱밥을 먹다가 목에 걸려 어린 나이에 벌써 황천 구경도 할 뻔했다. 호박씨 까는 날라리 처녀들이 먹고 언덕 아래로 데굴데굴 굴러 애를 뗀다는 그 독한 익모초도 삶아 먹고, 시골 밭에서 일하다가 갑자기 애 낳으면 애 입 속과 온몸에 바른다는 들기름도 한 바가지나 먹고 겨우 살아났다.

어쨌든 그렇게 견습생처럼 따라다니다 보니 어린 철북이의 눈은 늘 새로운 호기심으로 반짝반짝 빛났다. 철북이가 초등학교 때 사생대회에 나가 풍경화를 그렸다. 다른 아이들은 대부분 도화지 꼭대기에 동그란 태양을 제일 먼저 그린 다음, 그 밑에 곡선으로 앞산이나 뒷산을 그렸다. 그러고는 집을 그리는데 이상하게 모두 지붕부터 먼저 그린 다음, 기둥을 쭉 내리고 마지막에 마당을 대충 그려 개새끼와 닭들을 배치했다. 그러니까 위에서 아래로 그리는 것이다. 그런데 집을 위에서 아래로 지을 수 없다고 생각한 철북이는 그 반대로 그렸다. 우선 집터부터 그리고 주춧돌 위에 기둥을 세워 대들보로 서로 단단하게 연결시킨 다음, 마지막으로 서까래를 깔아 지붕을 그렸다. 철북이의 눈에는 한마디로 집짓기의 결과는 똑같은데 과정과 방법은 전혀 달랐던 것이다.

선생님이 그림을 한참 보더니 물었다.

"와 태양은 없노?"

철북이가 대답했다.

"없는 기 아이고 멀리 있어서 아직은 안 보이는데, 마 지구가 쪼매만 더 돌면 보일 거라예. 그래도 집은 따따시 비춰줍니더."

철북이는 술 취한 아버지의 일장 연설이 떠올랐던 것이다.

"난 이놈아, 저 멀찍이 솟아 있지만 집을 따따시 비춰주는 태양, 그기 나라우, 이놈아!"

어릴 때 철북이 집 사립문 옆에는 큰 감나무가 하나 있었다. 아침마다 철북이는 마당에 떨어진 노란 감꽃들을 주워 먹었다. 늦가을로 접어들자 그 감나무 가지에 새들이 마른 나뭇가지를 부지런히 주워 나르며 둥지를 짓기 시작했다. 그리고 둥지를 완성한 다음 마지막으로 푸른 잎을 물고와 둥지 안에 넣었다. 나중에 알았지만 그 푸른 잎은 공기청정기와 살균기 역할을 했다.

그런데 어린 철북이 눈을 유독 호기심으로 자극시키는 것은 둥지를 짓는 시점이었다. 바로 날씨 좋은 조용한 날이 아니라 바람 부는 날이었기 때문이다. 하필 바람 불 때마다 새들은 작고 마른 나뭇가지와 지푸라기를 서로 얼기설기 엮어나간 것이다. 그런 새들이 너무 바보 같아서 아버지한테 물었다.

"아부지요, 저 새들 진짜 멍청하네요!"

"와?"

"바람이 세게 불 때만 불안하게 날아다니며 집을 짓잖아요."

"니는 우찌 새대가리보다도 더 머리가 나쁘노?"

"와예?"

"새가 바람 불 때 높은 나무에 집을 짓는 건 바람 불어도 무너지지 않도록 더욱 튼튼하게 짓기 위해서야. 강풍이 불 때 지어야 나중에 태풍이 와도 끄떡도 안 한다 아이가."

그러니까 조용한 날보다 나무를 흔드는 바람이 불 때 지어야 즉석에서 바람의 강도를 확인해가며 지을 수 있다는 얘기였다. 평소에 새들은 나뭇가지나 풀잎이 바람이 불어도 일정하게 휘어졌다가 다시 원래대로 돌아온다는 사실을 터득해 집짓기에 응용한 것 같았다. 그건 곧 새들의 건축 기술이 과학적 지혜에 바탕을 두었다는 걸 알 수 있었다. 멍청하다고 생각했는데 전혀 아니었다. 이때부터 철북이는 '새대가리'란 말을 머리가 나쁘다는 의미로 쓰지 않았다.

그런데 이처럼 자상한 철북이 아버지는 가족과 형제가 하나도 없었다. 전부 북한에 있어서 명절 때만 되면 철북이 눈에도 술잔을 자주 기울이는 아버지가 그렇게 쓸쓸해 보일 수가 없었다. 공부도 북한에서 고등학교까지만 다녔다고 하지만, 두루두루 박식해서 시골 고향에서 그렇게 믿는 사람은 아무도 없었다. 평소 북한 말을 거의 안 쓰는데 술만 취하면 튀어나왔다. 그런데 참 신기

한 건 똑같은 얘기를 수십 번 횡설수설하며 반복해도 서로 토씨 하나 틀리지 않는다는 점이다. 물론 다음 날 철북이 아버지는 하나도 기억하지 못했다.

"니 시방 뭘 생각한다꼬 알 품은 새맨키로 그리 조용하노?"
"아, 아입니더."
할머니의 말에 철북이가 아버지의 생각에서 퍼뜩 깨어났다. 벼 꽃 위로 하얀 나비 두 마리가 날아와 앉았다. 멀리 저수지 너머 포도밭 위로 뜸부기가 울며 날아갔다. 매미소리가 더욱 요란했다. 논둑에 핀 보라색 풀꽃을 쓰다듬던 할머니가 천천히 일어났다.
철북이는 요사채 방으로 돌아오자 모기향을 꺼버렸다. 엎드려서 법전을 뒤적거리던 최낙수가 뜨악한 표정으로 물었다.
"그건 와 <u>끄노</u>?"
"행님이 내 천사라서 끈다 아입니꺼."
"뭐, 내가 니 천사라고? 니 어디 아프나?"
"우리가 맹색이 절밥을 묵고 있으면서 살생을 하믄 안 되지예."
"살생? 뭘 살생?"
"이기 모기를 잡는다 아입니꺼?"
"이 자슥아, 그건 모기를 잡는 기 아이고 멀리 쫓아버리는 거다."
"아이라예. 이 모기향은 일종의 화생방 무기 같은 거라서 모기들이 결국은 독가스에 질식사해삔다 아입니꺼!"
"어쭈, 니 오늘 또 치질 땜에 못 뺐구나?"
"또 그 소리! 인자부터 행님은 쪼께 갑갑하더라도 모기장 안에 들어가서 공부하이소."

"야야, 니는 우찌 하나만 알고 둘은 모르노?"

"뭐가요?"

"모기향 피우는 건 살생이고, 모기장 치는 건 살생이 아인 걸로 착각한다 아이가."

"착각? 내가 뭘 착각했어예?"

엎드려 있던 최낙수가 슬며시 일어나 연필을 흔들며 말했다.

"그러니까 사람 피 빨아묵는 모기는 다 새끼 밴 암놈들이라서 가벼이 여기지 말라는 건 이 법전에도 나와 있고,《경국대전》에도 나와 있고, 또 저 머나먼 기원전 1750년 바빌로니아 왕국의 메소포타미아에서 제정한 인류 최초의 함무라비 법전 제283조에도 분맹히 맹시돼 있는데, 니는 우찌 무식하게 고것도 모르노?"

"푸하하하하……."

이때 철북이가 갑자기 배꼽을 잡고 웃자 최낙수가 째려보며 물었다.

"니 와 웃노? 챙피해서 그러제?"

"챙피하긴, 행님 웃기지 마소. 그라고 혹시 탈리오 쐐기이파리라고 들어 봤십니꺼?"

"웬 쐐기이파리? 이기 갑자기 쐐기에 쏘였나. 와 이파리 타령이고?"

"탈리오법칙, 쐐기문자, 282조, 눈에는 눈, 이에는 이……."

"아~ 그거, 하하하. 니 외운다고 화이바 좀 굴렸겠구마."

"요점은 함무라비 법전은 283조가 없다 이겁니더."

"이 바보야, 전부 282조니까 내가 마지막에 하나 더 추가했다는 생각은 안 해봤나?"

"예? 아…… 그 임신한 모기 암놈?"

"그래, 하하하. 그라고 그 '눈에는 눈, 이에는 이'라는 탈리오법칙은 한마디로 당한 만큼 복수한다는 얘긴데, 마 고렇게 되뿌면 세상은 진짜 복수혈전으로 피바다가 될 꺼구마. 내가 눈알 뽑히면 똑같이 그놈의 눈알도 뽑아버리고, 또 내가 이빨 뽑히면 똑같이 그놈의 이빨도 뽑아버리고……. 한참 나중에 비폭력 저항주의의 오야붕인 간디 할배도 점잖게 한마디 했다 아이가. '눈에는 눈'은 세상 모두 싸그리 눈멀게 해뿌린다고. 근데 이런 야만적인 악법도 좋다고 이스라엘 놈들은 몰래 훔쳐와 지네들 율법에까지 턱 올려놓고. 미친 놈들."

"교과서에 악법도 법이라고 소크라테스가……."

"그거 다 새빨간 거짓말이데이. 소 선생이 고 따위로 씨부린 적도 없는데 이놈의 '긴조정권'이 유신헌법을 합리화할라꼬 수작 부린 거다 아이가. 아이고 이런 말 하면 쥐도 새도 모르게 중앙정보부로 잡혀가는데, 고것도 사시 공부하는 법대생이. 내가 쪼매 꼭지 돌아 실수했구마. 철북이 니는 마 모른 척해라, 알았제?"

"알았심더. 아무튼 법전이 곤충도감이 된다는 사실은 행님한테 처음 배웠고, 그라고 피 빨아묵는 기 임신한 암놈이란 얘기도 듣긴 했심더."

"그러니까 모기장을 딱 쳐버리면 모기가 영양가 많은 사람 피를 못 빨아 묵는데 우찌 되겠노?"

"……."

"고것도 어미뿐만 아이라 배 속의 새끼들까지도 몽땅 굶어 뒈진다 아이가! 암~ 엄연히 이중 연쇄 살생이지!"

"……."

"그라고 니 할무이, 아니 주지 스님이 꾸정물이라도 뜨거울 땐 꼭 식혀서 버리시는 거 못 봤나?"

"봤는데예."

"그래, 그거 와 그러는 줄 아나? 그게 다 벌레나 지렁이 같은 것들이 뜨거운 물에 데어 죽을까봐 일부러 식혀서 버린다 아이가. 살생 방지가 무슨 거창한 데 있는 기 아이라 바로 그런 작은 것에서부터 시작되는 기라."

"……."

최낙수가 외할머니의 개숫물까지 예로 들자 철북이는 잠시 말문이 막혀버렸다. 분명히 궤변 같은데도 뚜렷이 반박할 말이 떠오르지 않았다. 낭패였다. 최낙수는 이제 벽에 비스듬히 기대면서 한결 느긋한 표정으로 채근했다.

"와, 내 말이 뭐 틀렸나?"

"그라머 사람 말고 다른 동물 피를 빨아 묵으면 되잖아요?"

"다른 동물은 생물 아이가? 어차피 살생은 똑같은데, 그걸 가만 냅두면 간접 살생 즉 '살생방조죄'에 해당한다 이 말씀이제."

"그라머 모기향을 피우거나 모기장 안에 있는 중들은 전부 간접 살생 범죄자들이다 이 말입니꺼?"

"하모! 법의학적 관점에서 보자면……."

"또 법의학이다! 행님, 거 씰데없는 궤변 그만 늘어놓고 빨리 들어가소."

"이 자슥이 뭐라카노, 궤변이라니!"

"아, 그럼 오늘 저녁부터 모기장 치워뿌고 한번 모기떼한테 살

신성인해 볼랍니꺼?"

"뭐, 말이 그렇다는 거지 치울 것까지야. 야 인마, 그래도 모기향이 없으면 모기들이 웽웽거래싸 정신집중이 안 된다 아이가."

"안 되긴 뭐가 안 됩니꺼! 옆방에 가보이소. 바다 같은 등짝에 모기들이 새까맣게 달라붙어 피를 빨아묵는데도 백구두는 집중만 잘하더구만. 그것도 웃통을 홀랑 벗어제끼고……."

"그기 정말이가?"

"행님, 절밥 묵고 거짓말하는 인간 봤십니꺼?"

"하~ 그 자슥, 뭔 말을 못하게 하네. 그래 니 똥 억수로 굵다!"

최낙수가 벌떡 일어나 주먹을 쥐고 철북이 앞에 흔들어 보이더니 밖으로 나가버렸다. 한참 지나도 돌아오지 않아 철북이가 밖으로 나가보았다. 바람도 구름도 없는 염천이었다. 법당 흙 마당은 불을 지피는 듯 푹푹 찌고 있었다. 재잘거리던 새소리들도 들리지 않았다. 오후의 경내는 갑자기 시간이 멈춘 듯 정적만이 감돌았다.

최낙수는 등나무 그늘 아래 평상에 드러누워 있었다. 천천히 부채질을 하며 마른 지푸라기 하나를 잘근잘근 씹고 있었다. 뭔가 깊은 생각에 잠겨 있는 듯했다. 철북이는 백구두 방을 확인해보았느냐고 물으려다가 참았다. 그리고 두 그루 배롱나무 그늘이 드리워진 샘터로 발길을 돌렸다. 표주박으로 물을 떠 정적을 깨기라도 하듯 벌컥벌컥 들이켰다. 차가운 얼음 조각들이 가슴속에서 굴러다니는 것 같았다. 샘터에는 최낙수 머리통 같은 수박 두 덩이와 철북이 주먹 같은 노란 참외 여러 개가 둥둥 떠다녔다.

고리끼와 도끼

  며칠 후 철북이는 할머니 심부름으로 경산 읍내에 갔다. 혼자 가려는데 최낙수가 "혼자 심심할 낀데" 하며 은근슬쩍 따라붙었다. 때마침 5일장이 들어선 장터는 발 디딜 틈 없이 북적거렸다. 철북이는 할머니의 쪽지를 보며 석유와 초, 검정 고무신 그리고 라디오와 손전등에 들어갈 건전지와 돋보기를 샀다. 점심때가 되자 짜장면을 먹으려고 이소룡 반점을 찾았다. 그런데 최낙수가 두리번거리더니 철북이 팔을 낚아채 다른 식당으로 끌고 갔다. 간판 이름이 '경산할매집'이었는데 매캐한 연탄불 냄새와 담배 연기가 가득했다. 식당엔 시골에서 소 팔러 온 듯한 농사꾼 여럿이 막걸리를 마시고 있었다. 더위 탓인지 모두 런닝구만 입고 열심히 부채질을 했다. 자리에 앉자마자 최낙수가 옆자리를 가리키며 말했다.

"야, 철북아 우리도 오래간만에 저거 한번 묵어보자."

"뭐 말입니꺼?"

"괴기하고 술 아이가. 사람이 염소처럼 맨날 풀만 뜯어 묵고 우찌 살겠노. 괴기도 좀 무가면서 살아야지. 안 글나?"

"전 고기 같은 거 못 묵심더."

"와? 니도 중 될라카나?"

"아이고~ 지는 그런 초식동물은 죽어도 싫습니더."

"와?"

"맨날 산속에서 풀 뜯어 먹으며 지들끼리 목탁 쪼개고 염불하고, 그게 어디 인생이라 할 수 있겠십니꺼?"

"어쭈, 그라머 니가 생각하는 인생은 뭔데?"

"비록 짧은 인생이지만 마 진흙탕과 목욕탕을 왔다리 갔다리 하는 거 아이겠십니꺼."

"그니까 니전투구하다 때 씻고 또 싸우다 때 씻고 한다는 말이가?"

"때가 아이고 피라예, 피. 시뻘건 피!"

"……."

"뭐 그렇게 진흙탕 같은 세상에 깨지고 부서지며 살다보면 꽃도 피고 새도 울고 그러지 않겠십니꺼."

"절간에도 진흙탕 있는데, 예쁜 연꽃도 피고……."

"그건 가짜 진흙탕이라예. 연꽃이 시장 바닥에 피야 진짜 예쁘지, 우찌 산속에 핀 게 예쁩니꺼."

"……."

"중들은 니전투구 하나 없이 맨날 때만 벗긴다 아입니꺼. 마음이 어쩌구저쩌구 하면서……."

"허~ 이 자슥이 절밥 좀 처묵디 벌써 도통해삣구마."

이때 두 사람을 한참 지켜보던 주인장 할머니가 버럭 소리를 질렀다.

"아따, 그 총각들 때 뱃긴다고 정신없구마. 빨리 처묵을 꺼나 시켜놓고 이바구 까면 어디 해가 서쪽에서 뜬다카더나!"

"아따, 저 할망구가 귀도 밝네."

"그러게요. 전 비빔밥 묵을랍니더."

두 총각이 잠깐 속삭이더니 최낙수가 큰 소리로 주문했다.

"저 할매요, 알았심더. 여기 비빔밥 하나랑 돼지갈비 3인분 퍼뜩 주이소! 그라고 탁배기(막걸리)도 한 주전자 주이소."

"행님, 술도 마실라꼬예?"

"아, 괴기 안주도 있는데 곡차가 없으면 우리 부처님 섭하지!"

"염~병! 거기 부처님은 와 끌어다 맵니꺼?"

"야 인마, 내가 와 피골이 상접했으며, 와 머리까지 빡빡 민 줄 아나? 그기 다 부처님 때문이다 아이가!"

"우헤헤헤…… 행님, 저기 지나가는 암소가 혀를 차며 웃심더."

"이 자슥이 염새이처럼 웃기는 와 웃노!"

잠시 후 주인 할머니가 고기와 막걸리, 그리고 채소가 듬뿍 담긴 바구니를 갖고 왔다. 최낙수가 얼른 연탄불로 달궈진 철판 위에 고기를 척척 올렸다. 아직 먹지도 않았는데 최낙수의 얼굴엔 화색이 가득했다.

"니 뭐하노? 빨리 안 따르고!"

"여기 아무리 봐도 술집 작부는 없구마."

"인마, 술은 술집 작부만 따르는 줄 아나? 그라고 니 소설 끄적거린다는 놈이 일부러 술집 작부 생활을 해봐도 시원찮을 판에 고까짓 술 한잔 따르는 거 갖고 그래싸면 우찌 바다같이 넓고 깊은 소설을 쓰겠노? 안 글나?"

"……."

"하기사 대가리에 피도 안 마른 고등학생이 뭘 알겠노만……."

"아이고~ 그래도 알 건 다 압니더. 자, 한잔 받으이소!"

"어쭈, 이제 군기가 쪼께 잡히구마."

철북이가 철철 따른 막걸리 한 사발을 최낙수는 단숨에 비우고 건너편에 탁 내려놓았다.

"니도 한잔해라."

"저 술 못합니더."

"니 술도 못 무면서 우찌 강같이 넓고 깊은 소설을 쓰겠노?"

"강이 아이고 바다인데예."

"아, 그거는 술집 작부 때 얘기고!"

"……."

"니 자꼬 좀생이처럼 꼬롬하게 놀다간 평생 또랑물같이 출랑대는 소설밖에 못 쓴다. 알았제?"

"알았심더."

"그런 의미에서 한잔해라."

"개코로 의미는 무슨……."

혼자 중얼거리던 철북이가 좀생이는 되기 싫었는지 술 사발을 들고 쭉 마셔버렸다. 최낙수의 두 눈이 똥그래졌다. 철북이는 금세 얼굴이 화끈거리고 배 속이 구들목처럼 뜨끈해졌다. 이번엔 철북이가 자기 앞에 잔을 탁 내려놓으며 말했다.

"뭐 묵을 만하네예. 행님 한 사발 더 주이소!"

"니…… 괜찮겠나? 술집 작부 얘기는 내가 그냥 한번 해본 소린데……."

"아이고 행님, 저기 염소가 지나가다 하품하는 거 보이지예?"

"아까는 암소였는데 이번엔 염소?"

"아, 작년에도 그 소리 했잖아요!"

"내, 내가 그랬던가? 허허허……."

"웃지 마소. 염소가 또 하품하겠심더."

이날 두 사람은 제법 취했고 최낙수는 철북이보다 더 취해 비틀거렸다. 시골 깡촌에서 자란 철북이는 사실 어릴 때부터 막걸리를 제법 먹은 편이었다. 시골 아이들 누구나 농번기 새참 심부름으로 막걸리를 배달하다가 몰래 홀짝거리곤 했고, 그때마다 취해 논두렁이나 밭두렁에 뻗어 자기 일쑤였다. 또 집집마다 막걸리를 담다 남은 술지게미가 있었는데 모두 배고픈 아이들 차지였다. 그 달짝지근한 맛에 한번 취하면 자기 아버지한테 "어이! 니, 진짜 내 아부지 맞나?" 하고 술주정하다가 귀싸대기를 얻어맞는 건 예사였다.

철북이 불알친구 중에 3대 독자인 최막중이라는 아이가 있었다. 그가 어느 날 술지게미를 먹고 너무 취해 낮잠 자는 자기 할아버지의 허연 수염을 가위로 싹둑 잘라버렸다. 너무 창피한 일이라 쉬쉬했고 대신 막중이는 사도세자처럼 8일 동안이나 광 속에 갇혀 있어야 했다. 이름처럼 대를 이을 최고로 막중한 임무를 부여

받은 몸이었는데도 할아버지의 잘린 수염 앞에서는 소용없었다. 그래도 사도세자처럼 죽지는 않았으니 얼마나 다행인가.

경우가 좀 다르긴 하지만 철북이 역시 예외는 아니었다. 하루는 재미 삼아 옆집 개의 개밥 속에 몰래 술지게미를 넣은 다음 유심히 개를 관찰했다. 그런데 유심히 관찰할 틈도 없이 이놈이 먹자마자 취해 길길이 날뛰었다. 그러더니 겁도 없이 가만있는 황소한테 달려들었다. 싸움은 순식간에 끝나버렸다. 개가 황소 뿔에 받혀 공중으로 붕 떴다가 바닥에 떨어지자마자 뒷발에 차여 즉사해버린 것이다. 당황한 철북이는 일단 무조건 토꼈다. 그러나 며칠도 안 돼 범인으로 들통나고 말았다. 결국 철북이 아버지는 개 값을 물어주고, 철북이는 아침마다 옆집 마당을 한 달 동안 쓸어주는 것으로 겨우 무마됐다.

그 이후부터 술지게미는 구경조차 할 수 없었지만, 지금도 생각하면 그 달짝지근한 맛이 혀에 절로 착착 감겨왔다. 사실 아까 경산할매집에서 막걸리를 마신 이유도 최낙수의 술집 작부 타령보다도 옛날 시골 막걸리와 술지게미가 문득 떠오른 탓이었다.

철북이는 오랜만에 마신 막걸리라 그런지 얼큰하게 취기가 올랐다. 스님 저녁 공양 전까지는 절에 도착해야 하는데, 다리가 풀리면서 온몸에서 힘이 빠져나갔다. 읍내에서 버스를 두 시간쯤 타고 와 내린 다음, 또 한 시간쯤 더 골짜기를 걸어 올라가야 했다. 더구나 한 손엔 무거운 석유통을 들고 또 한 손엔 취한 최낙수를 부축해야 했다. 땀이 비 오듯 흘러내렸다. 최낙수는 골짜기를 비틀비틀 오르면서도 계속 철북이한테 횡설수설하며 일장 훈시를 했다.

"어이 철북아, 니 소설가가 될라카믄 적어도 시베리아의 고리끼나 도끼 정도는 돼야 안 되겠나."

"시베리아가 아이고 러시압니더."

"얌마, 갸가 갸다. 근데 니 그 둘의 차이점이 뭔 줄 아나?"

"모르겠는데예⋯⋯."

"죄와 벌. 러시아는 죄를 짓는 곳이고 시베리아는 벌을 받는 곳이다 아이가."

"좀 그런 것 같네예. 근데 고리끼는 알겠는데 도끼는 누굽니꺼?"

"니 혹시 《악령》이나 《카라마조프가의 형제들》 같은 소설, 알랑가 모르것네."

"그거 도스토예프스키 소설 아입니꺼?"

"그래, 그노마 아이가. 한때 그노마들 소설 억수로 좋아했는데, 골치 아프게 이름이 더럽게 길어서 내가 팍 줄였삣다 아이가. 잘했제?"

"바쁜데 잘했심더."

"철북아, 사람은 말이다, 모름지기 일목요연하게 축약을 잘할 줄 알아야 절약 정신도 느는 법이고, 또 인생도 굵고 짧게 살 수 있는 기라! 씰데없이 너덜거리는 거 다 빼고 오로지 핵심만 추리며 살아도 인생이 짧다 아이가. 맞제?"

"딴 건 모르겠는데 인생 짧은 건 맞심더."

"굵고 짧게 살자! 식욕, 색욕, 금전욕, 명예욕, 권력욕, 기타 등등 오욕칠정 다 줄이고⋯⋯."

"그러니까 결론적으로 쪼께 묵고 쪼께 싸자는 얘기네예."

"하모! 우리 집 가훈과도 일맥상통하고."

"가훈이 뭔데예?"

"외상 사절."

"예? 그 흔한 진실이나 성실이도 아이고 외상 사절? 푸하하하!"

"니도 좀 웃기제?"

"억수로 골 때리기는 한데…… 가만 생각해보이 억수로 기똥차기도 하네예."

"응? 뭐가?"

배꼽 빠지게 웃던 철북이의 기똥차다는 말에 최낙수가 눈을 크게 뜨며 물었다. 철북이가 제법 어른스럽게 대답했다.

"외상 인생을 사절한다는 깊은 뜻이 함축돼 있는 것 같아서……."

"니가 인자 정신이 좀 돌아오구마."

"근데 행님 집안이 언제 장사하다가 망했십니꺼?"

"한때 대구 남산 밑에서 식당을 했는데, 아부지가 거지와 배고픈 아이들한테 공짜로 다 퍼주다보이……. 그래도 인생은 외상으로 안 퍼줬다."

"행님 아부지가 생각이 아주 깊으신 분이네예."

"그 아부지 땜에 엄마는 죽도록 고생한다 아이가."

"……."

철북이도 충분히 공감하는 듯 고개를 몇 번 끄덕였다. 대책 없이 착한 아버지 때문에 철북이 어머니도 시장에서 장사하며 가난한 살림을 꾸려나가느라 허리가 더욱 휘었던 것이다. 청설모 두 마리가 상수리나무 가지 사이로 숨바꼭질을 하고, 어디선가 뻐꾸기소리가 들려왔다. 철북이가 잠시 생각에 잠겨 있자 최낙수가 어깨를 툭 치며 물었다.

"니 시방 영감님 접대하나?"

"예? 뭔 영감님요?"

"인스피레이션! 그분이 주는 모이 말이다."

"아~ 그 영감! 근데 모이가 뭡니꺼? 천박하게시리……."

"아, 그분이 닭 모이를 줘야 시인 나부랭이들이 꼬끼오 하고 울 거 아이가. 시인은 자고로 슬피 우는 자지. 조선시대 곡비맨키로."

"곡비? 그기 뭔데예?"

"조선시대 때 3비가 있었는데 주인 밑에서 죽도록 일하는 노비, 마을로 돌아댕기며 사람들한테 책을 대신 읽어주는 책비, 그라고 남의 초상집을 찾아가 상주 대신 슬프게 울어주는 곡비지. 다 돈 받고 하는 직업이고. 그러니까 시인은 슬픈 세상을 대신해서 구슬프게 우는 곡비 같은 거다 이 말이다."

"아이고~ 장래 내 팔자도 돈 땜에 억지로 눈물 질질 짜는 신세가 될지도 모르겠구마."

"지랄, 내가 니한테 남 초상집 가서 돈 받고 울어라캤나? 이 슬픈 세상한테 울어라캤지!"

"법대생한테도 가끔은 영감님이 찾아오는 모양이네예."

"뭔 소리고?"

"그렇게 의미심장한 소리도 하고……."

"싱겁긴……. 근데 니 아직도 시상 안 떠올랐나?"

"아, 닭 모이를 줘야 꼬끼오 하고 외치지!"

"하하하……."

두 사람은 한참 웃었다. 그러나 철북이는 내내 시인은 슬픈 세상을 대신 울어주는 사람이라는 최낙수의 말이 귓가에 맴돌았다. 그러면서 불쑥 그 슬픈 시인을 위해서는 누가 대신 울어줄까, 하는 의문이 들었다. 자기 자신 외에는 아무도 없을 것 같았다.

절에 도착하자마자 두 사람은 샘터로 가 이도 닦고 등목도 했다. 술 냄새를 안 풍기려고 냉수를 몇 바가지나 들이켰다. 한결 취기가 사라지는 것 같았다. 다행히 취한 최낙수도 별 소란없이 조용히 방으로 들어갔다. 철북이는 석유통을 들고 외할머니한테로 갔다. 외할머니가 대뜸 물었다.

"더운데 욕봤다. 근데 니 와 얼굴이 시뻘겋노?"

"아, 그라머 이 땡볕에 하루 종일 걸었는데 얼굴이 안 탔겠십니꺼?"

"눈알도 타나?"

"예? 눈알……요?"

"쯧쯧쯧, 대가리에 피도 안 마른 기 술 처묵었구마."

"아, 아이라예! 생사람 잡지 마이소."

"니 한 번만 더 눈알이 시뻘게지면 여그서 쫓겨날 줄 알아라. 스님 저녁 공양은 하셨으니까 들어가서 쉬거라."

"……예."

머리를 긁적이며 밖으로 나온 철북이의 머릿속에 "마음은 속여도 눈은 못 속인다"는 외할머니의 말이 불쑥 떠올랐다. 그러면서 혼자 속으로 "그렇다고 이 눈알을 파버릴 수도 없고……" 하며 중얼거렸다.

감꽃과 해인스님

다음 날 오후 철북이는 혼자 등나무 평상에 누워 책을 보고 있었다. 그런데 갑자기 하얀 원피스를 입은 낯선 소녀 하나가 나타나 주전자를 들고 불렀다.

"스님예~."

"저? 지를 불렀십니꺼?"

"그라머 거기 딴 사람이라도 있어예?"

얼굴은 생글생글 웃는 표정이었지만 목소리는 은근히 도전적이었다. 철북이는 벌떡 일어나 얼른 주위를 둘러보았다. 아무도 없었다. 아마 소녀는 철북이의 머리가 까까머리라서 스님으로 생각한 모양이었다.

"근데 지는 스님이 아입니더."

"그라머 중이라예?"

"중도 아이고 그냥…… 민간인입니더."

"민간인? 호호호! 민간인 오빠 정말 웃긴다! 호호호……."

'저 가시나가 본 지 10초도 안 돼 민간인 오빠라고……?'

철북이가 이런 생각을 하는 사이 단발머리 소녀는 뭐가 그리 우스운지 계속 까르르 웃었다. 웃음이 들풀처럼 싱그러웠고 하얀 치아가 햇빛에 반짝였다. 나이는 중3이나 고1쯤 되어 보였다. 얼굴이나 옷차림새로 보아 먼 도시에서 온 것 같았다. 또 처음 보는 사람한테 수줍어하기는커녕 거침없이 말하는 걸로 보아 맹랑하리만치 명랑한 성격인 듯했다.

"근데 어느 스님 찾아왔십니꺼?"

"언지예. 스님 찾는 게 아이고 물 좀 뜨러 왔어예."

"아, 그라머 저기 샘터 가서 마이 떠 가이소."

"근데 민간인 오빠, 디게 무뚝뚝하네예?"

"……."

"《데미안》 재미있어예?"

"예?《데미안》, 아~ 예……."

"전 너무 감동적이었는데. 근데 오빤 알 다 깼어예?"

"예?"

"새는 알을 뽀사뿌고 나온다. 알은 세계다. 태어나려는 자는 하나의 세계를 뽀사뿌려야 한다. 새는 신한테로 날아가뻔다……. 뭐 대충 이런 구절이 그 책 중간쯤에 나오는데예. 오빠도 빨리 알을 뽀사뿌고 신한테로 퍼뜩 날아가이소, 마. 호호호!"

"……."

철북이는 평상에 읽다가 엎어놓은 헤세의 《데미안》을 힐끗 보았다. 혼자 재잘거리던 단발머리가 하얀 치마를 나풀거리며 샘터로 폴짝폴짝 뛰어갔다. 철북이는 한동안 두 눈만 멀뚱멀뚱하며 있었다.

'뭐? 내보고 빨리 알을 뽀사뿌고 퍼뜩 날아가뿌라고? 햐~ 조 가시나 얼굴은 예쁘장하게 생겨갖고는 억수로 당돌하네. 근데 어찌 보이 중학생은 아닌 것 같은데……. 얼굴도 하얗고 피부도 뽀얗고, 서울에서 왔나…….'

철북이는 다시 한번 소녀의 얼굴을 보려고 샘터 쪽으로 고개를 돌렸다. 그런데 무성한 배롱나무 잎사귀만 보일 뿐 소녀의 모습은 흔적도 없이 사라져버렸다. 철북이는 잠시 나눈 소녀와의 대화가 마치 꿈이라도 꾼 것처럼 느껴졌다.

"철북이 학생, 뭘 그렇게 생각해요?"

"네? 아, 아무것도 아입니더."

언제 왔는지 해인스님이 살포시 웃으며 옆에 서 있었다. 해인스님의 얼굴은 언제 보아도 맑은 미소를 짓고 있다. 세상의 먼지나 티 한 점 묻지 않은 하얀 배꽃 같은 얼굴이었다. 그런 얼굴에 아무리 보아도 회색 승복은 어울릴 것 같지 않았다. 간혹 청도 운문사 강원 시절의 친구들이 놀러와 절간이 떠나가도록 깔깔거리며 노는 걸 보면, 소위 민간인들과 전혀 다를 게 없었다. 오히려 소풍 온 아이들처럼 너무 천진난만해서 철북이 가슴이 미어지곤 했다.

첫눈이 내린 지난겨울이었다. 그날은 오전에 놀러온 친구들과 눈싸움을 한바탕 하더니, 오후엔 모두 돌아가고 스님 혼자 남았다. 떠들썩하던 절간이 갑자기 쥐 죽은 듯 고요했다. 처마 끝에서 딸랑딸랑 풍경소리가 울렸다. 간간이 울리는 이 풍경소리로 인해 산사는 오히려 더욱 적막감 속으로 젖어들었다. 조금씩 땅거미가 내렸다. 멀리 산자락으로 붉은 저녁노을이 지기 시작했다. 해인스님이 법당 툇마루에 앉아 그 노을을 바라보고 있었다. 저녁노을은 점점 붉어지는데 스님은 꼼짝도 않고 하염없이 바라보고 있었다.

그런데 발갛게 물든 스님의 볼에 어느새 눈물이 흘러내렸다. 어깨를 들썩이거나 코를 훌쩍이며 우는 것이 아니라, 감꽃 같은 눈물이 흘러내렸다. 눈물은 노을이 사라지고도 한참 동안이나 흘러내렸다. 문틈으로 몰래 지켜보던 철북이는 영문도 모른 채 가슴이 벌렁벌렁 뛰더니, 나중엔 그냥 막 슬퍼지기 시작했다. 철북이 얼굴에도 감꽃 같은 눈물이 흘러내렸다. 아마 해인스님은 아직도 그 사실을 모르고 있을 것이다. 그런데 그때 그 닭똥 같던 스님의 눈물이 철북이에게는 왜 감꽃같이 보였을까…….

지금 스님 얼굴을 보고 있으니, 그때 모습이 떠올라 철북이는 빙긋이 웃고 말았다. 그러고는 엉뚱한 말이 툭 튀어나와버렸다.

"해인스님요, 혹시 감꽃 먹어봤어예?"

"웬 감꽃? 진달래꽃은 한 번 먹어봤는데, 감꽃도 먹어요?"

"하모요! 살짝 달큰한 게 얼마나 맛있는데요? 5월 보릿고개 허기도 달래주고……."

"정말 먹어봤어요?"

"제가요, 시골 살 때 아침에 일어나면 제일 먼저 우물가에 떨어진 감꽃부터 주워 먹었다 아입니꺼."

"그렇게 맛있어요?"

"말도 마이소. 담백하면서도 달콤한 기 한마디로 죽입니더!"

"한번 먹어보고 싶어지네."

"우야지예? 지금은 때가 좀 늦었는데……. 마, 제가 나중에 몇 포대 갖다드리겠심더."

"철북이 학생 말만 들어도 벌써 배부른걸?"

"히히히, 고맙심더. 그라구예 제가 이 절에 감나무 좋은 놈을 하나 심어놓을 테니까, 어디 딴 절로 가시더라도 나중에 꼭 와서 감꽃 많이 주워 드이소."

"철북이 학생이 오늘 진짜 나를 감동시키네!"

"에~이, 그거 말고도 있는데……."

"어머, 그거 말고 또 있어요?"

"아, 아입니더……. 뭐 그냥……. 아이구~ 배야! 옛날 먹은 감꽃이 여태 안 내려갔나, 와 이래 배가 아프노."

"후후훗."

당황한 철북이는 갑자기 배를 움켜쥔 채 아픈 시늉을 하며 황급히 방으로 뛰어갔다. 철북이는 결국 그날 해인스님이 왜 하염없이 저녁노을을 보며 눈물을 흘렸는지, 그 까닭을 물어보지 못했다. 그리고 그때 흘렸던 스님의 눈물이 담황색 감꽃보다도 훨씬 더 달았을 거라는 말도 끝내 하지 못하고 말았다.

포도 서리와 단발머리 소녀

아침에는 갑자기 소나기가 한차례 콩 볶듯이 쏟아지더니, 오후
엔 무더위가 더욱 기승을 부렸다. 숲 속의 고추매미들이 '고추자
지, 고추자지~' 하고 절이 떠나갈 듯 합창하고, 이따금 뻐꾸기도
'뻐꾹, 뻐꾹~' 하고 울며 뒷산으로 날아갔다. 잃어버린 엄마를 부
르다 목이 쉰 듯한 저 뻐꾹새 울음소리는 언제 들어도 처량했다.
문득 부산의 어머니 얼굴이 철북이의 하얀 원고지 위로 나타났다
가 사라졌다. 며칠 전부터 새로 쓰기 시작한 소설은 주인공의 개
인사와 심리를 너무 일찍 노출시키는 바람에 중간도 가지 못하고
벌써 시든 풀잎이 되고 말았다.

철북이는 원고지를 북북 찢어 박박 구긴 다음 방구석으로 던져 버렸다. 그럴 때마다 법전을 뒤적거리던 최낙수가 이마를 찌푸렸다. 구겨진 원고지들이 방구석에 산더미처럼 쌓였다. 원고지는 흡혈귀처럼 밤새도록 피를 빨아먹는데도 색깔 하나 안 바뀐다는 생각이 들자, 갑자기 철북이 가슴속으로 싸늘한 바람이 불었다. 절망감이 엄습했다. 글은 농부가 황무지에 곡괭이질을 하는 것과 비슷했다. 철북이 눈에는 200자 원고지 한 칸이 황무지 한 평으로 보였고 펜은 곡괭이로 보였다. 곡괭이로 땅을 파서 씨앗을 심고 거름을 주며 물을 주어야 자란다. 거기서 쌀도 나오고 꽃도 나온다. 심은 대로 나온다. 그런데 황무지 한 평을 파는 게 그렇게 힘들 수가 없었다. 허리가 휘어지고 무릎이 떨린다. 글을 쓰는 밤마다 철북이의 피는 하늘로 올라간다.

뻐꾸기 우는 소리가 다시 들려왔다. 철북이는 갑자기 볼펜을 놓고 부리나케 밖으로 나갔다. 그러고는 절 뒤쪽의 대숲으로 달려갔다. 비에 젖은 오솔길이 미끄러웠는지 달려가다 넘어지고 말았다. 철북이가 일어서서 다시 달리려다가 멈칫했다. 대숲 속에서 해인 스님의 옆모습이 살짝 보였던 것이다. 철북이는 손을 털며 방으로 돌아왔다. 이 절에는 동자승이 하나 있다. 그 아이는 뻐꾸기만 울면 엄마가 보고 싶어 울었다. 그때마다 주지 스님이 사내 녀석이 그리 마음이 약해서야 되겠느냐며 야단을 쳤다. 그 뒤로는 동자승이 대숲으로 몰래 들어가 혼자 숨어서 울곤 했다. 그 사실을 아는 철북이는 뻐꾸기가 울 때마다 외할머니 몰래 대숲으로 가서 아이를 달랬다. 그런데 오늘은 해인스님이 먼저 들어가 동자승을 달래고 있었던 것이다.

작은 저수지는 땡볕에 물이 점점 말라가고 있었다. 수면 위로 잠자리들이 스치듯 날아다녔다. 철북이는 저수지를 물끄러미 바라보다가 오전에 읽다 덮어둔 손바닥만 한 소설책을 다시 펼쳤다. 삼중당문고에서 나온 최인훈의 《광장》이었다. 얼마 전에 읽은 장용학의 《원형의 전설》보다는 훨씬 쉽고 세련된 소설이었다. 주인공 이명준이가 중요한 기로에 서 있는 장면에서 철북이의 가슴이 두근거렸다. 거제포로수용소에서 풀려나온 이명준은 과연 남한과 북한 중 어디를 선택해서 앞으로 살아갈까? 양자택일이었다. 송환심사관인 인민군 장교와 국군 장교가 돌아가면서 질문했다. 책장을 넘기는 철북이 손이 떨렸다.

"동무는 어느 쪽으로 가겠소?"

"중립국."

순간 철북이는 책을 탁 덮으며 벌떡 일어나 먼 산을 바라보았다. 둔기에 머리를 한 대 얻어맞은 듯 멍한 느낌이었다. 남한도 북한도 아닌 중립국은 철북이가 전혀 예상치 못한 선택이었다. 잠자리에 이어 새들도 잔잔한 수면 위로 물방울을 튀기며 날아갔다. 뒤가 궁금한 철북이는 다시 책을 펼쳤다.

"동무, 중립국도 마찬가지 자본주의 나라요. 굶주림과 범죄가 우글대는 낯선 곳에 가서 어쩌자는 거요?"

"중립국."

"……"

그런데 몇 장 더 넘기자 주인공은 느닷없이 인도행 타고르호 선상에서 검은 바닷속으로 몸을 던져버렸다. 중립국마저 포기한 것이다. 결국 그의 몸은 바다라는 더 큰 독립국으로 갔고, 그의 영혼은 양수(羊水)라는 어머니의 자궁으로 귀향한 셈이었다. 철북이는 이 결정적인 대목에서 또 한 번 놀라고 말았는데, 그건 순전히 자신의 예상이 적중한 탓이었다. 훨씬 앞쪽에서 주인공 이명준은 북에서 만난 은혜와 동굴로 들어가 '사랑을 나누는' 장면이 나온다. 은혜는 이명준의 가슴을 어루만지고, 이명준은 은혜의 배에 머리를 얹는 장면이다. 그리고 "그녀의 배가 숨소리와 더불어 가만히 오르내린다"는 묘사가 나온다. 바로 이 순간 철북이의 머릿속으로 섬광처럼 스친 것은 은혜의 배처럼 오르내리는 파도 위의 이명준이었다. 바다로 투신한 이명준은 숨소리 같은 파도소리를 들으며 비로소 편안히 잠드는 것이다. 그게 바로 이미 주인공의 자살을 은밀히 예고한 소설적 복선이라고 철북이는 생각했던 것이다.

모든 것이 그랬다. 철북이는 비록 짧은 인생이긴 하지만 인간이 어떤 극한 상황에 처하면 결국 택하는 게 어머니와 고향이라고 생각했다. 객지에서 죽어도 머리는 고향 쪽을 향한다. 마지막 임종의 순간에도 어머니를 부른다. 원초적인 것, 모든 것은 원형으로 회귀하는 듯했다. 《광장》을 다 읽은 철북이는 가장 인상 깊은 구절 하나를 메모했다.

"사랑하지 않는 자는 인민의 적이며, 자본가의 개이며, 제국주의자들의 스파이다."

내일은 장용학의 《원형의 전설》을 다시 읽어봐야겠다는 생각이 들었다.

산들바람이 조금씩 불었다. 풍경소리가 들리고 배롱나무 꽃잎들이 흔들리고 있었다. 철북이는 머리도 식힐 겸 밀짚모자를 덮어

쓰고 큰 주전자 하나를 찾아 계곡으로 내려갔다. 지난번 읍내 심부름 갈 때 봐둔 산딸기를 따기 위해서였다. 그런데 그 사이 누가 벌써 훑어가버렸는지 새들이 쪼아먹다 남은 것들뿐이었다. 머릿속으로 흐드러지게 열려 있던 붉은 산딸기가 자꾸 떠올랐다. 실망이 이만저만이 아니었다. 다람쥐 두 마리가 하늘로 쭉 뻗은 상수리나무를 쫓고 쫓기듯 오르내리고 있었다. 철북이는 화풀이라도 하듯 뻐꾸기 알만 한 돌을 하나 집어 다람쥐를 조준한 다음 힘껏 던졌다. 돌이 나무에 부딪혀 딱, 하고 소리를 내자 다람쥐들은 벌써 다른 나뭇가지로 도망쳤다. 철북이는 계곡의 바위에 걸터앉아 물에 발을 담근 채 그놈들을 쳐다보았다. 금방 발이 시려왔다.

철북이가 아는 동물 중에서 나무 위에서만큼은 가장 날랜 게 다람쥐였다. 그 날랜 동작이 수억 년의 진화 과정이라는 시험대를 거쳐 지금까지도 생존할 수 있었던 비결이 아닌가 싶었다. 그 많은 동물들의 먹이사슬에서 도태되지 않고 자기 가문을 유지하고 있다는 그 사실 하나만으로도 눈물겨운 일이 아닐 수 없었다. 또 눈물겨운 만큼 철북이를 부끄럽게 하기도 했다. 몇 년 전 《파브르 곤충기》를 읽고 철북이가 그 작은 곤충들한테 배운 것도 아마 그런 부끄러움이었으리라.

모든 살아 있는 것들을 경배하라!
그리고 크든 작든 살아 있는
모든 것들에게 부끄러워할 줄 알아라!

이 글은 철북이가 중학교 2학년 무렵, 뒤늦게 《파브르 곤충기》

를 읽고 쓴 독후감의 결론이었을 것이다. 몇 년이 지난 지금 생각해봐도 선지자의 잠언을 흉내 낸 듯 제법 그럴듯했다. 하지만 막상 그 같은 마음으로 늘 동물을 대해왔느냐, 라는 질문에는 자신이 없었다. 아까처럼 살아서 도리어 다람쥐 잡자고 돌멩이나 던지고 있으니 말이다. 거창한 경배는 차치하고 길가의 꼼지락거리는 한 마리 벌레나 안 밟았으면 다행일 것이다.

어쨌든 반성은 적게 할수록 좋다. 그런데 그게 말처럼 쉽지 않다. 갑자기 발등과 발가락이 간지러웠다. 물속을 내려다보니 아기 손가락만 한 버들치들이 몰려와 발가락을 간질이고 있었다. 맑은 물이라 눈이 붉은 열목어들도 보였다. 경계심이 많은지 열목어는 쉽게 다가오지 않았다. 물 위에는 쌀밥 같은 하얀 이팝나무 꽃잎들이 자욱이 떨어져 있었다.

서늘한 계곡을 벗어나 풀숲이 우거진 오솔길로 접어들자 햇빛에 금방 몸이 녹아내릴 듯했다. 얼마 안 되는 거리에 과수원이 보였다. 종이로 열매를 싸놓은 사과밭과 검붉은 포도가 탐스럽게 영글어가는 포도밭이 눈앞에 펼쳐졌다. 철북이는 빈 주전자를 들고 타박타박 걷다가 갑자기 발걸음을 멈췄다. 문득 백구두 스님과 해인스님이 떠올랐던 것이다. 모기떼한테 피까지 빨아먹히며 도 닦는다고 고생하는 백구두 스님에게 오랜만에 별식으로 산딸기를 선물하려고 했는데, 계획이 물거품이 되어버렸다. 게다가 딱딱한 집딸기밖에 먹어 보지 못한 해인스님한테는 부드럽고 야들야들한 산딸기에 대해 침이 마르도록 자랑하지 않았는가. 조만간 꼭 따다 드리겠다고 약속까지 해놓았는데, 이래저래 발걸음이 떨어지지 않았다. 한참 고민하던 철북이는 마침내 눈 딱 감고 거사를 도모하기로 결정했다.

철북이는 주위를 한번 살핀 다음 몸을 낮추고 재빨리 포도밭으로 다가갔다. 결정을 내린 이상 신속하게 움직이는 게 철북이 신조였다. 넓은 포도밭 한가운데 우뚝 솟은 원두막 위에서 주인인 듯한 노인 한 분이 부채질을 하고 있었다. 다행히 노인은 부채를 저으면서도 꾸벅꾸벅 졸고 있는 듯했다. 철북이는 주전자 뚜껑을 열고 주렁주렁 열려있는 포도송이를 따 담기 시작했다. 포도나무 위에 앉아 있던 새들이 불쑥불쑥 날아올랐다. 철북이는 가능한 새들을 자극하지 않기 위해 조심조심 꼭지를 비틀었다. 새들이 일제히 날아오르면 원두막에서 눈치챌지도 모르기 때문이다. 이마에서 포도알 같은 땀방울이 떨어졌다. 크든 작든 남의 것을 훔치는 건 역시 스릴이 있어 좋았다.

서둘러 거사를 훌륭하게 완수한 철북이는 다시 호젓한 오솔길로 접어들었다. 가볍던 빈 주전자가 묵직하자 절로 흐뭇한 웃음이 흘러나왔다. 그런데 이때 갑자기 숲 속에서 청바지에 하얀 티셔츠를 입은 소녀 하나가 토끼처럼 불쑥 튀어나왔다.

"민간인 오빠!"

"어? 그 단발머리……!"

지난번 절에 물 받으러 와 철북이한데 "오빠 알 다 깼어예?" 하고 당돌하게 묻던 바로 그 맹랑한 소녀였다. 철북이는 우선 가슴이 뜨끔했다. 도둑놈 제 발 저린다는 말이 바로 이럴 때 쓰는 말인 듯했다. 어쨌든 이 난국을 타개하려면 먼저 저 단발머리가 처음부터 철북이의 포도서리를 다 목격했는지부터 확인해야 했다. 단발머리도 주전자를 들고 있었다. 그런데 계속 생글생글 웃는 게 영

미심쩍었다.

"어데 갔다와예?"

"저쪽에 산딸기 따러 왔다가 없어서 그냥 가는 길입니더."

"오빠, 이젠 말 놔도 괜찮아예, 호호호. 절에 물 뜨러가 해인스님한테 다 알아봤어예."

"뭘……?"

"오빠 나이부터 이것저것……. 근데 중도 아이고 스님도 아이고 고3 민간인 맞던데예, 호호호……."

"그라머 인자부터 내 말 놓겠는데……, 숲 속엔 언제부터 있었노?"

"와예? 뭐 죄 지은 거라도 있어예?"

"죄? 아이고 혼자 이 산골짜기에서 무신 죄 지을 게 있다고……. 안 그렇나?"

"안 그런데예. 혼자 있을 때 짓는 죄가 더 달콤한 법이라고 어느 소설책에서 봤어예."

"그 자슥이 혼자 죄 마이 지었구마. 그런 소설 읽지 마라. 근데 여긴 어떻게……."

"호호호, 오빠 보니까 반가워서 놀래주려고 살짝 숨어 있었어예."

"아, 그래? 언제부터……."

"뭘 그리 자꾸 꼬치꼬치 캐물어예. 근데 오빠, 그 주전자 비었어예?"

"어? 이거…… 비, 비어 있는데…… 와?"

"그럼 잘 됐네예. 오빠 잠깐만 따라와 보이소."

"어데 갈라꼬?"

"안 머니까 잠깐이면 됩니더."

단발머리가 앞장서서 걷기 시작했다. 어쨌든 포도 서리가 들키지 않았을 거라고 안심한 철북이는 소녀를 뒤따랐다. 그런데 단발머리가 갑자기 포도밭으로 쑥 들어가더니, 원두막 쪽으로 가는 것이었다. 돌아가기엔 이미 때가 늦었다. 철북이는 너무 당황한 나머지 말까지 더듬거렸다.

"어? 니 와 이, 이리 가노?"

"이 포도밭 주인이 우리 할아버지라예. 절과 가까운데 아직 몰랐어예?"

"응? 모, 몰랐는데……."

"할아버지~! 할아버지~!"

단발머리가 원두막을 향해 큰 소리로 할아버지를 불렀다. 철북이는 겨우 늪을 빠져나왔는가 싶었는데, 다시 새로운 늪으로 빠져드는 기분이었다. 범인은 현장에서 무조건 멀어지는 게 상책인데, 이렇게 얼쩡대다간 직통으로 가는 수가 있기 때문이다. 갑자기 주전자가 세상의 모든 죄가 다 들어 있기라도 한 듯 그렇게 무거울 수가 없었다. 그놈의 포도 몇 송이 몰래 먹으려다 톡톡히 개망신을 당할 듯싶었다. 그리고 저 원두막 할아버지가 만약 외할머니에게 고자질이라도 하면 철북이는 절에서 쫓겨나는 건 물론이요, 최소한 사망이다. 포도송이를 제자리에 갖다 붙여놓고 싶은 마음이 굴뚝같았다. 원두막이 코앞으로 다가왔다. 철북이는 형장으로 끌려가는 죄수처럼 몸이 천근만근 무거웠다. 원두막 위에서 할아버지가 물었다.

"엄청 더울 텐데 빨리 올라 오거라. 가만, 거 같이 오는 양반은 수구암 행자승인가?”

"할아버지, 행자승이 아니라 민간인이에요. 호호호."

"군인도 아이고 중도 아이고 민간인이라? 허허."

소녀를 따라 사다리를 타고 조심조심 원두막 위로 올라간 철북이는 주전자를 멀찌감치 내려놓고 최대한 예의를 지켜 큰절을 올렸다.

"할아버님, 인사드리겠심더. 전 부산에서 저 절에 공부하러 온 고등학생인데 이름은 양철북이라고 합니더."

"양철북이라……. 허~ 거 이름 한번 요란해서 좋구먼. 예의도 바르고."

원두막이 삐걱거렸다. 생각보다 할아버지의 웃음이 넉넉해서 다소 안심은 됐다. 그렇다고 경계를 게을리해서는 안 되었다. 대화 중에도 가능한 주전자 쪽으로 관심이 쏠리지 않도록 하는 게 무엇보다 중요했다. 목이 바싹바싹 탔다.

"편히 앉게나. 그래, 이 땡빝에 여긴 우찌 왔는고?"

"할아버지, 무슨 볼일이 있어 온 게 아니구요. 제가 저 길에서 우연히 오빠 만나 데리고 왔어요."

"니가? 와?"

"제가 절에 갈 때마다 이 오빠가 친절하게 물도 떠주고 해서 우리도 포도 좀 드리려구요. 할아버지 드신 물이 바로 그 물이에요."

"아, 그래? 참 고맙구나! 니가 잘 익은 놈들을 골라 마이 따주거라."

"네~ 할아버지."

"근데 담아갈 광주리는 있는고?"

"네~ 할아버지."

줄곧 나 대신 대답한 단발머리가 벌떡 일어나 철북이 뒤쪽으로 쪼르르 가더니 주전자를 덥석 들고 왔다. 철북이는 화들짝 놀랐지만 말릴 틈새도 없었다.

"어? 오빠, 빈 주전자가 왜 이리 무겁지? 뭐가 들었나……."

"자, 잠깐만! 그, 그기 아이고…… 사, 사실은 이 안에 이, 이상한 기 들어 있다."

단발머리가 뚜껑을 열려는 순간 철북이가 황급히 주전자를 빼앗으며 말을 더듬거렸다. 어쨌든 주전자 뚜껑은 열리지 않아야 했다. 단발머리가 호기심 가득한 눈빛으로 주전자를 보며 물었다.

"오빠, 이상한 게 뭐예요?"

"응? 뭐…… 말하기가 좀 그런데 뭐 그런 기……."

"뭐 무서운 거예요?"

"응? 무, 무서운 거…… 그, 그래 도, 독사 같은 거……."

단발머리의 물음에 철북이는 순간적으로 시골에서 흔한 독사를 떠올렸다. 그리고 드디어 이 늪에서도 벗어나는구나 싶었다. 독이 든 뱀이니까 뚜껑을 열 엄두조차 낼 수 없을 것이고, 게다가 빨리 이 바늘방석 같은 자리도 피할 수 있을 테니 말이다. 아닌 게 아니라 할아버지의 표정이 싹 굳어졌다. 철북이를 쏘아보는 눈빛도 예사롭지 않았다.

"얘야, 거 주전자에서 썩 물러나거라! 그리고 학상은 절에 묵으면서 살생을 하믄 되것나?"

"아, 할아버님 아직 죽지 않았으니까 살생은 아이구요……."

"뭐? 아직 살아있다구?"

"예. 확인하시게 보여드릴까예?"

"어허~! 그러다가 자칫 튀어나오기라도 하믄 이 쪼매만한 원두막에서 우린 우짤라고. 근데 학상은 말라꼬 산 놈을……."

"그냥 뭐 좀 관찰할 게 있어서요."

"산 독사를 관찰한다 이 말이가? 쯔쯔쯔, 간땡이가 부어도 한참 부었구마. 주전자 뚜껑 안 열리게 단디 들고 후딱 내려가거라."

"예, 할아버님. 놀라게 해드려서 죄송합니더."

"호호호."

독사라 하는데도 이 단발머리는 무서워하기는커녕 뭐가 좋은지 계속 생글거리며 웃었다. 마음이 계속 찜찜했다. 그렇지만 일단 주전자를 들고 원두막을 내려서자 철북이는 마치 호랑이 굴에서 탈출이라도 한 것 같았다. 단발머리가 자기네 광주리를 하나 가져와 철북이에게 주었다. 그리고 포도나무 밑으로 들어가 가위로 하나씩 꼭지를 자른 포도송이를 담아주었다. 이따금 잘 익은 포도알을 따 하얀 옷깃에 깨끗이 닦은 다음 철북이 입에 쏙 넣어주기도 했다. 하는 행동마다 워낙 스스럼이 없어 태어날 때부터 수줍음 같은 건 아예 없어 보였다. 철북이가 궁금한 것을 하나 물었다.

"니 계속 여기 사투리 쓰더니 아까는 와 서울말 썼노?"

"할아버지 앞에서 사투리 쓰면 엄청 혼나요. 할아버진 절대 못 쓰게 해요."

"그라며 서울서 왔나?"

"네. 방학 때 가끔 여기 와요."

"사투리가 아주 능숙하던데?"

"아빠가 경상도니까 배울 수밖에요. 재미있는 표현이 많아 일부러 더 많이 써요. 오빠 부산에서 왔어요?"

"그건 우째 아노?"

"아까 얘기했잖아요. 해인스님한테 물어봤다고……. 이름은 양
철북, 부산 혜광고 3학년의 작가 지망생. 방학 때마다 절에 와 시
나 소설을 쓰고 있음, 주지 견성스님은 외할머니, 현재 고시생과
룸메이트이고 옆방 스님 공양 배달 담당, 이 정도면 됐죠?"

"근데 난 니 이름도 모르고 몇 학년인지도 모르는데?"

"이름은 채송화, 서울 수도여고 1학년의 외동딸, 별명은 천방지
축 혹은 책벌레, 장래 희망은 최초의 여자 영화감독, 됐죠?"

"어, 벌써 해가 저만큼 갔구마. 스님 저녁 공양 때라 내 빨리 가
봐야겠다. 포도 고맙게 잘 묵으께."

"어머, 정말이네. 오빠 어서 가보세요."

철북이는 왼쪽 손엔 주전자를 들고, 오른쪽 옆구리엔 포도가 가
득한 광주리를 낀 채 발걸음을 재촉했다. 좌도 우도 똑같은 포도
여서 철북이는 멋쩍은 웃음이 나왔다. 포도밭을 벗어나 오솔길로
올라서는데 송화가 손바닥으로 나팔을 만들어 외쳤다.

"오빠~ 독사 잡으러 또 오세요~. 호호호……."

철북이는 잠시 주전자를 내려놓고 손을 흔들었다.

절에 돌아와 외할머니와 해인스님에게 포도를 갖다드렸다. 또
옆방 백구두 스님에게도 저녁 공양 한참 지나 포도 두 송이를 갖
다드렸다. 방문을 세 번 노크하고 '스님~ 서리해온 별식입니더~'
하고 말하려다가 그냥 "스님~ 별식입니더~"라고만 말한 다음, 조
용히 쟁반을 방 안으로 들여놓았다.

'묵언정진' 끝나다

며칠 뒤였다. 새벽에 천둥 번개가 쳤다. 멀리서 천천히 울려오는 천둥소리는 어릴 적 시골 저수지의 얼음이 쩡쩡 갈라지는 소리 같기도 했고, 몇 달 전 음악 시간에 들었던 베토벤의 웅장한 운명교향곡 같기도 했다. 이 절을 품은 산도 금방 무너질 듯 흔들렸다. 진돗개가 천둥소리에 놀랐는지 계속 짖어댔다. 여러 대학교의 전국고교현상문예에 응모할 시를 쓰던 철북이도 잠들지 못했다. 최낙수만 코를 골며 깊은 잠에 빠진 듯했다. 철북이가 들창문을 열자 드문드문 별들이 반짝일 뿐 비는 내리지 않았다.

그러곤 다시 잠을 잤는데 일어나보니 아침 공양 시간이 가까웠

다. 문을 여니 안개가 자욱했다. 날씨는 흐렸지만 비가 내린 흔적
은 보이지 않았다. 천둥 번개가 반드시 비를 동반하는 것은 아닌
모양이었다. 철북이는 빗자루를 들고 기지개를 켜며 법당 쪽으로
갔다. 그런데 안개가 자욱한 마당을 먼저 빗자루로 쓸고 있는 사
람이 보였다. 견성스님도 아니고 해인스님도 아니고 보살님이나
동자승도 아니었다. 철북이는 발을 보았다. 백구두를 신고 있었
다. 벌거벗은 웃통을 단정한 회색 승복으로 가린 뒷모습이었지만,
옆방의 백구두 스님이 틀림없었다.

그 순간 철북이는 아무 이유도 없이 그냥 가슴이 벅차오르기 시
작했다. 마냥 달려가 그렇게 넓어 보이는 스님 등에 올라타고 싶
었다. 철북이는 두근거리는 가슴으로 조용히 방으로 돌아와 문을
조금만 열어놓고 지켜보았다. 조금씩 안개가 걷히기 시작하자 스
님의 윤곽이 확실히 드러났다. 마당 곳곳에 떨어져 있는 배롱나무
붉은 꽃잎과 법당 처마 끝까지 타고 오르던 연분홍색 능소화 꽃
잎들이 빗자루에 쓸려나갔다.

'아~ 드디어 그 묵언정진이라는 게 끝난 모양이구나. 이제는 말
을 할 수 있겠구나.'

이런 생각이 먼저 들었다. 그리고 정진이 끝나자마자 가장 먼저
마당을 쓰는 것을 보곤 '아직도 저렇게 더 쓸어내야 할 마음이 많
이 남은 모양이구나' 하는 생각도 들었다. 쓸어도 쓸어도 쌓이는
낙엽과 먼지들처럼 끝없이 잡념들이 생기는 모양이었다. 스님은
빗자루 끝만 바닥에 살짝 대고 대충 쓰는 철북이와는 달리, 빗자
루를 거의 가운데까지 비스듬히 눕혀서 천천히 쓸고 있었다. 비질
소리도 잔돌 사이로 흐르는 시냇물처럼 잔잔했다. 스님의 눈에는

마당도 결이 있는 듯 그 결따라 비질하는지도 몰랐다. 도 닦는 게 뭔지는 모르지만 무엇보다도 우선 빗자루 잡는 법부터 배워야겠구나, 하는 생각이 들었다.

　마당을 다 쓸고 난 스님이 샘터로 가 숫돌에 낫을 갈았다. 낫을 다 간 스님이 앞뜰과 뒤뜰, 그리고 채마밭과 절 주변을 부지런히 오가며 무성한 잡초들을 베었다. 외할머니와 해인스님이 법당 툇마루로 나와 그 광경을 흐뭇한 표정으로 지켜보고 있었다. 한참 뒤 해인스님이 하얀 수건을 들고 샘터로 갔다. 푸른 배롱나무 작은 잎을 하나 똑 따서는 표주박 물 위로 띄웠다. 그런 다음 물이 넘치지 않게 천천히 걸으며 백구두 스님한테로 갔다. 해인스님이 표주박과 수건을 건네자 풀을 베던 백구두 스님이 엉거주춤한 자세로 낫과 잡초를 바닥에 내려놓은 다음 두 손을 모아 합장했다. 해인스님은 맑은 미소를 띠었고 백구두 스님의 얼굴이 살짝 붉게 상기된 듯했다. 표주박을 건네받은 백구두 스님이 배롱나무 잎을 후~ 후~ 불어가며 한 모금씩 물을 마셨다. 갈증이 심해 단번에 들이켜고 싶었겠지만 동동 떠다니는 잎 때문에 천천히 마시는 듯했다.

　물을 다 마신 스님이 먼 산을 보며 수건으로 줄줄 흐르는 땀을 닦았다. 해인스님이 빈 표주박과 바닥에 쌓인 잡초를 가슴 가득히 안고 뒤돌아섰다. 그때까지도 두 스님 사이엔 마치 서로 묵언이라도 약속한 듯 아무 말이 없었다. 철북이에게 경건하고 삼엄하게만 다가왔던 그 묵언이란 게 저렇게 아름다울 때도 있구나 싶었다. 벌써 햇살이 툇마루 밑에까지 스며들었다. 보살님이 일하는 공양간에서 밥이 되어가는 구수한 냄새와 하얀 김이 문틈으로 모락모락 새어나왔다. 철북이는 문득 오늘의 일기장 첫머리가 떠올라 재빨리 문을 닫고 연필을 꺼냈다.

아~ 우리 백구두 스님이 드디어 그 고독한 묵언정진에서 해방되었다. 그런데 해방된 스님이 한 첫 번째 말은 빗자루 소리였고, 두 번째 말은 낫 가는 소리였고, 세 번째 말은 잡초 베는 소리였다. 나에게 있어 백구두 스님은 침묵이 소리로 바뀌었을 뿐 여전히 묵언정진 중이다.

스님의 공양 배식은 하지 않아도 된다는 외할머니의 말이 떠올라 철북이는 아침부터 가만히 방에 틀어박혀 책만 읽었다. 오랜만에 읽는 사르트르의 소설 《구토》였다. 철북이는 동시에 여러 권의 소설을 읽으면서 서로 주인공을 바꾸는 버릇이 있었다. 지금도 그 버릇대로 《구토》의 주인공인 로캉탱을 뫼르쏘로 억지로 바꿔보았다. 뫼르쏘는 카뮈의 소설 《이방인》의 주인공이다. 어처구니없게도 햇빛 때문에 아랍인을 총으로 살해한 독특한 인물이다. 살해 이유가 이해 안 되던 차에 몇 달 전 우연히 《씨알의 소리》 잡지를 뒤적이다가 뫼르쏘의 총알이 '피압박 민족에 대한 제국주의의 무의식적인 횡포'라는 요지의 백기완 선생 해설을 보고 철북이는 깜짝 놀란 적이 있었다. 그때 잠깐, 훨씬 둘러대기 좋은 눈도 있고 구름도 있고 비도 있고 안개도 있는데, 왜 하필 밝은 햇빛을 공범으로 만들었지, 하고 혼자 실소하며 중얼거리기도 했다.

철북이는 책을 읽는데도 집중이 안 되고 생각이 자꾸 백구두 스님에게로 쏠렸다. 아침 공양 뒤 스님이 샘터에서 백구두를 씻고 있었다. 철북이가 이 절에 온 지 얼마 안 돼 진흙 묻은 저 백구두를 한번 씻어놓은 적이 있었다. 그때 신발에서 나는 엄청난 냄새 때문에 한 손으로 코를 막은 채 씻었던 기억이 떠올라 빙긋이 웃었다. 조금 지나자 외할머니와 해인스님이 마당으로 나왔다. 백구두 스님이 다 씻은 구두를 배롱나무 가지에 걸어놓고 외할머니에게로 갔다. 그들은 등나무 그늘로 옮겨 미소를 띤 채 도란도란 얘기를 나누었다. 목소리가 낮아 무슨 얘기인지는 알 수 없었다. 간간이 해인스님이 화사하게 웃었다. 백구두 스님도 아까 물을 마실 때 수줍음을 타던 것과는 다르게 활달한 표정이었다. 빡빡 깎은 세 스님의 머리가 샘터의 표주박처럼 반들반들 빛났다. 이미 익숙해진 광경인데도 절로 웃음이 쿡쿡 나왔다.

얼마 후 백구두 스님이 혼자 법당으로 들어가더니 부처님을 향해 절을 하기 시작했다. 몇 번 했는지는 모르겠지만, 철북이가 문고판 소설 한 권을 다 읽고, 또 마당의 돌탑 중간까지 그늘이 진 것으로 보아 거의 두 시간 정도는 족히 절을 한 것 같았다. 절을 마친 스님이 이번엔 무릎을 꿇은 채 염불을 했다. 낭랑한 목소리가 목탁소리에 실려 흘러나왔다. 스님의 목소리는 대하장강처럼 유장하게 흐르기도 하고 강가로 밀려나는 가랑잎처럼 애잔하게 흐르기도 했다. 소리가 잦아들 때는 처마 끝의 풍경소리가 추임새를 넣었다. 서로의 경계를 자유롭게 넘나들면서도 절묘하게 어우러지는 이 세 가지 소리들이 철북이에게는 마치 절의 맥박소리나 숨소리처럼 들렸다. 늘 아늑하고 고즈넉하기만 하던 절간이 오래간만에 기지개를 켜는 듯했다. 스님의 염불소리가 계속되자 철북이는 드러누워 책을 읽으며 시간을 보냈다. 벌써 몇 시간쯤 흐른

것 같았다. 그러다 문득 이상한 생각이 들어 벌떡 일어나며 낙수
형을 불렀다.

"행님요!"

"내 안 죽었다, 살살 불러라."

"지금까지 저 스님 염불소리 다 들어봤십니꺼?"

"내가 중들 염불소리 들으러 여기 온 거 아이다."

법전에 눈을 콕 박고 있던 최낙수가 고개를 들며 점잖게 대답했
다. 철북이가 목소리를 착 가라앉히며 다시 물었다.

"염불소리 저거…… 고등학교 선생님들처럼 똑같은 거 계속 반
복하는 게 아입니꺼?"

"모가지 아픈데 쓸데없이 똑같은 거 말라꼬 되풀이하노?"

"그라머 저 긴 걸 다 외워서 한단 말입니꺼?"

"하모!"

"우와~ 지금까지 들은 것만 해도 책 몇 권 분량은 충분히 될 낀
데……."

"그러니까 중질도 대가리 나쁘면 못하는 전문직 아이가!"

"그라머 중들은 다 저렇게 암기력이 좋아예?"

"아이다, 돌중도 수두룩하다."

"그럼 저 백구두는 머리가 좋은 모양이네예?"

"글쎄…… 앞으로 서너 시간쯤 더 하면 모르지."

"에이~ 그건 좀 무리 같은데……."

"무리 아이다. 니, 판소리 안 들어봤나?"

"판소리? 아~ 그 갓 쓴 늙은 영감탱이들이 부채 흔들며 '제비
몰러 나간다! 제비 후리러 나간다! 뜨뜨뜨뜨뜨 뜨르르르…….' 하

는 거 말입니껴?"

"하하하! 그래 그런 거. 흥보가, 심청가, 춘향가, 적벽가, 수궁
가……. 이걸 판소리 다섯 마당이라 하는데, 아마 이거 다 완창할
라카믄 열 시간도 더 걸릴걸. 쉬지 않고 수궁가 하나만 불러도 세
시간 이상 걸린다 아이가."

"그걸 진짜 다 외워서 부른다 말입니껴?"

"하모. 그것도 일흔 살이 넘은 꼬부랑 할배 할매들이 해 뜰 때부
터 해 질 때까지 부르는데, 얼마 전에는 열 살밖에 안 된 꼬맹이도
완창했다카더만."

"우와~."

이날 백구두 스님의 목탁소리와 염불소리는 점심 공양 시간이
한참 지나서야 멈췄다. 갑자기 소리가 뚝 끊어지자 경내는 쥐 죽
은 듯 고요했다. 띄엄띄엄 들려오는 청아한 풍경소리마저 너무 낯
설어 마치 먼 세상에서 온 다른 소리 같았다. 그런데 이때 절간의
정적을 깨는 소리가 또 들려왔다. 목탁소리와 가녀린 여자 목소리
였다. 최낙수와 철북이는 동시에 법당 쪽으로 고개를 돌렸다. 해
인스님이었다. 백구두 스님은 보이지 않고 그 자리에 해인스님이
무릎 꿇고 앉아 목탁을 두드리며 염불하고 있었다. 물방울처럼 맑
은 염불소리와 목탁소리가 어울려 산자락을 적셨다. 소리의 빛깔
과 무늬에 따라 절의 분위기도 사뭇 달라지는 것 같았다. 그런데
백구두 스님을 따라 곧바로 해인스님의 목소리가 이어지자 철북
이는 뭔가 이상한 예감이 들기 시작했다. 그리고 보니 아침 공양
과 점심 공양 때 먹은 버섯탕수육과 콩불고기도 평소에 볼 수 없

었던 특별식이었다. 이런 특별식은 스님들이 더운 여름과 추운 겨울마다 세 달쯤 선방에 들어가 혹독하게 참선하는 하안거와 동안거 때나 구경하는 음식이다. 어쩌면 백구두 스님도 그동안 옆방을 선방으로 생각하고 혹독하게 정진한 건 아닐까. 그리고 이제 그 정진이 끝나 다른 수행처로 혹시 떠나려는 건 아닐까.

이런 생각이 들자 특별식이나 해인스님의 염불소리 마디마디 진한 슬픔이 배어 있는 듯했다. 바로 옆방에 묵으면서도 말 한마디 나눈 일 없이 밥 심부름만 했지만, 이미 스님이란 존재가 철북이 마음 깊숙이 자리잡고 있는지도 몰랐다. 끼니마다 밥을 갖다주며 등짝만 보고서도 이렇게 정이 깊어질 수도 있구나 싶었다. 곰곰이 생각하던 철북이는 벌떡 일어나 외할머니를 찾았다. 외할머니는 우물 옆의 배롱나무에 기대어 앉아있었는데, 어김없이 곰방대를 빨고 있었다. 오소리도 잡을 골초인 외할머니는 저녁예불이 끝나면 늘 배롱나무에 기댄 채 석양을 하염없이 바라보곤 했다. 그럴 때면 항상 곰방대에 봉초를 엄지로 꾹꾹 눌러 담아 빽빽 빨아당긴다. 그런데 오늘은 저녁이 아니라 대낮부터 담배를 피우고 있었다. 안색이 좋지 않았다. 철북이가 다가가 먼 산을 보며 은근슬쩍 물었다.

"할무이요, 맨날 뭘 그리 번민하십니꺼?"

"이놈아, 고걸 알면 내가 와 이카겠노."

"또 괜히 물었네. 근데 담배는 말라꼬 그렇게 피우십니꺼?"

"이 곰방대 하나로 맨날 부처도 태우고 향도 피우고 을매나 좋노! 안 글나?"

"그렇게 좋으면 저도 피우까예?"

"요 대가리에 피도 안 마른 기."

"아야!"

철북이가 외할머니한테 곰방대로 머리를 한 대 얻어맞았다.

"근데 할무이예."

"와?"

"두 스님이 다 갑자기 저러시는 거 보이 오늘 무슨 날입니꺼?"

"오는 게 있으면 가는 것도 있어야 안 되겠나. 먼 길 가시는 스님에 대한 답가다."

"그라머 백구두 스님이 오늘 떠나신단 말입니꺼?"

"만행(卍行, 여러 곳을 돌아다니면서 닦는 수행) 중에 몸이 불편해 여기 잠시 머물렀으니, 이제 또 가셔야지……."

"어디로 가시는데예?"

"마음 가는대로. 와, 니도 가고 싶나?"

"백구두 스님하고 말입니꺼?"

"그라머 누구겠노."

"……."

"싫나?"

"그라머 또 제가 맨날 밥 날라야 된다 말입니꺼?"

"하하, 그기 그렇게 힘들더나?"

"힘든 기 아이고 맨날 새벽마다 일어나는 거 땜에 그렇지예……."

"스님 따라다니다 보믄 좋은 경험도 쌓을 끼고 배울 것도 많을 끼고 또 철도 좀 들 끼고, 그런 게 진짜 인생 공부 아이겠나."

"……."

"따라가봐라. 니한테는 세상이 어떻게 숨 쉬는지 깨달을 좋은 기회 같구나. 가서 마이 보고 마이 생각하고 마이 느끼고 오너라."

2부

백구두 스님과의 여행

철북이는 배낭을 멘 채 골짜기 아래로 산노루처럼 뛰었다. 저수지를 지나자 사과밭과 포도밭이 나왔다. 원두막 위에는 할아버지 대신 단발머리 송화가 혼자 책을 보고 있었다. 철북이는 그냥 지나치다가 갑자기 뒤돌아서 포도밭 안으로 뛰었다. 발자국 소리를 들었는지 송화가 돌아보았다. 원두막 아래에 도착한 철북이는 숨을 몰아쉬었다.

"오빠, 어디 가?"

"응."

"어디?"

"나도 몰라."

"피~ 그런 게 어딨어?"

"그냥 스님 따라가거든."

"아~ 그 백구두 스님? 조금 전에 내려가던데."

"다른 기 아이고 뭐 좀 할 말이 있어서……."

"할 말? 뭐?"

"저, 저번에…… 그 주전자 속에 사, 사실은……."

"독사가 아니라 포도가 들어 있었다, 이 말?"

"그, 그걸 니가 우찌……."

"따는 걸 봤으니까. 호호호……."

"근데 왜……."

"할아버지와 내 앞에서 오빠의 임기응변과 순발력을 문득 테스트해보고 싶었거든. 오빠 미안해. 그때 많이 쫄았구나?"

"어…… 그, 그랬구나……."

맥이 탁 풀렸다. 처음에는 송화가 활짝 웃을수록 뜨거워지며 벌겋게 달아오르던 철북이 얼굴도 차갑게 식어버렸다. 어쩐지 그때 주전자 속에 독사가 들어있다고 해도 무서워하기는커녕 계속 생글생글 웃는 게 영 수상쩍다 했더니…….

'하~ 저거 진짜 발칙한 가시나네. 그때 진짜 독사를 몰래 잡아 뒤통수를 쳤어야 했는데…….'

한마디로 인간 양철북이가 서울 계집애의 손바닥 위에서 실험 쥐처럼 완벽하게 놀아난 꼴이었다. 어쨌든 송화의 어이없는 대답에 솔직히 기분이 나쁘긴 했지만, 그렇다고 포도 서리까지 정당화시킬 명분은 어디에도 없었다. 그냥 워낙 맹랑한 아이의 어이없는 발상이려니, 하고 넘어갈 수밖에 없었다. 그 대신 철북이는 자신도 모르게 불쑥 실없는 질문을 하고 말았다.

"그래, 순발력 테스트해보이 어떻더노?"

"굿! 베리 굿!"

"햐~ 송화 니 진짜 대책 안 서는 계집애네!"

"아, 오빠 그때 내 별명을 하나 빠뜨렸는데, 그게 바로 무대뽀야, 무대뽀! 호호."

"아이구~ 머리야! 마, 고마하자. 내가 졌다."

"헤헤헤, 근데 오빠, 언제 와?"

"내도 모리겠다. 언제 올런지."

"나…… 오빠 보고 싶으면 어떡하지?"

"어쭈, 야 이 가스나야. 니가 내 언제 봤다고 보고 싶다 카노?"

"야 이 머스마야! 그라머 오래 봤다고 다 보고 싶은 줄 아나?"

"……."

송화가 원두막에서 발딱 일어나더니 팩 소리 질렀다. 듣고 보니 그렇긴 했다. 할 말이 얼른 떠오르지 않았다. 철북이는 그런 송화를 뻘쭘하게 쳐다보다가 입을 열었다.

"아, 알았다. 빠, 빨리 오꾸마."

"빨리 언제?"

"그건 내도 모르구마. 어, 스님 안 보이네. 이거 큰났다. 내 빨리 가봐야겠다. 그라머 송화야, 다음에 돌아와서 보자."

철북이가 아랫마을 쪽을 휘둘러보고는 포도밭 밖으로 후다닥 뛰어나오는데 저번처럼 송화가 뒤에서 또 소리쳤다.

"민간인 오빠~, 스님 따라다니며 알 잘 뽀개이소~! 호호."

철북이도 뛰다가 잠깐 멈추고 손으로 나팔을 만들어 소리쳤다.

"그래 이 가스나야~ 니도 알 잘 뽀개고 퍼뜩 날아가삐라~! 하하."

아랫마을 입구까지 뛰어내려가서야 철북이는 겨우 스님을 따라 잡았다. 스님은 커다란 느티나무 그늘 아래의 평상에 앉아 기다리고 있었다. 철북이는 연신 숨을 헐떡였고 온몸에는 땀이 비 오듯 쏟아졌다. 스님이 빙긋이 웃으며 철북이에게 수건을 주었다.

"어, 스님 이 수건은 아침에 해인스님이 주신 거 아입니꺼?"

"맞다, 와? 난 쓰면 안 되나?"

"그건 아이지만……. 음~ 이 향기 한번 죽이구마! 헤헤."

"아예 처무라!"

"그럴 수만 있으면 얼마나 좋겠십니꺼. 근데 스님 발걸음이 와 그리 빠릅니꺼? 따라잡는다구 내 죽는 줄 알았네!"

"그러니까 와 연애질이고? 니 일부러 포도 서리했제?"

"포도 서리요? 그걸 스님이 또 우찌 아십니꺼?"

"내가 가만히 앉아 있어도 니 머리 꼭대기에 있다 아이가."

"……."

"니가 별식이라며 준 두 송이 중에 한 놈은 꼭지를 가위로 깨끗하게 잘랐는데, 다른 한 놈은 손으로 억지로 비틀어 자른 흔적이 역력한 걸로 봐, 이놈은 외부 침입자의 소행이구나 생각했지. 꼭지가 질긴 포도밭에 가위가 없을 리는 없고, 안 글나?"

"완전 귀신이구마! 스님 직업 잘못 택하신 것 같네요."

"허허, 지금이라도 한번 업종 전환을 해봐?"

"에이~ 가위로 자른 것 속에 하필 손으로 딴 포도송이가 섞일

게 뭐람. 마 내 불찰이네요 뭐, 히히."

"완전범죄란 없니라. 왜? 현장엔 범인의 숨결이라도 남아 있는 법이니까!"

"벽만 처다보며 도만 닦으시는 줄 알았는데, 셜록 홈스처럼 추리도 하셨네예?"

"이놈아, 도 닦는 것도 수행이라는 여러 단계의 추리를 거쳐 화두라는 범인을 잡아내는 것과 똑같니라!"

"그 범인을 잡으면 우찌 되는데요?"

"오랜만에 두 다리 쭉 뻗고 잠자지, 뭐. 허허."

"근데 스님, 아까부터 계속 궁금한 게 하나 있는데……."

"뭐?"

"거 서리한 거 알면서도 포도가 목에 넘어갑디까?"

"니 성의를 봐서. 니 눈 먼 소경이 밤길을 와 등불을 들고 가는 줄 아나?"

"……."

"다른 사람이 자기와 부딪치지 말고 피해가라고 그런다 아이가."

"……."

"도둑질한 포도를 스님한테 먹인 니는 속으로 마음이 얼마나 아프겠노? 죄가 나쁘긴 하지만 죄를 짓고도 죄인 줄 모르는 게 더 큰 죄가 아이겠나. 자~ 이제 또 걸어보자. 갈 길이 머니라."

앞에서 휘파람을 불며 한참 바삐 걷던 스님이 뒤돌아보며 철북이에게 불쑥 물었다.

"근데 니 이름은 본명이가?"

"하모요."

"그라머 느그 아부지는 무슨 북이고?"

"무슨 북이 아이라 귄터 그라스라예."

"뭐, 무신 글라스?"

"귄터……그라스! 마, 스님은 잘 모르시겠지만 어째 이름이 좀 특수하지예?"

"이놈아, 그건 특수가 아이고 특이라고 하는 기다."

"특이는 좀 약해 보여서…….'

"시끄럽다. 근데 니 아부지는 어릴 때 히틀러한테 입양 가서 소설가로 출세하더니, 니를 양자 삼은 모양이구마."

"……."

"가마이 보이 니 보기보다 디게 웃기는 놈이구마. 지 애비까지 팔아묵고…….'

"그게 우째 우리 아부지를 팔아묵은 겁니꺼?"

"이 자슥아, 우야튼 족보를 바꿨다 아이가."

"그러는 스님 이름은 뭡니꺼?"

"나? 나를 이쉬마엘이라 불러다오. 이름이 좀 특수하제?"

"에이~ 그건 《백경》에 나오는 첫 구절 아입니꺼. 그라머 스님 아부지 이름은요?"

"말벌이다."

"아이고~ 말벌이 아이고 멜빌이라예, 허먼 멜~빌! 마, 지 애비 팔아묵은 건 피장파장이네요, 뭐."

"허허, 근데 니 북 잘 치나?"

"예?"

"오스카같이 양철북 잘 두드리나 이 말이다."

"두드려본 적 없는데예."

"그라머 그 난쟁이가 와 자꾸 북을 치는 줄은 아나?"

"잘 모르겠는데예."

"에라이~ 당장 이름 바꿔라!"

"아니, 남 이름 갖고 이래라저래라 하면 되겠십니꺼?"

"아, 이놈아. 이름값을 못하니까 그렇다 아이가. 우쨌든 니 잘하면 물건 되겠다."

"스님, 지금 어디로 가는데예?"

"그건 알 바 없고 그냥 내 가는 대로 따라오기만 하면 되느니라."

"나 참, 중이 말하는 투가 무슨 예언자나 되는 것 같구마."

"니 방금 뭐라고 씨부렸노?"

"아, 아입니더."

"허허."

스님이 빙긋이 웃으며 철북이 까까머리를 몇 번 쓰다듬었다.

새벽예불

    이날 스님과 철북이는 7월의 폭염 속을 오후 내내 걷고 또 걸었다. 때로는 기차와 버스를 타기도 했고, 때로는 농부의 소달구지를 얻어타기도 했다. 벼와 과일들이 한창 여물어가는 들판과 새들이 지저귀고 야생화들이 지천으로 피어 있는 들길을 걸었다. 가다가 목이 마르면 넓은 떡갈나무잎이나 후박나무잎을 따서 시냇물을 떠 마셨다. 어스름이 내리고 해가 뉘엿뉘엿 질 때야 그들은 어느 절 입구에 닿았다. 멀리 깊은 산이 까마득히 펼쳐져 있었다. 좌우로 울창한 숲길을 한참 더 들어가니 일주문이 나왔다. 청도 운문사(雲門寺)였다. 철북이는 두 개의 돌기둥에 '호거산 운문사'와

'운문승가학원'이라고 한자로 새겨진 글씨들을 보며 스님에게 말했다.

"어? 스님 여기는 해인스님이 공부하셨다는 그 운문사가 아입니꺼?"

"그래, 이 절이 바로 여자 스님들이 공부하는 비구니 전문 강원이지."

"운문사라…… 이름이 참 좋네예."

"니, 옛날 왕들 중에서 국물은 안 묵고 건더기만 좋아하는 왕이 누군 줄 아나?"

"갑자기 웬 건더기 퀴즙니꺼? 그라고예 우리 국사 시간에 왕들이 꼴통 부리는 신하들을 조지고 목을 잘랐다는 건 배웠지만, 그것들이 밥을 어떻게 처묵었는지 식성까지 가르쳐준 선생님은 하나도 없었심더."

"쯧쯧, 니는 거 쓸데없이 진지해지려는 경향이 있는 게 옥의 티란 말이야. 정답은 고려 태조 왕건이니라."

"오잉, 왕건? 맞네요!"

"그 왕건이가 당대의 어떤 고승 하나를 기리기 위해 이 절에 운문사란 이름을 지어줬다 아이가."

"어떤 고승인데요?"

"석가모니가 자기 앞에서 한 번만 더 '천상천하유아독존'이라고 오만을 떨면 다리를 분질러놓겠다고 큰소리쳤던 스님이지."

"아~니, 그런 오만방자한 스님을 그냥 냅뒀어요?"

"원래 누구든지 가장 최초로 워낙 대차게 나가버리면 찍 소리도 못하는 기라. 불상을 발로 툭툭 차면 싸가지 없다고 맞아죽지만,

불상의 모가지를 싹둑 베어버리면 심오한 뜻이 있다고 되려 존경스러운 눈으로 보는 법이거든."

"한 명을 죽이면 살인자가 되지만 백 명을 죽이면 영웅이 된다, 그런 말 같네예?"

"허허허, 뭐 그런 셈이지⋯⋯. 그라고 고려 무신정권 때 농민들이 처음 항쟁을 준비하고 일으킨 작전 본부가 바로 이 절이다 아이가. 또 일연 스님이 《삼국유사》를 쓴 곳도 여기고⋯⋯."

"아~ 그래예? 거 좀 괜찮은 절이구마. 근데 구경 온 사람들도 엄청 많네요?"

"이놈아, 손님들이 많아야 영업도 잘될 거 아이가?"

"절에서도 무슨 영업을 합니꺼?"

"아, 이놈아 중들은 뭐 이슬 묵고 사는 줄 아나? 보이지 않는 영업 같은, 뭐 일종의 영혼주식회사라고나 할까, 허허."

"영혼⋯⋯ 주식회사라고요?"

"마, 니는 아직 몰라도 된다. 이제 그만 좀 묻거라."

"근데, 스님 여기 무슨 볼일이 있어예?"

"볼일은 무슨, 그냥 발길 가는 대로 한번 들렀을 뿐이야. 어떻노? 경치 한번 기막히제?"

"아직은 잘 모르겠지만, 저 붉은 노송들만큼은 한마디로 죽이네예!"

"아마 저 우람한 소나무들은 다 사오백 살도 더 먹었을 끼구마."

"우아~ 그렇게나 먹었어요?"

"오른쪽 개울가로 내려가면 니 나이만 한 것도 많을 끼다."

산문을 넘어서도 한참 걸어서야 마침내 낮은 돌담길 너머 절 마당으로 들어설 수 있었다. 그런데 눈앞에는 상상 밖으로 너무 어마어마하고 고색창연한 대사찰이 펼쳐져 있어 철북이도 모르게 입이 쩍 벌어졌다. 아직 가보지는 않았으나, 이런 규모라면 아마 수구암은 이 절의 화장실 정도밖에는 안 될 것 같았다. 해인스님이 이렇게 큰 절에서 공부했다고 생각하니, 갑자기 존경스럽기까지 했다.

그런데 대부분 산을 등지고 앉은 다른 절과는 다르게 이 운문사는 큰 산을 마주보고 있었다. 마치 고승과 고승이 마주앉아 풍경 소리를 들으며 차담을 나누는 모양새였다. 대웅전과 큰 전각들 앞 마당 곳곳에는 수백 년 묵은 은행나무와 벚나무들이 넓은 그림자를 드리우고 있고, 수십 군데의 화단에는 노랗고 하얀 국화꽃들이 자욱하게 피어 있었다. 스님이 큰 마당을 가로질러 대웅전 법당으로 들어가 먼저 부처님께 절을 하더니, 어디론가 성큼성큼 걸어가기 시작했다. 장날 엄마 따라 시장통에 간 아이처럼 철북이는 여기저기 두리번거리면서 재빨리 따라붙었다. 커다란 건물 모퉁이로 가던 스님이 멈추었는데, 절의 모든 살림을 꾸려나간다는 종무소였다.

"철북이 니는 여기서 잠시 기다리거라."

이렇게 말하고는 스님은 종무소 안으로 들어갔다. 철북이는 여기저기 기웃거리며 돌아다녔는데, 스님이라곤 전부 여승들뿐이었다. 비구니 전문 강원이라서 그런지 여승들만 사는 모양이었다. 이런 생각이 드니까 호기심이 더 생겼다. 스님은 한참만에야 종무소 밖으로 나왔다. 수구암 할머니같이 늙은 스님과 함께였다. 조금 있으니 옆 마당에서 해인스님만큼이나 젊은 여스님 하나가 또 빠른 걸음으로 그들에게 다가왔다. 스님이 두 여스님에게 철북이를 소개했다.

"참, 이놈은 최근에 제가 채용한 수행 비서인데, 아직은 견습 중입니더. 철북아, 인사드려라. 이분은 이 절의 최고 어른이신 명성 스님이시다."

"아, 안녕하십니꺼? 양철북이라고 하는데예, 잘 부탁드리겠심더."

비서라는 스님의 말이 좀 거슬리긴 했지만, 어쨌든 자리가 자리인 만큼 두 손을 합장하고 공손하게 인사를 했다. 두 여스님들도 철북이와 똑같이 공손하게 인사를 받았다.

"어이구, 그동안 우리 법운스님 형편이 마이 좋아지셨구마. 수행 비서까지 데리고 다니고……."

"호호호……."

"허허허……."

명성이라고 하는 늙은 스님의 우스갯소리에 모두들 웃었다. 늙은 스님의 스스럼이 없는 태도로 봐서 백구두 스님을 이미 잘 알고 있는 듯했다. 그리고 오늘 철북이는 뜻밖에도 스님의 이름을 알게 되어 무엇보다도 기뻤다. 철북이는 그동안 스님 이름을 물어보지도 않았지만 억지로 알아내고 싶지도 않았다. 그런데 오늘 너무나 자연스럽게 알고 말았다.

'법운스님이라……. 법 법(法)자에 구름 운(雲)자인가……. 스님 이름에 법자는 왠지 좀 안 어울리는 것 같은데…….'

"그럼 난 들어가 볼 테니 두 분은 좋은 말씀들 나누시게. 그리고 법운스님은 먼 길 오시느라 시장할 텐데 저녁 공양 준비해놓겠네.”

늙은 스님이 사라지고 그들은 소나무 그늘 아래 벤치로 가 앉았다. 하늘이 붉게 물들어가고 있었다. 법운스님이 바랑 속에서 하얀 봉투 하나를 꺼내 젊은 여스님에게 주었다. 편지 같았다.

“해인스님이 전해달라는 겁니더.”

“스님 감사합니다!”

젊은 여스님이 활짝 웃으며 급히 편지를 꺼내 읽었다. 편지를 읽어내려가는 스님의 표정이 시시각각 변했다. 웃음이 살짝 비치다가 눈시울이 촉촉해지기도 하고, 그러다가 또 심각해지기도 하고…… 스님은 편지를 읽다가 한 번씩 표정이 환해져 고개를 들고는 그들에게 물었다.

“법운스님, 묵언정진하신다고 고생 많으셨겠어요?”

“네? 거기 뭐라고 쓰여 있길래…….”

“어머, 철북이 비서 얘기도 있네?”

“……”

“감나무 심는 김에 내 것도 하나 심어주면 안 될까? 후훗…….”

“예? 아…… 예…….”

여스님이 철북이 얼굴을 빤히 바라보며 말하자 철북이 얼굴이 홍당무처럼 빨갛게 달아올랐다. “아 참, 해인스님은 거 쓸데없는 얘기를 왜 써갖고 사람 부끄럽게 만드노……” 하고 투덜대며 철북이는 자리에서 벌떡 일어나버렸다. 두 스님이 동시에 웃었다. 철북이는 범종루 쪽으로 어슬렁어슬렁 걸어가 커다란 종과 북을 구경했다. 그 옆에는 목어와 운판도 걸려 있었다. 얼마쯤 지나 법운스님이 다가갔다.

"가자, 니도 배고프제?"

"비구니 스님은……."

"해인스님과 여기서 같이 공부한 동기생인데, 가장 친한 친구라 하더라."

"제일 친한 친구가 뭐 그래예? 수구암엔 한 번도 안 오고……."

"뭔 일이 있었겠지, 이놈아."

"그래도 그렇지……."

"자세히 알지도 못하면서 자꾸 니 식대로만 판단하는 건 좋지 않은 버릇이다."

"내가 언제 자꾸 그랬습니꺼?"

"앞으로도 그럴 소지가 다분하다는 말이다."

"나 참……."

이날 밤이었다. 낯선 절에 와 몸을 뒤척이다가 철북이는 밤늦게 겨우 잠들었다. 그런데 얼마 되지도 않아 스님이 깨웠다. 돌아보자 스님은 벌써 옷을 단정하게 차려입고 앉아 있었다.

"스님, 지금 몇 신데 벌써 깨웁니꺼?"

"빨리 일어나거라. 새벽예불 시간이다."

"저보고 설마 거기에 같이 들어가자는 건 아니겠지예?"

"이놈아, 니는 목탁소리 자장가 삼아 잘 놈인데 우찌 데려가겠 노."

"그라머 어디 갈라꼬요?"

"따라와 보면 알게 되니라."

"또 그 예언자 같은 소리! 이제 새벽에 일어나 스님 밥 배달 안 해서 좋다 캤더니만 더 빨리 깨우네. 아이구 미치고 환장하것구 마."

철북이는 피곤해 짜증을 내면서도 일어났다. 시간은 아직 새벽 3시도 안 되었다. 스님을 따라 밖으로 나가니 경내는 어두컴컴했다. 스님이 큰 마당의 종각 쪽으로 걸어갔다. 종각에서 불빛이 새어나왔다. 저녁 때 구경한 종과 북이 보였다. 가까이 다가가 보니 등불을 든 사람 외에도 여럿이 서 있었다. 모두 젊은 비구니들이었다. 조금 있으니 장삼과 가사를 단정하게 차려입은 수백 명의 비구니들이 마당을 가로질러 와 종각 양쪽으로 도열하는 것이었다. 뭔가 거대한 의식이 벌어질 모양이었다.

이윽고 스님 하나가 북채 두 개를 들고 커다란 법고 앞으로 바짝 다가서더니, 둥~ 두두둥~ 둥 하고 북을 쳤다. 북소리가 고요한 산사의 정적을 가르며 울려오기 시작했다. 스님들은 모두 두 손을 모아 합장하고 있었고, 북소리는 점점 격렬하게 울렸다. 북을 두드리는 스님의 손과 몸짓도 빠르고 격렬해졌다. 힘이 많이 드는지 여러 스님들이 돌아가면서 두드렸다. 모두 무아지경에 빠진 듯이 두드려댔다. 철북이는 어느새 잠이 확 달아나버렸다. 철북이가 태어나서 처음 보는 광경이었다. 저렇게 큰 북도 처음 보지만, 그것을 저렇게 연약하고 어린 여스님들이 신들린 듯이 두드리는 모습도 처음이었다. 철북이는 마치 넋이 나간 듯 바라보았다. 나중에는 그 광경에 주위의 경건하고 엄숙한 분위기가 더해져서 경이롭기까지 했다.

한참 뒤 북소리가 멎자 물고기들을 어루만지기 위한 목어소리와 새들을 달래기 위한 운판소리가 이어졌다. 그리고 마지막으로 중생을 일깨우기 위한 범종소리가 천천히 울려퍼지기 시작했다. 종소리는 저음의 느린 울림이 점차 강물을 빠르고 끈질기게 훑어가며 파장을 일으키는가 싶더니, 어느새 경쾌하게 푸른 평원을 아득히 달리고, 그러다가 또 강물 속으로 잦아든 중심음이 절규하듯 흐느끼며 긴 여운을 자욱이 남기는 것이었다. 거대한 노송으로 울창한 산자락과 경내의 크고 작은 건물들도 비로소 묵언에서 깨어나는 듯했다. 산사의 새벽을 열고 저녁을 닫는 것이 바로 산사의 종소리였다. 새벽에는 28번을 치고 저녁에는 36번을 치는 절도 있으나 대부분은 똑같이 33번씩 친다고 했다. 인간의 아름답고 청정한 이상향인 도솔천이 33번째의 천상세계라 하여 그렇게 치는 것이었다.

마침내 33번의 종소리가 끝나자 도열해 있던 스님들이 기러기 줄지어 가듯 대법당 쪽으로 천천히 이동했다. 신발 끄는 소리나 발소리 하나 나지 않았다. 향 타는 냄새로 가득한 법당 안은 불상 좌우로 수천 개의 촛불이 타오르고 있었다. 철북이는 밖에 남고 법운스님은 안으로 들어갔다. 곧 법당 문이 모두 닫히고 새벽예불 소리가 들렸다. 목탁소리와 예불문을 읽은 한 스님의 선창에 이어 수백 명이 동시에 하는 합송이 장중하게 흘러나왔다. 수십 개의 법당 문창호지가 붉게 물들어 있었다. 철북이는 그 문틈으로 안쪽을 들여다보았다. 숨이 멎을 듯 경건하고 엄숙하기 이를 데 없었다. 법당을 가득 메운 복사꽃 같은 어린 여승들이 붉은 촛불 아래에서 합송을 하는 모습은 고혹적이면서도 장엄했고, 장엄하면서도 도저했고, 도저하면서도 삼엄했고, 삼엄하면서도 처연했다. 비

장미의 절정이었다. 천둥 같은 전율, 벼락 같은 충격을 받은 철북이는 심장이 멎었다. 과연 자신을 깨닫는 게 무엇이길래, 그것이 어떤 경지이길래 천진무구한 저 어린 여자애들로 하여금 모든 것을 버리고 저토록 한 지점에 몰입하게 만들었을까……. 자신도 모르게 눈물이 흘러내렸다.

철북이는 운문사의 새벽예불이 이처럼 웅장하고도 장엄할 줄은 상상도 못했다. 오랫동안 문틈에 눈을 붙인 채 철북이는 마치 얼어붙은 듯 꼼짝도 할 수가 없었다. 가슴이 벅차오르고 마침내 거대한 파도가 밀려와 철북이를 통째로 삼켜버리는 듯했다. 문득 스님이 왜 고단하게 잠든 철북이를 깨워 새벽예불을 굳이 보여주려 했는지, 비로소 조금은 알 것 같았다.

울력, 무노동 무공양

새벽이 푸르스름하게 밝아오고 있었다.

예불은 거의 두 시간쯤 지나서야 끝났다. 대법당 문이 활짝 열리고 스님들이 자기 처소로 돌아가고 있었다. 모두 단아하고 무게도 없는 듯한 걸음걸이였다. 고무신들이 바닥에 닿는 소리가 자박자박 났다. 희미한 불빛을 뒤로 한 채 법운스님이 다가왔다. 스님의 얼굴은 조금 상기되어 있었다. 스님이 철북이 어깨에 손을 얹었다. 두 사람은 아무 말 없이 어깨동무를 하고 마당을 가로질러 방으로 돌아왔다. 조금 있으니 밖에서 작은 종소리가 울려왔다. 아침 공양 10분 전을 알리는 다섯 번의 종소리였다. 이윽고 6시정각이 되자 해인스님의 친구가 직접 밥상을 들고 왔다. 법운스님이 얼른 방문 앞으로 나가 밥상을 받았다. 하얀 삼베 보자기를 걷자 밤색 나무 발우에 밥과 국 반찬이 담겨 있었다. 그리고 밥상은 풀밖에 없는 온통 푸른 초원이었다. 철북이가 입을 헤 벌리면서 만면에 웃음을 머금은 채 한마디 했다.

"우와~ 오늘 인간 양철북이가 완전히 상전이 된 기분인데! 가만 앉아서 밥도 얻어묵고!"

"이놈아야, 오늘뿐인 줄 알아라! 자, 배고픈데 빨리 묵자!"

"어, 스님 한마디 안 하십니꺼?"

"뭐?"

"아~ 나 참, 돌아버리겠네!"

절에서는 식사를 하기 전에 반드시 부처님께 공양게를 읊은 다음 숟가락을 든다. 기독교에서 하는 '오늘도 일용할 양식을 주옵시고……'와 같은 일종의 감사의 주기도문이다. 그런데 그것을 모를 리 없는 스님이 오늘은 짐짓 생략하려는 눈치였다. 철북이가 다짐하듯 다시 못을 박았다.

"스님예, 아무리 배가 고프시더라도 명색이 스님이신데 수속을 밟을 건 밟아야 안 되겠십니꺼?"

"아~ 이 자슥 배고파 죽겠는데, 허~ 흠, 음…….

"마, 빨랑 하이소! 맨날 하는 거 뜸들일 게 뭐 있습니꺼?"

"아, 알았다!"

스님이 마침내 양손으로 어시발우(밥그릇)를 잡아 이마 높이까지 들어 올리고 공양게를 읊기 시작했다.

"음…… 이~ 음식이 어디서 왔는고."

"농부네 밭에서 왔~지."

"……."

철북이가 스님의 공양게를 따라 장단을 맞추며 흥얼거리자 스님이 뜨악한 표정으로 철북이를 째려보았다.

"아, 맞다 아입니꺼? 고기가 없으니까 어부네 바다에서 왔을 리는 없고……."

"우하하! 니 말이 맞다!"

"그라머 마저 하이소."

"에~ 이하동문!"

말이 떨어지기가 무섭게 두 사람은 후다닥 숟가락을 들고 마치 마파람에 게 눈 감추듯이 먹어댔다. 뜨거운 쑥국과 생두부, 감자조림, 도라지무침, 시금치나물, 절인 콩잎 등의 반찬이 싱거운 줄도 몰랐다. 푸른 초원이 금방 사막으로 변했다. 정신없이 먹다가 잠깐 서로 눈빛이 부딪쳤는데 입 주위가 온통 밥풀투성이였다. 이때 누가 방문을 두드렸다. 두 사람은 얼른 입 주위부터 닦았다. 철북이가 방문을 열자 아까 밥상을 가져왔던 스님이 숭늉 그릇이 담긴 쟁반을 들고 서 있었다.

"어이구~ 고맙십니더! 스님 언제 한번 우리 수구암에 꼭 오이소. 그러면 제가 진짜 맛있는 포도를 원 없이 잡숫도록 해드릴께예."

"도둑질해서?"

법운스님이 뒤에서 한마디 툭 던졌다. 철북이 얼굴이 갑자기 확 달아올랐다. 철북이는 황당한 표정으로 법운스님과 여스님을 번갈아보며 적당히 얼버무렸다.

"아, 그, 그게 아이고요……. 다른 포도도 얼마나 많은데예……."

"허허허……."

"호호호……."

날은 이미 환하게 밝아 있었다. 햇살이 여스님의 뽀얀 목덜미에 난 노란 잔털까지도 비추었다. 몇몇 스님들이 마당 주위의 뜨락에 핀 꽃들에게 물을 주고 있었다. 철북이는 구수한 숭늉을 마시고 났더니 졸음이 스르르 몰려오기 시작했다. 스님은 자기가 먹은 밥그릇과 반찬 그릇을 물로 헹구어가며 깨끗이 닦고 있었다. 철북이도 밥알 하나 남기지 않고 깨끗이 먹어치운 그릇들이지만 스님이 하는 대로 닦았다. 수구암에서도 그랬지만 밥알 하나, 반찬 하나라도 남겼다가는 외할머니로부터 날벼락이 떨어진다는 걸 철북이는 익히 알고 있었다. 눈꺼풀이 닫혀 왔다.

철북이가 한참 자다 요란한 매미소리에 깨어났을 때는 해가 거의 중천에 떠 있었고 스님도 보이지 않았다. 철북이는 눈을 비비며 밖으로 나갔다. 그러고는 절간을 여기저기 기웃거리며 돌아다녔다. 만세루 앞쪽에 엄청 큰 소나무 숲이 하나 눈에 들어왔다. 그런데 다가가 보니, 소나무 숲이 아니라 한 그루 소나무였다. 워낙 웅장해서 마치 숲같이 보인 것이다. 길게 뻗어 찢어질 것을 우려해 중간 중간 받침대로 고정시켜놓은 수많은 가지들이 무거운 속세의 짐을 내려놓으려는 듯 모두 아래로 처져 있었다.

그러나 나이가 400살이 넘었음에도 이파리 하나 상한 것이 없을 만큼 정정했다. 매년 하얀 사과꽃이 필 때와 하얀 서리가 내릴 때마다 부어준 수십여 말의 막걸리 덕분이라 했다. 바람에 날리는 송화 가루의 진한 향기나 푸른 윤기가 흐르는 솔잎, 또 그 솔잎 사이로 주렁주렁 달려 있는 푸른 솔방울들이 그토록 싱그러워 보일 수가 없었다.

법운스님은 벚나무 가지들이 느긋하게 걸쳐 있는 돌담 너머 절 밭에 있었다. 푸른 채소들로 가득한 그 절 밭에서 스님은 수십 명의 비구니들 속에 섞여 감자와 고구마를 캐고 있었다. 절에서는 이처럼 서로 도와가며 함께 일하는 것을 울력이라고 했다. 일하지 않는 자는 먹지도 말라는 것이 절간의 법도이고 보면, 이미 두 끼나 밥을 축낸 스님으로서는 팔짱 낀 채 구경만 할 수는 없었을 것이다. 철북이도 양심에 찔리기는 마찬가지여서 슬며시 스님 곁으로 다가갔다. 옆에 있던 해인스님 친구가 철북이를 보자 밀짚모자를 벗고 활짝 웃으며 말했다.

"어머, 법운스님 수행 비서님 오셨네! 후후훗……."

"니 더 안 자고 말로 왔노?"

"무노동 무공양이라 캤는데 내 밥값은 내가 하고 가야 안 되겠십니꺼? 호미 하나 주이소!"

"어쭈, 이 자슥 철 들었구마!"

주위에 일하던 여스님들이 모두 고개를 들고 까르르 웃었다. 다른 여스님 하나가 건네준 호미를 쥐고 철북이는 열심히 감자를 캤다. 해인스님 친구가 조금 걱정스런 표정으로 철북이에게 물었다.

"비서님, 근데 감자 캘 줄 알아요?"

"하모요! 감자는 해가 가장 긴 하지 때 캐는데 좀 늦었네예. 그라고 감자는 요렇게 먼저 줄기째 잡은 다음 호미를 주변부부터 살살 파들어가야 감자에 기스를 안 낸다 아입니꺼?"

"어머나! 그걸 어떻게 알았어요?"

"마, 제가 한때는 농군의 자식 아입니꺼. 그라고예, 저보고 자꾸 비서, 비서 하시는데 앞으로는 좀 그러지 마이소!"

"그럼 비서가 아니면 뭐예요?"

"알고 보니 제 신세가 법운스님 완전 시다바리라예!"

"예? 시다바리! 호호호……."

이 말에 주위는 한바탕 웃음바다로 변했다. 당사자인 법운스님도 호탕하게 웃었다.

감자와 고구마는 비료를 주지 않고 무공해로 재배한 것인데도 주렁주렁 달린 알들마다 굵직굵직하고 잘 여물었다. 햇볕이 쨍쨍 내리쬐는 밭이라 몸은 금방 땀으로 젖어들었다. 한동안 묵묵히 호미질만 하던 법운스님이 밭고랑에서 불쑥 일어나더니 철북이를 큰 소리로 불렀다.

"어이, 시다바리!"

"와요?"

"니 이 감자 보면 뭐 생각나는 거 없나?"

"글쎄요……. 아, 김동인이 쓴 〈감자〉라는 단편소설이 생각나는데예?"

"니는 꼭 그래 작가 지망생 티를 내야 되겠나?"

"남이싸!"

"근데 그 제목이 고구마지 우찌 감자고?"

"예? 그거 교과서에도 나와 있는데예."

"내도 안다. 근데, 니 그거 읽어보기라도 했나?"

"하모예!"

"그라머 주인공 이름이 뭐꼬?"

"왕서방과 복녀 아입니꺼!"

"갸들이 서로 우찌 엮였노?"

"돈 많은 지주 왕서방이 단골 고객 아입니꺼?"

"아, 직접적인 계기가 뭐꼬 말이다."

"도둑질하다가요!"

"누가?"

"복녀가요!"

"뭘?"

"아, 감자지 뭐겠십니꺼?"

밭고랑에서 일하던 비구니들의 시선이 일제히 법운스님과 철
북이한테로 쏠렸다. 비구니들은 감자밭에서 벌어지는 중과 고등
학생의 이 때아닌 논쟁이 재미가 있는지, 모두 일손을 멈춘 채 생
글생글 웃으며 지켜보고 있었다. 아니, 논쟁이 아니라 실은 선생
이 학생에게 일방적으로 구두시험 치는 거나 마찬가지였다. 철북
이는 누나뻘 되는 비구니들 앞에서 창피당할 수는 없는 노릇이라
아는 대로 고분고분 대답했다. 그러면서도 철북이 자존심을 건드
리고 있는 스님에게 속으로 가벼운 오만감이 꿈지락거렸다. 스님
은 이제 뒷짐을 진 채 서당 훈장처럼 느긋한 표정으로 철북이를
우리로 몰아넣었다.

"도둑질한 기 우찌 감자고?"

"그라머 뭡니꺼?"

"고구마 아이가."

"감자도 훔쳤다 아입니꺼?"

"내 되풀이하는데, 갸들이 서로 얽인 직접적인 계기가 뭐꼬 말이다."

"……."

"그 소설 속에서 고구마와 감자란 단어가 몇 번 나오더노?"

"……."

"딱 두 번밖에 안 나온다 아이가? 그 감자가 나오는 대목 한번 읊어보거라."

"그걸 지금 외우라고요?"

"아 이놈아, 감자란 소설에 감자가 딱 한 줄 나오는데 고것도 안 외워주면 감자에 대한 예의가 아이다 아이가?"

"아이고 머리야……. 그라머 스님이 한번 외워보이소!"

"허허허, 잘 들어봐라……. '복녀도 감잣개나 잘 도둑질하여 왔다.' 감자에 대한 언급은 딱 이 한 줄뿐이다. 니도 이제사 기억나제?"

"예."

"그러니까 복녀가 광주리로 감자 말고 고구마를 도둑질해오다 들켰기 때문에 중국 놈 왕서방과 딱 얽인 건데, 제목이 와 고구마가 아이고 감자냐 이 말이다. 안 글나?"

"듣고 보이 쪼께 그렇네요……."

"아마 김동인의 애첩들 중에 제주도 여자가 하나 있었던 갑다."

"그거는 또 무신 뚱딴지 같은 말이라예?"

"고구마를 제주도 사투리로 감자라고 하거든. 그래서 애첩이 시키는 대로 제목을 붙였는데, 육지 것들이 그걸 모르고 육지 식으로 감자, 감자 이랬다 아이가! 믿거나 말거나, 허허허……."

"헤헤헤……."

"호호호……."

"근데…… 이거 시다바리 니 꺼하고 똑같이 생겼구마!"

　서로 소곤소곤거리며 웃던 비구니들이 이번엔 또 스님의 입에서 무슨 말이 나올까, 하고 잔뜩 기대하는 표정들이었다. 감자 때문에 철북이는 자존심이 상해 속이 쓰리긴 했지만, 그래도 암기까지 하고 따지는 데야 어쩔 수 없는 노릇이었다. 내심 역습을 준비하며 꼼지락거리던 그 가벼운 오만감마저 이미 쏙 들어간 상태였다. 빙긋이 웃는 스님의 손바닥에는 흙을 턴 감자 한 알이 놓여 있었다. 철북이도 그렇지만 다들 영문을 모른 채 눈만 멀뚱멀뚱하고 있었다. 그러나 화살을 기다리는 빌헬름 텔의 사과처럼 은근히 긴장되기도 했다. 철북이는 그 긴장감을 감추기라도 하듯 오히려 큰 소리로 퉁명스럽게 내뱉었다.

"도대체 내 꺼 뭐하고 똑같다는 말입니꺼?"

"니 불알하고 똑같이 생겼다 이 말이다!"

"아니, 스님이 그걸 우찌 압니꺼?"

"자슥, 니 어제 홀라당 드러내놓고 잘 때 다 봤다 아이가!"

"아~ 나 참, 내 진짜 스님 땜에 내 명대로 못 살겠구마!"

"자~ 요거 필요한 스님들 있으면 빨리 말하이소! 내 공짜로 줄 테니까!"

　법운스님이 코미디언처럼 작고 못생긴 감자 한 알을 만지작거리며 천연덕스럽게 말했다. 비구니들이 낯을 살짝 붉히면서도 시종 배꼽을 잡은 채 박장대소를 했다. 법운스님의 걸쭉한 농담에 거부감은커녕, 오히려 쌓인 스트레스라도 풀 듯 마음껏 수다를 떨

며 웃었다. 멀리 지나가던 사람들도 웃음이 쏟아지는 감자밭을 힐
끔힐끔 쳐다보았다. 시골 막걸리처럼 털털한 법운스님은 어딜 가
나 인기가 좋았다. 나중에 안 일이지만, 법운스님은 한때 이 절의
학승들에게 목탁소리와 염불법을 가르친 적도 있어 이미 서로 꽤
친숙해져 있었던 것이다.

이튿날 아침 철북이와 법운스님은 운문사를 떠났다. 아침 공양
으로 보리밥과 시퍼렇게 독이 오른 풋고추를 된장에 찍어 먹은
뒤였다. 또 후식으로 참외와 수박까지 먹고 나서 어제 보았던 큰
스님과 여러 스님들에게 인사한 다음 마당을 가로질러 돌담길을
걸어 나왔다. 그런데 뒤에서 누가 다급히 법운스님을 부르는 소리
가 들렸다. 돌아보니 손에 하얀 보따리를 든 해인스님 친구가 달
려오고 있었다.

"어휴~ 숨차! 법운스님께 이거 드리려고 준비해뒀다가 글쎄 깜
빡했지 뭐예요. 받으세요."

"이게 뭡니까?"

"큰스님이 특별히 주신 나무 발우예요."

"어이구~ 이 귀한 걸 다 주시고 나무관세음보살……."

스님이 보자기에 곱게 싸온 것을 내밀자 법운스님이 마치 무슨
보물 다루듯 조심스레 받았다. 철북이는 그까짓 흔한 밥그릇 하
나 가지고 별 숙연함까지 다 떤다는 생각이 들었지만 내색하지는
않았다. 그리고 철북이한테도 하얀 봉투 하나를 건네는 것이었다.
답장 편지 같았다.

"수구암의 해인스님께 꼭 좀 전해주세요."

"어, 제가 언제 갈지도 모르는데요?"

"여름이 끝날 때까지는 가지 않겠어요?"

"그, 그때까지야 가겠지만. 아, 근데 스님 이름은 우찌 됩니꺼?"

"아따, 거 이름 한번 억수로 빨리도 묻십니더! 내 법명은 은룡이라 캅니더, 됐십니꺼? 후후훗!"

"헤헤, 쪼께 죄송하네요. 마, 그런 의미에서 제가 수구암에 은룡스님 나무도 하나 더 꼭 심어놓겠심더."

"고마워요, 비서 아니, 시다바리 보살님! 후훗."

"그라고 이 편지는 꼭 전해드리겠심더. 그라머 안녕히 계시이소. 아이고~ 인제 가면 언제 오나~ 나무아미타불……."

"호호호."

은룡스님과 헤어지고 두 사람은 묵묵히 운문사를 걸어 나왔다. 이따금 바람이 불었다. 솔밭에 바람이 불자 솔숲은 마치 찻물 끓이는 것 같은 소리를 내었다. 잎을 몇 차례 우려낸 찻물처럼 여러 번 걸러낸 바람일수록 맑고 깊었다. 철북이는 지금 그 솔바람의 향기를 맡고 있는 듯 가슴을 펴고 코로 심호흡을 해보았다. 날씨는 여전히 더웠다. 하지만 울창한 솔숲에서 지저귀는 새소리와 계곡에서 흐르는 물소리가 몸과 마음을 한결 시원하게 씻어주는 것 같았다. 산문을 넘었다. 구름 한 점 없는 운문사가 멀어져가고 있었다.

3부

눈부처

　운문사를 떠나 두 사람은 또 정처 없이 걸었다. 일정한 목적지
없이 묵묵히 걷는 스님을 철북이는 강아지처럼 졸졸 따라다녔다.
설마 잘 곳이 없거나 배를 굶기지야 않겠지, 하고 스스로 위안하
며 따라갈 뿐이었다. 철북이는 밀짚모자를 쓰고 터벅터벅 걸어가
는 스님을 힐끗 쳐다보았다. 하얗게 반짝이던 백구두 위에 먼지
가 뽀얗게 쌓여 있었다. 저 발길이 어디로 방향을 틀지 도통 감이
오지 않았다. 더구나 스님이 가는 곳에 대해서는 일체 묻지 않기
로 단단히 약속해놓은 터라 물어볼 수도 없었다. 운동화가 축축해
져오고 발이 아파왔다. 그럴수록 돌부리들이 없거나 잔디가 난 곳

을 이리저리 골라가며 시골길을 걸었다. 밀짚모자에 반팔 남방을 입었지만 찌는 무더위에는 소용없었다. 그런데 긴 승복을 입은 스님은 얼마나 더울까. 철북이가 돌멩이 하나를 힘껏 차며 스님에게 한마디 했다.

"스님요, 이 땡볕에 무슨 폼 잴 일이라도 있습니꺼?"

"폼? 무슨 폼?"

"거 더운데 팔이라도 좀 걷으이소. 수구암에선 웃통만 잘 벗어 제끼더니……."

"지금 내 몸속에는 얼음덩어리들이 가득 차 있어서 괜찮니라. 니 걱정이나 하거라."

"근데 그 얼굴에 땀은 와 흘립니꺼?"

"야 임마, 이기 내 꺼가? 얼음덩어리가 흘리는 거지!"

"지금 얼음이 땀을 흘린다 캐십니꺼? 아이고마~ 중이 진짜 택도 아인 소리만 하시네요."

"저노무자식, 주둥이를 재봉틀로 확 꿰매버릴까부다!"

"헤헤헤…… 스님요, 우리 수구암 할매 말씀이 입살이 보살이라 캤는데, 스님 입이 우째 좀 걸쭉하신 편이네요."

"철북이 니 이름 누가 지었는지, 참 선견지명이 있단 말씀이야."

"진짜 그렇지요? 저도 그래 생각한다 아입니꺼!"

"니 시끄러운 게 양철북하고 우찌 그래 똑같노 말이다!"

"어~이 씨, 스님 참말로 사람 이름 갖고 놀리깁니꺼?"

"놀린 기 아이라 니가 스스로 놀아난 거지. 창씨개명 니가 했제?"

"예? 창씨개명요?"

"아, 니 이름 누가 바꿨노 이 말이다."

"그거야 뭐……. 아니, 도대체 스님 어데로 갈 낍니꺼?"

"어~허~."

말문이 막힌 철북이는 순간적으로 화제를 돌리려다 엉뚱한 것을 묻고 말았다. 스님이 철북이를 한번 째려보았다.

"아, 아입니더. 그 말은 취소할 게요."

철북이는 고개를 쭈뼛거리며 엄한 돌멩이 하나를 냅다 걷어찼다. 발끝에 정통으로 맞은 돌멩이가 논바닥으로 날아가더니 허수아비를 맞히고 떨어졌다. 스님이 갑자기 그 논둑길로 접어들었다. 철북이는 뒤늦게 발끝이 아파와 약간 절룩거렸다. 스님이 손으로 벼를 한 움큼 쓸어올리며 흐뭇한 미소를 지었다.

"토실토실하게 잘 여문 거 보이 사람 발소리를 마이 들은 모양이다."

"스님, 벼 익는 거와 발소리가 무슨 관계가 있습니꺼?"

"벼는 주인의 발소리를 듣고 자란다 아이가."

"……."

"니는 니 아부지 발소리 듣고 안 자라나? 자주 들어야 제대로 크지, 가뭄에 콩 나듯 들으면 콩깍지밖에 안 된다."

"그라머 스님은요?"

"나? 나야 부처님 발소리 듣고 자랐지."

"자주 들립니까?"

"니, 지금 내 시험하나?"

"언지예. 지가 우찌 고매한 스님을. 지금도 들립니꺼?"

"이놈아, 내 법랍(스님이 된 뒤로부터 치는 나이)이 얼마고? 지금이야 내 발소리 듣고 자라야 안 되겠나?"

"……."

"어이구~ 이 가뭄에 287개나 달렸구마!"

"뭐가요?"

"나락이."

그새 벼 톨이 몇 개나 열렸는지 다 세어본 모양이었다. 아무튼 못 말리는 스님이다.

논둑길이 끝나자 과수원이 나왔다. 시퍼런 사과가 주렁주렁 열려 있었다. 스님이 바랑을 뒤적거리더니 노란 참외 하나를 꺼내 철북이에게 던졌다. 철북이는 받자마자 쓴 꼭지 부분을 물어뜯어 낸 다음 와삭와삭 씹어 먹었다. 정말 둘이 먹다가 하나 죽어도 모를 꿀맛이었다. 달콤한 향도 기가 막혔다. 어른 주먹만 한 참외 하나가 금방 사라졌다. 스님도 벌써 해치웠는지 코끝에 묻은 참외씨를 소매로 훔쳐내고 있었다. 그러다 철북이와 눈이 마주치자 씨~익 웃었다. 문득 장난기가 발동한 철북이는 혀를 낼름 내밀고 메~롱 한 다음 잽싸게 도망쳐버렸다.

청도에서 삼랑진으로 간 다음 거기서 다시 광주로 가는 기차를 탔다. 기차표를 보여달라는 승무원의 소리에 철북이는 졸다 깨어났다. 눈을 부비며 표를 꺼내는데 스님이 철북이 어깨에 기댄 채 꾸벅꾸벅 졸고 있었다. 이럴 때 보면 영락없는 아이였다. 약간 코를 골긴 했지만, 그래도 침은 흘리지 않아 다행이었다. 스님도 쏟아지는 졸음은 어쩔 수 없는 모양이었다. 푸른 들판이 스쳐가는 창문으로 시원한 바람이 들어오고 있었다. 완행열차 안은 대부분

주름이 깊이 파인 시골 할아버지와 할머니들로 북적거렸다. 왁자한 말투도 어느새 경상도에서 전라도 사투리로 바뀌어 있었다. 저마다 손주들에게 줄 장난감이나 과자 보따리 같은 것들을 하나씩 안고 있었다. 얘기를 들어보니 아마 시골 장에라도 다녀오는 모양이었다.

문득 어릴 때 철북이를 키워준 큰 외할머니가 떠올랐다. 철북이가 말을 잘 안 들을 때마다 꽃뱀 장난으로 철북이를 겁주곤 했다. 한두 번 속는 게 아닌데도 철북이는 늘 그 꽃뱀만 보면 깜짝깜짝 놀라곤 했다. 할머니는 또 철북이에게 감잎으로 작은 배를 만들어주었다. 철북이는 그 배를 집 앞으로 흐르는 시냇물에 띄워 보냈다. 밥알을 자기 입으로 꼭꼭 씹어 철북이를 먹여주던 할머니는 시골서 부산으로 이사 오기 전에 돌아가셨다. 위암이었다. 손주의 위를 챙기는 동안에도 자신의 위는 썩어가고 있었던 것이다.

큰 외할머니가 없는 집은 물이 말라버린 우물만큼이나 황량했다. 몇 개의 감잎이 동동 떠다니며 찰랑대던 우물. 할머니 눈처럼 맑고 깊었던 우물. 오래전에 할머니가 판 그 우물은 할머니가 돌아가신 이후 물이 말라버렸다. 그 옆에 그늘을 드리우고 있던 감나무도 시름시름 앓더니 말라버렸다. 어쩌면 할머니는 자신의 고단한 몸과 영혼을 감잎에 실어 조금씩 떠나보낸 것인지도 몰랐다. 아무것도 모르는 손주는 열심히 배를 띄웠다. 열심히…… 열심히…….

"니, 뭐를 자꾸 열심히, 열심히 하며 중얼거리노?"

"예?"

언제 깼는지 스님이 미소 띤 얼굴로 철북이 눈을 빤히 바라보고 있었다. 철북이는 자세를 바로잡았다.

"철북이 니, 누구 생각하고 있노?"

"아, 아입니더."

"아이긴 뭐가 아이고? 눈알에 다 쓰여 있는데."

"예? 내 눈알에 뭐가 쓰여 있다고 그러십니꺼?"

"아주 곱게 늙은 눈부처 하나가 어려 있구먼."

"예?"

눈부처라면 눈동자에 비친 사람의 모습을 뜻하는 게 아닌가. 그런데 잠시 스쳤던 할머니의 모습이 철북이 눈동자에 맺혀 있었는지는 모르겠지만, 하여튼 스님은 용케 그걸 본 것처럼 얘기했다. 갈수록 정말 알다가도 모를 스님이었다.

"스님, 그게 진짜 보입니꺼?"

"이 자슥, 속고만 살아왔나? 눈부처라는 건 시도 때도 없이 나타나는 게 아이고, 사람이 억수로 순수하고 억수로 맑은 순간에만 잠깐 비친다 아이가."

"와 그래 보기 어렵십니꺼?"

"그거야 인심이 워낙 고약하고, 한마디로 서비스 정신이 말짱 꽝이라서 그렇지, 뭐."

"자주 비치고 자주 보이면 좋을 낀데⋯⋯."

"그라고 내처럼 마음이 억수로 순수하고 억수로 깨끗하지 않으면 눈부처는 고사하고 눈곱도 안 보인다 아이가!"

"아따, 잘 나가다 와 그러십니꺼? 여태 묵은 기 다 올라올라 카네!"

"하하, 자 이거나 무라."

스님이 삶은 달걀 하나를 주었다. 철북이는 달걀을 창틀에 몇 번 돌려가며 톡톡 친 다음, 얇은 껍질을 살살 깠다. 까다가 철북이는 자기도 모르게 킥킥 웃고 말았다. "오빠, 알 다 깼어예?" 하고 당돌하게 묻던 송화가 문득 떠올랐던 것이다.

"알 까다 말고 니 와 키득거리노? 더위 묵었나?"

"한번 알아맞혀보이소! 내 눈알에 뭐가 비치는지?"

"가만, 보자……. 음…… 수구암 달 밝은 밤에 자욱하게 떨어진 매화, 국화, 단풍잎들이 다시 가지 위로 올라가더니, 모두 제자리에 가 딱 붙어버리는구먼. 어허~ 이거 낙장불입인디……."

"아이고, 지금 고도리 치십니꺼?"

"불행하게도 결코 이루어질 수 없는 인연인디……. 허나, 흑심만은 검은 포도송이처럼 주렁주렁 달려 있구먼! 쯧쯧쯧."

"……!?"

스님은 보라는 눈부처는 보지 않은 채 알쏭달쏭한 얘기만 쭉 늘어놓더니 혀를 끌끌 찼다. 그런데 인연이니, 흑심이니, 포도송이니 하는 말들이 이상한 상상을 불러일으켰다. 마치 철북이가 꼭 송화와 무슨 인연을 억지로 만들어보려는 속셈이라도 품은 것처럼 생각되었다. 그리고, 설사 그런 속셈을 품었다 하더라도 결국은 도로아미타불이 되어버린다고? 젠장, 되고 안 되고를 떠나 어쨌든 입맛이 썼다. 철북이가 심통스러운 표정을 짓자 스님이 버럭 소리를 질렀다.

"니 뭐 하노? 빨리 달걀 안 주고?"

"예? 무슨 달걀요?"

"그거 깠으면 빨리 줘야 내가 묵을 꺼 아이가."

"예? 그거 내 묵으라고 준 거 아입니꺼?"

"니는 장유유서도 모리나? 어른이 먼저 묵고 난 다음에야 아가 묵지."

"허 참, 그건 그렇다 치고 스님은 손이 없십니꺼, 발이 없십니꺼? 직접 까드이소!"

"어, 이놈 봐라. 니 본분이 뭐꼬?"

"내 본분, 뭔데요?"

"시다바리!"

"세상에 달걀 껍질 까는 시다바리도 있십니꺼?"

"이놈아, 난 우리 큰스님 시다바리 할 때 겨드랑이 털에 숨은 이까지 잡아드렸구마."

"그라머 지가 스님 겨드랑이 이 잡아드려야겠네요. 꿈도 참 야무지십니더. 하하."

사실 철북이는 지금 겉으로는 웃고 있었지만 속으로는 울고 있었다. '시다바리'라는 말 때문이었다. 운문사 울력 때도 시다바리 얘기가 나와 겨우 참았는데, 여기서 또 계속 나오니 그동안 감춰뒀던 감정이 울컥했다.

중학교 3학년 때 철북이는 고입 연합고사를 치자마자 구평동의 작은 가구 공장에 취직했다. 건축 현장 목수 보조로 일하던 아버지가 병으로 드러눕고 어머니가 시장 좌판에서 생선 장사를 했지만, 다섯 식구 입에 풀칠하기도 빠듯했다. 그래서 철북이는 장남으로서의 방황과 고민 끝에 과감히 고등학교 진학 자체를 포기했던 것이다. 물론 괴정의 산비탈에 있는 허름한 야간 상록전수학교를 찾아가 원서를 넣으며 진로 상담도 했다. 가구 공장은 주로 소파와 농과 찬장 같은 걸 만들었는데, 완전 초보인 철북이는 여러 허드렛일부터 시작하는 그야말로 '시다바리'였다.

추운 겨울, 공장의 좁은 작업실은 온통 톱밥 먼지와 페인트 가루 구덩이였다. 주재료인 합판들을 자르면서 생긴 톱밥 먼지가 자욱했고, 도색이 마른 뒤 '샌딩기'가 문지르며 사포질을 할 때 굳은 페인트 가루가 사방으로 튀었다. 숨이 컥컥 막혔다. 또 가구 접착본드와 부패 방지용 포르말린, 발포제, 광택제 같은 여러 독성 화공약품 냄새 때문에 늘 두통과 복통에 시달렸다. 게다가 시너와 공업용 알코올에 페인트를 섞어 스프레이처럼 뿌릴 때마다 작업실이 안개 낀 것처럼 뿌옇게 변했다. 시너와 페인트 냄새가 코를 찔렀다. 안전장치라곤 감기 때 쓰는 마스크가 전부였다. 철북이도 공장 인부들처럼 하루 종일 달달한 인스턴트커피를 입에 달고 살았다. 페인트 가루와 톱밥 먼지로 목이 칼칼할 때 진한 커피를 마시면 한결 개운해졌다. 석탄 광부와 연탄 배달부들이 늘 커피와 돼지고기를 끼고 사는 것과 똑같았다. 먼지 제거를 위한 '복용'이었다. 그렇지만 유독성 냄새들 때문에 몇 달 동안 계속 어지러워 토했다. 퇴근하면 아파서 밤새도록 신음하며 식은땀을 흘렸다.

일요일마다 동네 뒷산 꼭대기로 올라가 마른풀을 잘근잘근 씹었다. 그러고는 하염없이 동네를 내려다보았다. 이 추운 겨울, 모두 행복한데 철북이 혼자만 불행한 것 같았다. 아니, 모든 불행을 철북이 혼자 뒤집어쓴 것이라고 생각했다. 친구도 책도 아무것도 눈에 들어오지 않았다. 다만 2학년 때 도서관에서 읽었던 안톤 체홉의 단편소설들만 자꾸 떠올랐다. 그것도 이상하게 소설의 마지막 구절들이었다. 그의 소설은 이렇게 끝나는 게 많다.

"그리고 죽었다."

그런 철북이에게 유일한 위안은 밤마다 휴대용 트랜지스터라디오에서 나오는 가수 김정호의 노래들이었다. 늦가을의 무덤 위로 흩날리는 가랑잎 같은 그의 노래들은 아픈 자는 더욱 아플 것이고, 슬픈 자는 더욱 슬플 것이라는 메시지로 들려 좋았다. 그랬다. 아픔과 슬픔은 더 큰 아픔과 더 큰 슬픔으로부터 위안받는 것이지, 적당히 가불한 희망으로부터 위안받는 것은 아니었다. 철북이의 책상 앞에 붙어 있는 단 한 장의 사진. 우수에 젖은 큰 눈망울로 기타를 치는 김정호의 빛바랜 사진이 세상의 가장 아프고 외로운 혼들만 불러 모으는 듯했다. 그렇지만 가구 공장은 여전히 톱밥 같은 월요일이었고, 페인트 가루 같은 화요일이었고, 본드 같은 수요일이었고, 시너 같은 목요일이었고, 포르말린 같은 금요일이었고, 먼지 같은 토요일이었다. 어린 마음에 죽음의 유혹들이 독약처럼 스미던 나날이었다. 밤마다 지쳐서 쓰러져 누우면 다시는 깨어나지 않기를 바랐다. 이불 속에서 혼자 몰래 흐느끼고 또 흐느꼈다.

어느 날 철북이는 남포동 번화가로 나가 여러 약방을 돌며 빨간 세코날 30알을 사 모았다. 한 번에 두 알씩밖에 팔지 않는 약이었다. 세코날은 예전에 불면 때문에 미치겠다는 삼촌의 심부름으로 사다 준 수면제여서 조금은 익숙했다. 물론 많이 먹으면 죽는다는 삼촌의 농담도 잊지 않았다. 그때부터 철북이는 늘 알약 담은 병을 잠바 안주머니에 넣고 공장에 다녔다. 한순간 눈 감고 이것만 털어넣으면 이 지긋지긋한 냄새를 안 맡아도 된다고 생각하니 한결 마음이 편했다.

그런데 얼마 후 철북이 가구공장에서 뜻밖의 일이 터졌다. 평소 철북이를 친동생처럼 아끼며 걱정해주던 도색작업반 아저씨가 약을 먹고 자살한 것이다. 충격 받은 철북이는 하루 종일 멍한 상태로 우왕좌왕했다. 그런데 루펑이 너덜너덜한 판잣집으로 문상 가서 들은 더 충격적인 사실은 아저씨가 세코날을 먹고 자살했다는 것이었다.

"세코날……."

그 말을 듣는 순간 철북이는 머리가 폭죽처럼 터지는 줄 알았다. 철북이는 재빨리 상가 밖으로 뛰쳐나와 안주머니 속으로 손을 찔러 넣었다. 없었다, 없었다. 아무리 깊이 찔러 보고 구석구석 쑤셔도 약병은 손끝에 닿지 않았다. 이 주머니 저 주머니 다 찔러 넣고 넣어도 손끝에 닿는 게 없었다. 목은 바싹바싹 타고 얼굴은 사색이 되었다. 잠바를 홀렁 벗어 탈탈 털어도 약병은 나타날 줄 몰랐다. 자주 소주를 폭음하며 신세를 한탄하던 아저씨가 작업 도중 벗어놓은 철북이 잠바에서 훔쳐간 게 분명했다. 하필 세코날이라니……. 그러고 보니 포장마차에서 아저씨한테 농담처럼 했던 말이 떠올랐다.

"아무리 힘들어도 지는 마 믿는 구석이 있심더."

그 말이……. 우연일 수 없었다. 스산한 바람이 불고 하늘엔 별들이 반짝였다. 그 별들 가운데 하나는 죽은 아저씨의 눈빛처럼 보였다. 별들을 멍하니 쳐다보는 철북이의 얼굴에 눈물이 흘러내렸다. 그 길로 철북이는 상가로 돌아가지 않고 마치 실성한 사람처럼 컴컴한 골목길을 걷고 또 걸었다. 별빛은 여전히 눈부셨다. 철북이가 혼자 중얼거렸다.

"죽은 별이 계속 따라오네……. 이제부터 내 인생은 저 별빛같이 덤으로 사는 인생일지도 몰라……."

다음 날부터 철북이는 가구 공장에 출근하지 않았다. 또 다행인지 불행인지, 사정을 안 친인척들의 도움으로 겨우 인문계 고교로 진학할 수 있었고, 지독한 슬픔이었던 '시다바리' 생활도 완전히 청산하게 되었다.

한동안 아득한 표정에 젖어있던 철북이의 심난한 마음을 읽었는지, 법운스님은 부드러운 음성으로 말했다.

"허~ 거 중질도 알고 보면 괜찮은 업종인데……."

"스님, 지는 마 시인이나 소설가 같은 작가가 돼 내 꼴리는 대로 쓰고 싶은 글이나 쓰며 살랍니더. 어차피 인생도 덤인데……."

"서양의 어느 방정맞은 철학자는 지가 태어나자마자 다 깨달았다고 까불더만 니도 다 산 놈 같구마. 니 관상 보이 잘 꼴리며 살끼다. 그렇다고 함부로 꼴리면 안 된데이?"

"남이싸. 그라고 스님 말이 영……."

"남이싸. 와?"

"그 언어 선택이 너무 꼴리는대로잖아요!"

"지랄. 니만 꼴리나, 나도 꼴린다."

"거 참, 그래서 화두가 꼴리겠습니꺼?"

"아, 이게 있어야 화두가 꼴리지. 우리나라 그 많은 스님들 중에 화두 안 꼴린다고 좆 자른 놈 있는 줄 아나? 한 놈도 없다!"

"자랑이다. 그라머 스님도 마이 꼴리소!"

"니가 내 꼴리는 데 도와준 것도 없으면서 큰소리치기는. 자 물이나 무라. 없힌다."

"어, 와 이러십니꺼? 시다바리한테 물까지 주시고."

"허허, 방금 니 눈알에 잠깐 눈부처가 머물렀다 갔니라."

"……."

여자 수도원

　법운스님이 갑자기 어디 좀 들렀다 가자고 해 그들은 섬진강 자락의 한 간이역에서 내렸다. 플랫폼의 표지판을 보니 하동역이라고 씌어 있었다. 작은 대합실을 빠져나와 앞서 걷던 스님이 불쑥 허름한 식당으로 들어갔다.
　"스님, 진짜 배가 많이 고프신 모양이네예."
　철북이가 빙긋이 웃는 얼굴로 스님 앞자리에 앉으며 말했다.
　"말도 마라. 내 사망 일보 직전이다."
　"지가 잘못 아는 갑네예."
　"뭐가?"

"지는 스님이 배고파도 마음을 비워뿌면 하나도 안 고픈 줄 알았는데, 아인 모양이네예."

"어쭈, 니 지금 병풍 뒤에서 향냄새 맡고 싶나?"

"예? 그기 뭔 말입니꺼? 그라고 이왕 맡을 바에야 앞에서 맡지 말라꼬 뒤에서……."

"이놈아, 시체가 병풍 뒤에서 맡아야지 우찌 앞에서 맡노."

"아 참, 우찌 그런……."

"하하, 우짜든 중놈도 주둥이가 붙어 있는데 묵어야 도고 나발이고 닦을 거 아이가. 감옥의 사형수들도 목에 밧줄을 매기 전에 전부 밥을 이빠이 묵고 죽는다 안카나."

"그라고 보이 아부지 얘기가 생각나네예."

"뭔 얘기?"

"육니오 낙동강 전투 때 아부지가 남한 병사들을 향해 외쳤대요. '이보라우, 이 간나새끼들아~ 인자 점심 좀 묵고 다시 하자우~. 기리니께 동무들도 날래날래 밥 처먹으라우~!' 하고."

"……."

스님이 잠시 철북이 눈을 빤히 보다가 말했다.

"니 아부지가 인민군이었나?"

"그건 마 밥부터 좀 묵고 나중에 얘기하입시더. 아지매, 여기요~!"

주인 아주머니를 부른 철북이가 벽의 차림표를 보며 스님에게 물었다.

"뭐 잡술랍니꺼?"

"난 비빔밥을 시킬 테니 니는 육개장을 시켜라."

"육개장이 뭔데예?"

"좋은 거니까 마 시키는 대로 해라."

한참 있으니 아주머니가 음식을 가져왔는데, 스님이 철북이가 시킨 육개장을 빼앗아갔다. 육개장 그릇에는 시뻘건 국물 속에 고깃덩어리들이 떠다녔다. 걸신들린 듯이 먹고 있는 스님에게 철북이가 조용히 말했다.

"스님, 세상 참 말세네예."

"세상 말센 거 인자 알았나?"

"예, 인자 알았심더."

스님이 고기 조각을 입에 넣으며 철북이 얼굴을 빤히 쳐다보았다. 철북이가 다시 태연하게 말했다.

"민간인은 풀만 먹는데 중은 고기 묵고……."

"아~ 이 자슥이 고기 맛 떨어지게 초치네! 오래간만에 이거 묵고 힘 좀 낼라 캤더니."

"소는 풀만 묵고도 힘만 좋더마."

"그라머 니가 내한테 위를 세 개 더 달아주던가."

"예?"

"이놈아, 소의 위가 네 개다 아이가. 나도 네 개나 달려 소맨키로 배 속에 저장했다가 도로 끄집어내 다시 씹어묵을 수 있으면 얼마나 좋겠노. 맨날 허연 우유도 콸콸 쏟아내고. 그런 게 반추 아이가."

"인생을 반추한다, 뭐 그런……."

"하모! 그카이 인자 니도 암소 방구 터지는 소리 그만하고 반추 좀 하면서 살아야 안 되겠나?"

"뭐, 적반하장 같기도 하고. 어쨌든 그래도 스님 동공이 쪼매 흔들리는 걸 보니 불심의 가책은 좀 받는 모양이네예."

"지랄한다. 근데 불심의 가책은 또 뭐꼬?"

"양심의 가책을 불교 용어로 가리하면……."

"니 참 골고루 살구마. 부처님은 우찌 아직도 니 같은 놈을 수제자로 안 삼았을꼬."

"그 사람도 졸 때가 있지 않겠십니꺼."

"허긴 불상을 보면 엑스레이 안 찍어도 전신 비만에다 고혈압, 당뇨일 테니 잠도 억수로 많을 끼구마."

"그러니 지방덩어리 중들이 쌔고 쌨다 아입니꺼."

"맞다. 문제는 배때지보다 대갈통에 기름 낀 중놈들이 더 많다는 사실이지."

"부처님이 만약 이소룡맨키로만 생겼어도 지는 벌써 믿었을 낀데, 헤헤."

"뭐, 이소룡 같은 부처? 거 진짜 죽이겠구마. 쌍절곤으로는 기름 낀 중놈들 대가리 다 뽀개뿌고, 발로는 썩은 세상 다 걷어차삐고, 하하."

"스님, 근데 하나만 부탁하입시더."

"또 방구 터지는 소리할라꼬? 고기 다 식으니까 마저 묵고 하자."

"진짜 이럴 겁니꺼?"

"부탁이 뭐꼬?"

"고기 자시더라도 제발 이쑤시개로 이빨 좀 후비지 마이소!"

스님이 다시 고개를 들고 철북이를 쳐다보았다.

"와?"

"세상에 제일 꼴 보기 싫은 게 스님들이 식당 나오며 이쑤시개로 이빨 쑤시는 거라예!"

"하하, 그건 나도 동감이다. 싸가지 없는 땡초들! 그 아까운 걸 버리다니."

계속 식당 구석에서 파리채를 딱, 딱 휘두르며 철북이 쪽을 힐끗힐끗 보던 주인 아주머니가 자꾸 입을 삐죽거렸다. 철북이 귀에는 그 파리채 소리가 마치 스님 등짝을 후려치는 죽비소리처럼 들렸다. 그러거나 말거나 스님의 숟가락은 부지런히 날아다녔다.

식당을 나온 그들은 옥수수가 누렇게 익어가는 철로 변을 따라 한참 걷다가 마을로 들어섰다. 초가들 사이로 슬레이트 지붕들이 가뭄에 콩 나듯 섞인 한적한 마을은 매미소리만 요란했다. 무더위 탓인지 사람 그림자도 보이지 않았다. 그들은 감나무 옆 큰 우물로 가서 물을 떠마셨다. 아마도 이 마을의 공동 우물인 듯했다. 멀리 폭이 좁은 강줄기가 보였다. 스님 걸음이 조금씩 빨라졌고, 철북이는 거의 뜀박질하듯 따라갔다. 징검다리가 나왔다. 강 건너 언덕 위로 하얀 건물이 나타났다. 지붕 위의 십자가로 보아 교회나 성당인 것 같았다.

그런데 징검다리를 다 건넌 스님이 그 건물 쪽으로 올라갔다. 철북이는 고개를 갸웃거리면서도 열심히 뒤따라갔다. 이윽고 넓은 마당이 있는 건물 입구에 들어서자 뜻밖에도 수도원이었다.

'성 베드윈 여자 수도원.'

온갖 꽃들이 피어 있는 입구에는 문 대신 자연석 하나를 세워 하얀 글씨로 이렇게 써놓았다. 철북이는 의아한 표정으로 스님을 쳐다보았다. 스님은 말없이 잔잔한 미소만 지었다. 그들은 마당가의 커다란 후박나무 그늘로 갔다. 언덕 아래로 그림 같은 풍경이 한눈에 들어왔다. 은빛으로 반짝이는 섬진강 자락과 그 너머 간이역사와 기찻길이 한 폭의 수채화처럼 펼쳐졌다. 잠시 후 건물 안에서 하얀 두건을 쓴 연한 회색복 차림의 젊은 수녀가 나왔다. 그녀는 스님을 보자 화사하게 웃으며 종종걸음으로 다가왔다.

"오늘 아침에 이 후박나무 위에 까치가 와 울더니, 스님이 오신다고 그런 모양이네요."

"허허, 그래 몸은 좀 괜찮나?"

"네, 이제 다 나았어요. 스님은요?"

"내야 뭐 이렇게 조선 팔도를 유람한다 아이가."

"여전하시네요."

"참, 이놈은 내 시다바리다. 철북아, 루시아 수녀님께 인사드리거라."

"아, 안녕하십니꺼? 양철북이라고 합니더."

"호호, 스님한테 포섭되신 모양이네요?"

"머리 빡빡 깎았다고 다 중은 아입니더. 우찌하다 보이 스님을 따라다니게 됐지만, 지는 그냥 순수한 민간인입니더."

"이놈아, 여기 순수한 민간인 아닌 사람이 누가 있노?"

"아이라예. 중과 수녀는 민간인이 아이고, 물에 빠진 불쌍한 중생들을 건져보겠다는 특수인이다 아입니꺼. 특수인! 아, 그래서 고기도 안 묵고, 여자도 돌같이 보고, 돈도 안 벌고, 또 생각도 자기 혼자만 하는 그런 특수 훈련을 하는 거 아입니꺼."

"허허허."

"호호호."

"지는 마 그런 특수인은 무조건 사양할랍니더. 거듭 강조하지만 스님은 지 꼬실 생각은 부처 손톱만큼도 하지 마이소!"

"그라머 중 말고 신부는 어떻노?"

"갸가 갸구만. 지는예, 죽어도 여자 없이는 못 삽니더. 그라고 지는 한마디로 말하면 이화 같은 자유인이다 아입니꺼!"

"이화? 가가 누고?"

"얼마 전에 본 〈겨울 여자〉 속에 나오는 영화 주인공인데예."

"아~ 장미희가 나오는 영화?"

"스님도 봤십니꺼?"

"아니, 근데 가가 뭐라 캤는데?"

"가가 한 말이 아이고 그 영화 포스터에 나오는 선전 문구가 굉장히 철학적이라 가끔 써먹는다 아입니꺼."

"뭐라 써 있더노?"

"이화는 누구에게나 속해 있고, 또 이화는 아무에게도 속해 있지 않다! 죽이지예?"

"지랄, 그기 창녀지 자유인이가?"

"염병, 그 이화 대신 철북이를 넣으면 딱 맞다 캤더니만."

"허허허."

법운스님과 철북이는 루시아 수녀님을 따라 건물 안으로 들어갔다. 철북이가 태어나 처음 보는 수도원이었다. 실내장식이 아주 단순하고 간결했다. 그 간결함과 단순함 속에는 어딘지 모르게 절제된 기품 같은 것이 서려 있었다. 성모 마리아상 밑에 가지런히 놓인 꽃병 외에는 거의 장식 같은 것들이 없었다. 루시아 수녀님 말에 의하면 옛날 수도자들이 은수자(隱修煮)로 살았던 시대의 사막 생활과 비슷하게 꾸몄다고 한다. 은수자들이란 혼자 사막이나 광야의 봉쇄수도원에 들어가 죽음보다 깊은 침묵으로 고독하게 수행한 수도자들이다. 사막이나 광야는 모든 것을 버림으로써 모든 것을 소유할 수 있는 절대 고독의 백척간두 같은 곳이다.

"스님, 이 방으로 옮겼어요."

수녀님이 한 방으로 그들을 안내했다. 마루가 깔린 넓은 방에는 뜻밖에도 침대에 누워 있는 늙은 환자들과 어린아이들이 탄 휠체어들이 곳곳에 있었다. 마치 어느 병실을 보는 것 같았다. 그들이 들어가자 이미 잘 아는 듯 모두 법운스님을 반겼다.

"그동안 모두 잘 지냈십니꺼?"

"스님이 안 오시는데 어떻게 잘 지내겠십니꺼? 허허허."

"하하하……."

"히히히……."

법운스님이 활짝 웃으며 말하자 여기저기서 스님 말투로 인사를 받았다. 스님은 침대를 돌며 일일이 인사를 했다. 철북이는 낯선 풍경에 쭈뼛거리며 이리저리 둘러보았다. 이때 가슴에 들꽃을 한아름 안은 다른 수녀 한 사람이 들어오더니, 철북이 옆의 늙은 환자에게 꽃을 주었다. 그러고는 마치 초등학교 선생님이 아이들을 다루듯 생글생글 웃으며 말했다.

"자, 제가 여기 예쁜 선물을 가져왔어요. 이 들꽃 향기 좀 맡아보세요. 꽃이 정말 아름답고 향기롭죠? 이제 힘을 내셔야 해요. 제가 항상 곁에 있고 형제님을 아끼고 사랑하는 사람들이 많다는 걸

믿으셔야 해요. 형제님은 절대 혼자가 아니에요. 아셨죠? 자, 다시 이 꽃향기를 좀 맡아보세요. 역시 향기롭죠? 눈에 안 보인다고 향기가 없는 건 아니잖아요? 이 향기처럼 형제님을 사랑하는 사람들이 늘 곁에 있다는 걸 꼭 아셔야 해요……."

꽃을 받아든 할아버지가 연신 향기를 킁킁 맡으며 좋아서 어쩔 줄을 몰랐다. 오랫동안 불치병을 앓고 있는 이 할아버지는 가족으로부터 버림받고 행려병자로 떠돌다 여기로 들어왔다고 했다. 임종을 기다리는 시한부 인생이나 마찬가지인 할아버지에게 조금이라도 숨을 불어넣으려고 애쓰는 수녀님의 마음이 철북이 가슴을 찡하게 울렸다.

저쪽에서 법운스님이 손짓으로 철북이를 불렀다. 가까이 다가가 보니, 중학생쯤으로 보이는 한 여자애가 햇빛이 잘 드는 창가 침대 위에 앉아 혼자 종이배를 접고 있었다. 그런데 철북이는 깜짝 놀라고 말았다. 종이배를 손으로 접는 게 아니라 발가락으로 접고 있었던 것이다. 손가락보다도 훨씬 더 능숙하게 접었다. 종이배뿐만 아니라 종이비행기, 종이연, 종이새, 종이나비 등 주로 자유롭게 날아가는 것들이었다. 재료도 종이 외에 나뭇잎과 풀잎 등 다양했다. 부드러운 풀잎으로 만든 잠자리와 메뚜기, 사마귀, 도마뱀, 매미들이 창틀에 나란히 전시되어 있었다. 그 곤충들은 금방이라도 날아갈 것처럼 생동감이 넘쳤다.

이 여자애는 태어날 때부터 전혀 걸을 수도, 손을 쓸 수도 없어 발로 모든 일을 대신한다고 했다. 밥도 발로 먹고, 악수도 발로 하고, 또 잘 움직이지 못하는 다른 환자들에게 밥도 발로 떠먹여주고 있단다. 철북이는 여자애의 발을 잡고 악수를 나누었다. 발이 따뜻

했다. 그리고 떠날 때 그 애는 철북이에게 종이배 하나를 정성스럽
게 접어 발가락으로 건네주며 수줍게 웃었다. 철북이는 그 해맑은
얼굴을 보는 순간, 눈시울이 뜨거워지며 가슴이 먹먹해졌다.

"자, 잘 간직할게요……."

　루시아 수녀님의 배웅을 받으며 수도원 마당을 나오는데 그레
고리안 성가가 흘러나왔다. 곧 미사가 있을 모양이었다. 헤어지면
서 법운스님을 그윽하게 바라보는 수녀님의 눈망울에 물기가 어
렸다. 스님도 마찬가지였다. 서로 감추려고 애쓰는 모습이 역력했
지만, 철북이의 가슴에는 그 한 점의 물기가 절제된 슬픔으로 스
며들었다. 강과 들이 붉게 물들어가고 있었다. 멀리 기적소리가
들렸다. 철북이는 종이배를 어루만지며 언덕 아래로 내려갔다. 징
검다리를 건너 저녁 햇살에 반짝이는 하얀 수도원을 돌아보았다.
루시아 수녀님이 손을 천천히 흔들고 있었다. 스님과 철북이도 손
을 흔들었다. 수녀님의 하얀 두건이 반짝거렸다.

메뚜기처럼……

법운스님은 마을로 가지 않고 강변을 따라 내려갔다. 스님도 말이 없었고 철북이도 말이 없었다. 물에는 피라미들이 헤엄치고 강가에는 푸른 댓잎들과 들꽃들이 자욱하게 피어 있었다. 어미 새들이 둥지로 새끼들을 불러들이는 듯 작은 나뭇가지들로 옮겨 다니며 쩍쩍거렸다. 해지는 풀섶에서 풀벌레들이 울고 저녁 이슬이 철북이 발등을 적셨다. 문득 실화를 바탕으로 썼다는 어느 수도승의 일생에 대한 소설이 떠올랐다.

톨로토스라는 한 수도승이 있었는데, 그는 평생 동안 여자라곤 본 적이 없다고 했다. 그가 태어나자마자 어머니는 죽고, 그 다음 날 곧바로 안데스산맥 고원의 트라피스트 수도원으로 보내져 거기서 자랐다. 트라피스트 수도원은 봉쇄수도원이라고 불릴 만큼 규율과 자기 절제가 엄한 곳이었다. 여자는 물론 심지어 동물의 암컷조차도 출입이 철저히 금지된 그 수도원에서 톨로토스는 82세까지 살았다. 그는 태어나서 죽을 때까지 단 한 번도 여자 냄새를 맡거나 눈길을 주지 않았다. 아니, 그 눈길을 줄 기회조차 없었던 것이다. 그의 일생에는 여자라는 것 자체가 존재하지 않았다. 이 지구상에서 여자라는 존재를 모르고 살아가는 사람이 과연 몇이나 될까. 있기나 할까. 그렇게 살아서 그 수도승은 과연 무엇을 얻고 깨달았을까. 소설에는 답이 없었다. 답은 고사하고 힌트조차 없었다. 어쩌면 소설 그 자체가 답인지도 몰랐다. 철북이는 이 의문이 평생 풀리지 않을 거라는 생각이 들었다.

"니, 또 뭘 그렇게 생각하노?"

법운스님이 철북이 머리를 쓰다듬으며 물었다. 철북이가 무겁게 입을 열었다.

"다소 심각한 문제라 할 수 있는데예……. 스님은 여자 없이도 살아갈 수 있십니꺼?"

"여자? 내가 아까 수녀 만났다고 묻는 기가?"

"천만에요! 스님이 어디 여자 한둘 만납니꺼. 그기 아이고요."

"그라머 뭐꼬?"

설명하려면 좀 복잡할 것 같아 철북이는 아예 그 소설을 간단하게 요약해주었다. 고개를 끄덕여가며 다 듣고 난 스님이 퉁명스럽게 한마디 내뱉었다.

"뭐, 별 거 아이구마!"

"뭐가요?"

"톨로토슨지 톨스토인지, 여자 그림자도 못 봤다는 그 수도승 말이다."

"근데요?"

"아, 원래 여자란 기 없는데 자꾸 '나는 여자 안 봤다, 여자 코빼기도 못 봤다' 하고 노래 부르면 되겠나? 그 영감 좀 멍청하구먼!"

"……."

"잘 모르겠나?"

"자꾸 선문답하지 말고 좀 쉽게 얘기해보이소."

"이 자슥아, 내가 중인데 선문답을 해야지, 그라머 성 상담을 하란 말이가?"

"아따 중이라고 디게 뻐기시네! 아, 그라고 여자가 없기는 와 없십니꺼? 천지에 널린 게 여잔데!"

"허허……."

이제 법운스님의 간접화법에 익숙해질 법도 했지만, 늘 뚜렷이 손에 잡히는 게 없다보니 가끔은 울컥 짜증나기도 했다. 지금도 그랬다. 스님이 그런 심사를 눈치챘는지, 철북이 어깨를 어루만지며 낮은 목소리로 말했다.

"어느 날 순례 길에 오른 두 명의 수도승이 물이 불은 강을 딱 만났는데, 강 앞에는 장미희보다도 훨씬 더 아리따운 여자 하나가 오도가도 못 하고 속만 태우고 있는 기라. 그래서 수도승 하나가 그 여자를 냉큼 등에 업어 강을 건너게 해주고는 계속 제 갈 길을 갔다 아이가. 그런데 한참 가다가 옆에 있던 수도승이 갑자기 화를 버럭 내며 '수도자가 여자 몸을 그렇게 함부로 가까이 하면 되느냐'고 호통을 치는 기라. 그래서 여자를 업어다준 수도승이 뭐라고 대답했겠노?"

"……."

"점잖은 목소리로 이렇게 대답했지. '난 등에서 그 여자를 벌써 내려놓았는데, 넌 아직도 등에 업고 있느냐'고……."

"그라머 지가 아직도 수녀님을 등에 업고 있다 그 말입니꺼? 거 듣고 보이 좀 수상하네!"

"그 수도승의 등에 업힌 건 가시나가 아이라 단지 사람이 업혔을 뿐이다 이 말이다. 짐승이라면 그리 물었겠나."

"또 헷갈리네."

"허허."

스님이 불쑥 바랑 속을 뒤져 병 하나를 꺼내더니, 이빨로 뚜껑을 따고 벌컥벌컥 마셨다. 어릴 때 아버지 심부름으로 자주 사다 날랐던 '금복주' 소주였다. 병에는 아래턱이 푸짐한 두꺼비 그림이 그려져 있었다.

"카아~ 쥑인다!"

스님은 뭐가 죽이는지 혼자 감탄사를 연발하면서 생쌀 한 줌을 입에 톡 털어넣더니 뽀드득뽀드득 씹었다. 생쌀 안주였다. 역한 소주 냄새가 코를 찔렀다. 철북이는 스님이 술 마시는 것을 처음 보았다. 그런데 병을 따고 안주를 먹고 하는 모양새 따위가 한두 번이 아닌 듯했다. 스님이 깜빡 잊었다는 표정으로 철북이를 보며 말했다.

"참, 니도 한 나발 불래?"

"어허, 애한테 좋은 거 가르칩니더."

"하모, 진짜 좋은 거지. 인생이 요 병 속에 다 있는 기라."

"고마 안주나 좀 주이소."

스님처럼 철북이도 생쌀 한 줌을 입에 톡 털어넣고 씹었다. 처음에는 자갈 밟는 소리처럼 뽀드득뽀드득 씹히던 게 나중에는 끈적끈적하게 침이 고이면서 오물오물 씹는 맛이 그렇게 좋을 수가 없었다. 씹을수록 달콤한 맛과 향기로운 냄새가 솔솔 배어나왔다. 게다가 허기를 지우는 데도 그만이었다. 스님의 얼굴이 저녁노을처럼 붉게 물들어 갔다. 금세 소주 한 병이 비워졌다. 앞서 걷던 스님이 불콰해진 얼굴로 갑자기 여자 오줌 누는 양 풀숲 앞에 쪼그리고 앉았다. 그러고는 꼼짝도 않은 채 어느 한 곳을 응시했다. 풀숲 위에는 메뚜기들이 뛰어다녔다. 철북이도 스님 옆에 쪼그리고 앉았다. 스님이 조용히 입을 열었다.

"철북아, 니 저기 뭔 줄 아나?"

"메뚜기 아입니꺼?"

"나도 안다."

"알면서 와 묻십니꺼?"

"……."

"한 마리 잡아드릴까예? 볶아 무면 안주로 그만인데."

"철북아, 니 저기 뭔 줄 아나?"

"메뚜기 말고 또 있어예?"

"아니, 메뚜기."

"싱겁기는……."

"더도 말고 덜도 말고 딱 저만큼만 됐으면 좋겠구마."

"뭐가요?"

"화두."

"화두?"

메뚜기를 물끄러미 응시하는 법운스님의 눈빛이 쓸쓸해 보였다. 스님의 입에서 무겁게 화두라는 말이 나오자 갑자기 분위기가 숙연해졌다. 철북이는 화두에 대해 자세히 알지는 못하지만, 그게 깨달음을 좇는 모든 스님들의 최대 관문이라는 것쯤은 알고 있었다. 흔히 스님들 사이에서 '뚜껑이 열렸다, 안 열렸다'라는 말들이 오가는데, 그를 두고 하는 말이라는 걸 들은 적이 있었다. 끝내 뚜껑을 열어주지 않는 화두. 그것은 마치 갓난아기의 조그마한 손아귀에 잡힐 듯 잡힐 듯하면서도 끝내 잡히지 않는 하얀 달걀 같은 것인지도 몰랐다. 법운스님은 지금 눈앞에서 아른거리는 그 달걀을 향해 손을 뻗고 있는 것이다. 한동안 말이 없던 스님이 다시 혼자 중얼거리듯 말했다.

"저 메뚜기들같이 단숨에 훌쩍 뛰어 넘어삐면 얼마나 좋겠노."

"그러게요. 화두도 소줏병맨키로 이빨로 뚜껑을 똑 따버리면 좋을 낀데……."

"그라머 한 병 더 따봐야지."

철북이의 우스갯소리를 스님은 되려 진지하게 들었는지 정말로 술병을 꺼내 이빨로 뚜껑을 땄다. 그러고는 천천히 마셨다. 좀처럼 속내를 드러내 진지하게 말하지 않았던 스님이었다. 술기운에 기대 하는 얘기 같지도 않아 보였다.

지금까지 줄곧 철북이는 스님과 수녀님이 과연 서로 어떤 관계인지, 그게 제일 궁금했다. 어쩌면 내심 애절하게 헤어진 옛날 애인이길 기대하고 있는지도 몰랐다. 끝내 사랑을 이루지 못한 비련의 두 주인공이 한 사람은 스님으로, 또 한 사람은 수녀로 변한 그런 비극적인 사랑을 듣고 싶었는지도 몰랐다. 그랬다면 그 가슴 저미는 사연을 들으며 철북이는 얼마든지 울어줄 용의가 있었다. 그런데 그놈의 메뚜기 때문에 스님도 기회를 잃었고 철북이도 잃어버렸다. 물어보는 건 고사하고 오히려 스님이 안쓰러워 보이기까지 했다. 철북이가 먼저 조용히 일어나 스님의 넓은 등을 내려다보았다. 수구암에서는 철북이가 뛰어가 업혀버리고 싶었던 그 넉넉한 들판이었다. 그러나 지금은 가을 낙엽처럼 작고 쓸쓸해 보였다.

"이건 뚜껑이 열렸는데…… 그건 안 열리구마."

한참 뒤 스님이 표정 없이 젖은 낙엽 같은 목소리로 혼자 중얼거렸다. 가벼운 농담 같은 말도 그때 분위기에 따라 이렇게 심각해질 수도 있구나 싶었다.

철북이의 가슴이 먹먹해졌다. 스님 앞을 가로막은 거대한 벽이 보이는 것 같았다. 스님은 지금 그 벽 앞에 무릎을 꿇고 있었다. 철북이는 스님이 그 벽을 뚫고 단숨에 통과하기를 간절히 빌었다. 겉으로는 늘 대범했던 스님도 그동안 여린 갈대처럼 혼자 속으로만 울고 있었는지 몰랐다. 철북이 가슴속으로 쓸쓸한 저녁 강물이 밀려왔다. 강물은 잠시 머물더니 가랑잎 하나를 남겨놓고 일시에 빠져나갔다. 그 가랑잎 위에 메뚜기 한 마리가 앉아 있었다. 저렇게 훌쩍 뛰는 메뚜기처럼 스님도 한순간에 화두를 깨칠 수는 없을까. 화두를 깨쳐 새처럼 허공에 발자국도 남기지 않고 훨훨 날아가 버릴 수는 없을까. 젖은 가랑잎에서 물기가 빠져나가고 있었다. 가랑잎이 말라갔다. 가랑잎이 부서졌다. 가랑잎이 사라졌다.

가랑잎은 원래부터 없었다…….

철북이와 법운스님은 섬진강에서 저녁노을을 보며 밥을 지었
다. 오늘은 더 이상 가지 않고 이 강변에서 노숙하기로 했다. 스님
은 술에 알딸말하게 취했는데도 밥 짓는 솜씨는 익숙했다. 쌀뜨
물 같은 그리움이 강물 위로 흘러가다가 하얀 김처럼 모락모락 피
어올랐다. 새들이 둥지로 돌아가는지 목 쉰 소리로 울며 부지런히
날아갔다. 철북이는 주변의 밭을 찾아서 싱싱한 풋고추 몇 개를
따와 강물에 대충 씻었다. 스님의 바랑 속에는 생쌀과 된장과 고
추장밖에 없었다. 강가의 자갈밭에 푸짐한 밥상이 차려졌다. 두 사
람은 풋고추를 된장과 고추장에 한 번씩 돌아가면서 찍어 먹었다.
 "어, 이거 둘 다 수구암 맛이네요?"
 "맞다. 해인스님이 챙겨주더라."
 "아니, 초잡시럽게 된장과 고추장밖에 안 줍디까?"
 "아이다. 마이 줄라카는 거 내가 안 받았다. 마이 무라."
 "묵을 기 있어야 묵지. 달랑 고추 몇 개 갖고…….'
 "그니까 간 김에 오이도 몇 개 따오지."
 "양심이 있어야지요."
 "지랄. 그라고 이 자슥아, 여기 반찬들이 얼마나 많노."
 "예? 여기 어디…….'
 법운스님이 된장에 기다란 풋고추 하나를 푹 찍어 씹으면서 음
유시인처럼 줄줄이 읊기 시작했다. 철북이는 그런 스님의 얼굴을
가만히 관찰했다. 어릴 적 따뜻한 밥상 앞의 가족을 추억하는 표
정이었다.

"조디로 들어가는 것 말고 눈으로 들어가는 것도 다 반찬이다 아이가. 저기 맑은 감잣국 같은 강물도 있고, 저기 오래된 배추김 치 같은 저녁노을도 있고, 저기 떡갈비 같은 먹구름도 있고, 저기 군고구마 같은 돌삐들도 있고, 저기 냉잇국 같은 향긋한 바람도 있고, 저기 수박 향 같은 은어도 있고……"

"마 고마 하이소. 배가 더 배고프구만."

"하하."

"근데 은어가 어디 있십니꺼?"

"저기 강물 속에."

"그게 수박 향이 납니꺼?"

"하모. 비오면 더 진하지."

"거 희한하네. 수구암 배롱나무꽃도 그렇던데……"

"해인스님은 안 그렇고?"

"음…… 해인스님은 도라지꽃 향기가 나예. 보랏빛 향기."

"그라머 난?"

"음…… 스님은 별빛 향기가 나고."

"그 멀리 있는 향기도 맡고 개코네."

"근데 아직 뜨지 않은 별빛이라예."

"안 뜬 게 아이라 떴는데 빛이 아직 여기까지 안 온 거겠지."

"우와~ 그렇게나 오래 걸립니꺼?"

"하모. 지구까지 도착할라카믄 니가 수억만 번 죽었다 깨어나도 못 올 끼다."

"그라머 저 위에 반짝이는 별빛들은요?"

"저거 다 뒈진 것들이야."

"아이고, 그라머 시인들이 밤하늘의 별빛이 총총히 어쩌고저쩌고 하는 건 전부 상가집 쳐다보고 문상하는 꼴이네예?"

"하모. 시인나부랭이들이 워낙 무식해서 남의 장례식 보고 애도는 못할망정 그대는 나의 별 어쩌고저쩌고 지랄 떠는 거 아이가. 허허허."

"그라머 날도 어두워졌는데 인자 밥상 치아뿌고 빨리 애도하입시더."

철북이가 벌떡 일어나 치울 것도 없었지만 이것저것 챙기고 나무 발우와 수저도 강물에 씻었다. 그러고는 바위에 드러누워 별들이 총총히 뜬 밤하늘을 보더니 한숨을 폭 쉬며 중얼거렸다.

"아이고~ 애도할 상가집이 와 저리 많노."

어둠이 깊어지면서 별들은 더욱 총총해졌다. 철북이는 별들을 헤아리며 가슴에 배롱나무꽃을 안고 집집마다 방문해 조문을 했다. 사망한 별들이 너무 많아 조문에 지치면 아라비안나이트의 세헤라자데처럼 별과 별 사이로 사다리를 놓으며 슬픈 시를 썼다. 조시였다. 그때 어디선가 진혼곡처럼 하모니카 소리가 아련하게 들렸다. 철북이가 고개를 돌려보니 스님이 다른 바위에 앉아 눈을 지그시 감은 채 하모니카를 불고 있었다.

엄마야 누나야 강변 살자.
뜰에는 반짝이는 금은 모래빛
뒷문 밖에는 갈잎의 노래
엄마야 누나야 강변 살자.
……

갑자기 분위기가 물 위에 꽃잎 내리듯 가라앉으며 아련한 향수 속으로 젖어들었다. 철북이는 자신도 모르게 하모니카 노래를 따라 흥얼거렸다. 눈시울이 뜨거워졌다. 이슬 같은 눈물이 맺혔다. 강가에 무릎을 꿇고 있는 아버지가 아른거렸다.

철북이는 초등학생 때 두 동생에게 주려고 점방에서 눈깔사탕 두 개를 훔친 적이 있었다. 아버지는 몽둥이를 들고 철북이를 말 없이 강가로 데리고 갔다. 몽둥이를 보며 철북이는 잔뜩 얼었다. 강에 도착한 아버지는 철북이를 옆에 세워놓고 강물을 보며 무릎을 꿇었다. 아버지가 말했다.

"내가 내 자식을 잘못 키웠으니, 내가 죄를 달게 받겠소."

아버지가 몽둥이를 철북이에게 주며 말했다.

"니가 내 등을 쳐라. 치지 않으면 죽을 때까지 난 여기서 꼼짝도 하지 않는다."

철북이는 우선 아버지의 말투가 갑자기 표준말로 바뀌자 너무 무서웠다. 철북이가 울먹거리며 어쩔 줄을 모르는데 아버지가 다시 근엄한 목소리로 말했다.

"어서 쳐라!"

철북이는 손이 꼼짝도 하지 않았다. 눈물이 나왔다. 어머니가 어린 두 동생을 데리고 달려왔다. 아버지는 무릎을 꿇은 채 꼼짝도 하지 않았고 철북이는 울기만 했다. 어머니와 동생들도 훌쩍였다. 해가 지고 달이 떴다. 어머니가 자꾸 눈치를 주자 철북이는 마지못해 겨우 몽둥이를 들었다. 그리고 몇 차례 치는 시늉을 했다. 그러나 아버지는 꼼짝도 하지 않았다. 철북이는 아버지의 등이 너무 넓다고 생각했다. 어머니가 다시 눈짓을 했다. 철북이는 좀 더 세게 쳤다. 그래도 아버지는 움직이지 않았다. 또 어머니가 눈짓을 했다. 철북이는 고개를 돌리고 더 세게 몇 번을 쳤다. 그때야 비로소 아버지가 천천히 일어났다. 철북이는 몽둥이를 강으로 던져버리고는 어머니 품속으로 뛰어들어 크게 울음을 터뜨리며 소리쳤다.

"아부지 미워! 아부지 진짜 밉단 말야! 엉엉⋯⋯."

철북이 아버지가 천천히 강물로 들어가 몽둥이를 건져서 천천히 나왔다. 그러고는 철북이에게 다가가 눈을 똑바로 보며 말했다.

"만약 앞으로 니가 또 잘못하면 그때도 니가 나를 이렇게 쳐야 된다. 알겠느냐?"

"예⋯⋯."

그날 아버지는 철북이를 집까지 목마 태워 갔다. 철북이는 아버지 목마 타고 계속 훌쩍거렸다. 아버지가 철북이에게 벌을 준 것은 그게 마지막이었고, 또 철북이가 세상에서 가장 큰 벌을 받은 것도 그게 마지막이었다. 그런데 철북이가 고등학생이 돼 그때를 떠올리며 뜬금없이 든 의문은 그때 아버지는 무릎 꿇고 왜 하늘을 보며 사죄하지 않고 강을 보며 했을까, 였다.

이튿날 새벽에 철북이가 일어나니 강에 물안개가 자욱하게 피어올랐다. 법운스님은 바위에 꼿꼿이 앉아 꼼짝도 않고 강을 보고 있었다. 어린 철북이에게 벌을 주던 때의 아버지 모습도 저랬다. 물안개가 강의 속눈썹처럼 햇빛을 열고 닫았다. 강이 눈을 한 번 깜빡이면 속눈썹은 수십 번을 긴장한다. 그때마다 물안개는 바람을 타고 가장자리로 이동한다. 그러고는 자신의 형체를 지운다.

이제 강가의 숲이 기지개를 켜며 나무들을 정돈했고 물새들이 날아왔다. 밤새 긴장하던 강물도 아침 햇살에 속살을 드러내기 시작했다. 묵상을 끝낸 법운스님이 철북이를 불러 바랑에서 생쌀 한 줌을 꺼내 주며 말했다.

"이게 아침 식사니 천천히 꼭꼭 씹어 묵으면 충분히 요기가 될끼다."

"에휴~ 반찬은요?"

"니 샛바닥이 밑반찬 아이가. 아껴 무라, 하하."

두 사람은 어제처럼 또 섬진강을 따라 걷고 걸었다. 날씨가 무더운 건 여전했지만 간간히 산들바람이 불어 그나마 견딜 만했다. 강변에 핀 야생화들이 물기를 잔뜩 머금고 햇빛을 반사시켰다. 사람은 햇빛에 한나절만 노출시켜도 피부가 까맣게 탄다. 하지만 꽃잎들은 폭염이 와도 떨어질 때까지 타지도 않고 구멍이 뚫리지도 않는다. 물론 매화처럼 살짝 요령을 피우는 꽃도 있다. 다른 꽃들이 하늘을 보며 필 때 꽃잎이 얇은 매화는 땅을 보며 핀다. 겸손해서가 아니라 살기 위해서다.

앞서 가던 법운스님이 목이 마른지 백구두를 벗어 강물을 떠먹었다. 철북이는 밭두렁의 넓은 호박잎 하나를 따서 보란 듯이 강물을 떠먹었다. 법운스님이 씨익 웃었다.

얼굴 긴 농부

두 사람은 섬진강에서 벗어나 낡은 버스를 타고 순천으로 갔다.
어디에 사는 누군지는 모르지만 법운스님이 인사드려야 할 어른
이 있다고 했다. 시외버스 정류장에 내려 다시 버스를 타고 한참
가다가 어느 한적한 시골 마을에 내렸다. 거기서는 차가 없어 뙤
약볕이 내리쬐는 시골길을 또 한참 걸었다. 밀짚모자를 쓴 두 사
람 다 온몸이 땀투성이였다.

그들이 마침내 도착한 곳은 엄청나게 큰 절이었다. 철북이가 일
주문을 통과하면서 현판을 보니 '조계산 송광사'라고 쓰여 있었
다. 처음 보는 이름이었다. 조금 더 들어가자 청량각이라고 쓴 현

판이 보였다. 철북이는 맑고 시원하다는 뜻의 '청량'이라는 말이 '극락'의 다른 표현이라고 설명한 어느 책이 떠올랐다. 날달걀이 햇빛에 달걀부침으로 변할 만큼 뜨거운 인도이니, 당연히 시원한 곳이 극락이었을 것이다. 그런데 절을 보던 철북이가 자꾸 고개를 갸웃거리며 이리저리 두리번거렸다.

"스님요, 이 절 쪼께 이상하네예."

"뭐가?"

"절간에 그 흔한 돌탑들이 코빼기도 안 보인다 아입니꺼? 이 큰 절에."

"아, 그거는 이 절터가 물 위에 뜬 연꽃 모양새라 무거운 석탑을 세우면 가라앉는다고…….."

"그라머 이 건물들은 다 가벼운 새털이라예? 참말로 개가 하품하다 염통 터질 소리구마."

"맞다. 나도 염통 터진다."

"그라고 처마에 풍경은 와 한 개도 안 보입니꺼?"

"고마, 시끄럽다."

"예? 아이고 우리 스님이 더위 먹으시더니 맛이 살짝…….."

"아, 이 녀석아 정답을 말했다 아이가."

"언제요?"

"아까, 시끄럽다고."

"아하…….."

이 절에 풍경이 하나도 없는 이유는 댕그랑거리는 풍경소리가 스님들 공부에 방해된다고 달지 않았기 때문이란다. 철북이 생각에 풍경이 없는 이유치고는 너무 옹졸하고 치사했다. 이 깊은 산골짜기로 들어와 외부인 출입금지까지 하며 선방에 있는 것만도 어딘가. 더구나 옆에서 산이 무너져도 끄떡도 않을 초집중력으로 마음을 비우는데 그까짓 풍경 몇 개 딸랑거린다고 시끄러워서 공부가 안 된다니, 참으로 부처가 곡할 노릇이 아닐 수 없었다. 철북이는 산문이 속세와 불가를 구분 짓는 경계라면, 풍경소리는 그 경계를 허물어 마음과 마음을 이어주는 속세와 불가의 사다리라고 생각했다. 그런 점에서 보면 이 절은 지나치게 이기적이고 옹졸하다는 생각이 들었다. 법당 주변은 새들이 지저귀는 소리와 매미 우는 소리로 귀가 찢어질 듯하다. 혹시 스님들이 저 소리들도 공부하는 데 시끄럽다고 나무마다 살충제를 뿌리는 건 아닌지 모르겠다.

법운스님이 절 뒤쪽의 오르막길로 방향을 틀어 올라갔다. 울창한 숲 속의 좁은 오솔길로 들어서자 양쪽으로 대숲이 우거져 있었다. 말이 오솔길이지 군데군데 길이 끊어져 철북이로서는 도무지 갈피를 잡을 수가 없었다. 그렇지만 앞서서 묵묵히 걷기만 하는 법운스님은 익숙하게 길을 잘도 찾았다. 그렇게 30분쯤 올라가자 마침내 작은 기와집 한 채가 나타났다. 사립문 왼쪽에 붉은 동백 열매가 열려 있었고, 안으로 들어가니 여기저기 흩어진 기와 조각과 목재들로 어수선했다. 집을 지은 지 얼마 되지 않은 흔적이 뚜렷했다.

앞마당 돌계단 아래 작은 텃밭에는 배추, 상추, 고추, 오이, 콩, 무, 토마토, 감자, 호박, 열무 같은 채소들이 자라고 있었다. 그 텃밭에서 얼굴이 좀 길쭉한 농부 같은 남자 하나가 호미로 부지런히 김을 매고 있었다. 잡초를 솎아내는 듯 사방으로 뽑힌 풀들이 흩어져 있었다. 하얀 런닝구 바람에 밀짚모자를 쓰고 있어서 얼굴을 자세히 볼 수는 없었다. 아마 이 집 주인인 듯했다. 그는 법운스님과 철북이가 온 것도 모르고 밭일에만 열중했다. 법운스님이 뒤로 슬쩍 가서 풀 하나를 뽑으며 소리쳤다.

"아이고~ 여기도 잡초 한 놈이 있구마."

그때야 김을 매던 얼굴 긴 농부가 호미를 든 채 벌떡 일어나 돌아보았다. 얼굴에 구슬땀이 흘렀다.

"아니, 이게 누구야. 언제 왔는가?"

"어제 왔심더, 하하. 그동안 잘 계셨지예?"

두 사람은 서로 손을 덥석 잡고 활짝 웃으며 인사를 나누었다. 조금 뒤 이리저리 기웃거리던 철북이를 스님이 불렀다.

"철북아, 인사드려라. 내가 존경하는 선배님이다."

철북이가 밀짚모자를 벗고 다가가 합장하며 고개 숙여 인사했다. 얼굴 긴 농부도 같이 합장하며 법운스님에게 물었다.

"자네 도반인가?"

불가에서는 같은 뜻을 가지고 같은 길을 걸어가는 친구를 도반이라고 불렀다.

"뭐, 도반은 도반인데 아직은 대가리에 피도 안 마른 고등학생 처사입니다."

"그렇구만, 더운데 여기까지 온다고 고생 많았네. 자, 올라가서 차 한잔 하세."

철북이는 두 사람을 따라가 돌계단 위의 기와집 툇마루에 걸터앉았다. 법운스님이 자기 집인 양 익숙하게 바랑을 내려놓더니 기와집 왼쪽의 작은 샘으로 가서 얼굴을 씻었다. 철북이도 따라가 씻고 돌아오다가 처마 쪽을 힐끗 보았다. 나무 현판에 '불일암(佛日庵)'이라고 쓰인 한자가 눈에 들어왔다. 순간 이 기와집이 산속의 외딴 농가가 아니고, 또 얼굴 긴 남자도 농부가 아니라 스님일 거라는 생각이 퍼뜩 들었다. 얼굴 긴 농부가 부엌으로 찻물을 끓이러 가자, 법운스님에게 살짝 물었다.

"저 분 농부 아이고 스님이지예?"

"둘 다 맞다. 겉은 스님이고 속은 농부 아이가. 늘 손에 연장을 든……."

연장이라는 말에 철북이는 잠깐 아버지가 떠올랐다.

아버지의 손에는 늘 뭔가가 쥐어져 있었다. 곡괭이, 삽, 먹줄, 톱, 대패, 망치, 먹통, 다림추, 정, 끌 같은 것들이었는데, 녹슬지 않도록 틈틈이 숫돌에 갈고 닦았다. 숫돌에 간 다음 예리한 날을 햇빛에 비추며 손끝으로 살살 쓰다듬을 때는 너무 아슬아슬해 철북이 가슴도 베이는 것 같아 잔뜩 얼굴을 찡그리곤 했다.

얼굴 긴 농부가 김이 나는 물 주전자를 들고 와 잠깐 식히더니 찻잔에 부었다. 철북이도 예의상 마셨다. 절간의 녹차가 늘 그렇듯 심심하고 닝닝했다. 하지만 표정을 구기며 내색하지는 않았다. 얼굴 긴 농부가 철북이를 지그시 보며 물었다.

"그래, 맛이 좀 어떤가?"

"……."

철북이는 예의상 마셨는데 맛까지 물어보니 원만한 표현이 얼른 떠오르지 않아 난감했다. 눈치를 챈 법운스님이 싱긋이 웃으며 거들었다.

"허~ 오늘은 우찌 철북이답지 않구마."

"예? 철북이다운 게 어떤 건데예?"

"저승사자가 도끼 들고 와도 할 말은 한다는 거 아이가. 하하."

"아이고 참……. 다 다르겠지만 아직 저한테는 비 오는 날 낙숫물에 젖은 낙엽 씹는 맛입니더."

"……."

철북이가 잠시 망설이다가 외할머니한테 얘기했던 대로 말했다. 두 사람의 얼굴이 미묘한 표정으로 변했다.

곧 두 사람의 대화가 도란도란 시작되자마자 철북이는 소변 좀 보고 오겠다며 일부러 자리를 피했다. 얼굴 긴 농부가 해우소가 있는 돌계단 아래의 텃밭 구석을 손으로 가리켰다. 철북이는 잠시 조용한 절 주변을 기웃거리며 구경하다보니 정말로 소변이 마려워 해우소로 갔다. 사실은 아침부터 참았다가 깜박 잊은 것뿐이었다.

그런데 해우소로 들어서는 순간 철북이는 깜짝 놀라 입이 딱 벌어지고 말았다. 시골의 변소가 너무 깨끗하고 정갈했던 것이다. 게다가 오늘의 방문도 불시에 한 것이니 미리 청소했을 리도 없었다. 변소가 이 정도면 다른 곳은 어떻겠는가. 얼굴 긴 농부의 평상심과 생활 모습이 반들반들한 바닥에 비춰지는 것 같았다. 철북이는 허리띠를 풀고 탱탱한 연장을 꺼내려다가 멈칫했다. 이 깨끗한 세계가 내 몸의 배설물에 의해 오염되고 훼손된다는 사실이 너무 자존심이 상했던 것이다. 또 나라는 사람도 깨끗한 세계를 얼마든지 파괴할 수 있다는 그 개연성 자체를 아예 차단하고 싶었는지도 몰랐다. 어쨌거나 철북이로서는 그런 자신을 스스로 용납할 수가 없었다.

철북이는 도로 허리띠를 채우고 조용히 밖으로 나와 대숲으로 들어갔다. 오랫동안 참은 탓인지 오줌발은 마치 대나무를 뚫을 정도로 셌다. 잠시 오줌발에 구멍 뚫린 대나무 피리를 불며 온 동네 고양이들과 쥐떼를 절벽으로 몰아가는 상상에 젖었다. 일을 마친 철북이는 경건하게 연장을 수습해 대숲 밖으로 나왔다.

툇마루 위에 마주 앉은 두 사람은 여전히 찻잔을 건네며 담소를 나누고 있었다. 그 모습이 한 폭의 그림 같기도 했고 아름다운 음악 같기도 했다. 그런데 무슨 일이 있었는지는 모르겠지만 아까보다 훨씬 심각해진 표정들이었다. 법운스님은 온순한 사슴이라도 된 듯 평소와는 전혀 다른 모습이었다.

철북이가 오른쪽 언덕으로 올라가려다 솔솔 감자 익는 냄새가 나 문틈으로 부엌을 살짝 보았다. 호기심 많은 철북이가 문을 삐걱 열고 안으로 들어갔다. 작은 부엌은 역시 해우소처럼 무척 정갈했다. 불씨가 사그라져 가는 아궁이의 검은 솥단지에는 감자가 삶아지고 있었다. 부엌 안쪽으로 그릇 몇 개와 수저, 그리고 조그마한 쌀 포대와 소면 상자, 광주리의 고구마 같은 것들이 보였다. 소면 상자가 여러 개인 것으로 보아 이 집 주인은 국수를 특히 좋아하는 것 같았다. 생각보다 부엌살림은 너무 간소하고 단출했다. 철북이가 부엌에서 나와 다시 언덕으로 방향을 틀려는 순간 섬진강이라는 말이 들려 잠시 멈추고 귀를 기울였다.

"예전에 내가 섬진강 부근에 잠시 살았는데, 지리산에서 흘러내려온 물이 화개에서 섬진강을 만나 두어 시간쯤 지나는 곳이지. 강에서 폭이 좁아 물살이 빠르고 거칠게 소용돌이치는 지점을 여울이라고 하지. 그런데 그 여울을 가만히 보면 가장 격렬하게 소용돌이칠 때가 햇빛이 가장 찬란하게 빛났지. 너무 찬란해서 눈이 부실 정도였네. 문득 햇빛에 부서지는 그 찬란한 순간이 바로 백척간두에서 한 발 내딛는 순간이라는 생각이 들었지."

얼굴 긴 농부의 차분한 목소리였다. 철북이는 수박 향기가 난다는 섬진강 은어 얘기인 줄 알았는데 전혀 아니었다. 날도 더운데 시원한 수박 생각이 간절했던 것이다. 법운스님은 조용히 듣는지 얼굴 긴 농부의 음성이 다시 들렸다.

"그 강이 파란만장한 우리의 현대사라면 여울은 그중에서도 피와 뼈가 가장 많이 묻혀 있는 통곡의 현장이겠지. 몇 해 전에 떠난 젊은이들도 거기 묻혀 있을 테고. 가끔 그 젊은이들이 꿈에 나타나는데, 아직도 눈을 감지 않고 있었네."

"그 여울에 계속 씨앗을 뿌려야 싹이 틀 텐데, 자꾸 우리끼리 다투기만 하니……."

법운스님의 한숨 섞인 목소리가 마지막에 들렸다. 그러나 철북이 귀에는 여울이 가장 격렬하게 소용돌이칠 때가 햇빛이 가장 찬란하게 빛났다는 말이 유독 크게 들렸다. 철북이가 살짝 뒤돌아보니 두 사람은 말없이 먼 산을 바라보고 있었다. 늦가을 저녁 외딴 묘지 위로 흩날리는 가랑잎 같은 표정들이었다. 날씨는 맑고 무더운데 두 사람의 마음은 어둡고 추운 듯했다. 툇마루 앞의 키 작은 후박나무와 텃밭의 잎 넓은 파초도 두 사람의 마음을 아는 듯 묵언 중이었다. 얼굴 긴 농부가 여전히 먼 산을 보며 말했다.

"아직도 그런 모양이군. 종종 같이 일했던 사람들이 떠오르네. 생각이 다 같을 수야 없겠지만 가능한 멀리 보며 걸었지. 멀리 볼수록 길이 하나로 모아지니까. 그런데 눈이 멀리 보면 마음도 같이 멀리 봐야 하는데, 마음은 바로 앞에서 서성이는 사람들이 너무 많았네. 어릴 때 읽었던 옛날 얘기가 자꾸 떠올라 마음이 무거웠지."

철북이는 어느새 얼굴 긴 농부의 얘기 속으로 깊이 빨려 들어가는 자신을 어렴풋이 느꼈다. 여러 인상 깊은 얘기들 가운데 이런 것도 있었다.

어느 날, 개구리 왕국이라는 나라의 국민들이 새로운 왕을 뽑기로 했다. 배가 산으로도 가고 하늘로도 갈 만큼 의견이 분분했다. 함께 대화하고 소통할 수 있는 한 개구리 후보는 같은 민족인데도 무능하고 식상하다는 이유로 거부했다. 또 자기네들이 헤엄치다 지치면 올라가서 마음껏 쉴 수 있는 큰 통나무 후보도 미련한 곰탱이 같다고 거부했다. 그렇게 자꾸 의견이 갈라지고 내부 분열이 계속 일어나자 아예 전혀 다르게 생긴 후보를 뽑자고 했다. 그래서 목도 길고 늘씬한 데다 하늘을 날아다니는 황새가 너무 멋있고 참신하고 유능해보여 마침내 왕으로 뽑았다. 그런데 그 황새가 개구리 왕국의 왕이 된 이후부터 이상하게 개구리들이 하나둘씩 계속 실종되었다. 모두 황새들의 식탁으로 오른 것이다.

이 이야기는 철북이가 얼핏 이솝우화에서 본 '개구리 왕국' 같았다. 여러 책에서 인간이 3천 년 동안 살아왔지만, 3천 년 동안 하나도 바뀌지 않은 진보의 급소를 꼬집을 때 자주 인용되는 얘기였다. 아마도 두 사람의 대화는 지금의 우리 현실에 빗대어 풀어가고 있는 듯했다.

이날 철북이와 법운스님은 늦은 점심으로 시원한 물국수와 참

외를 얻어먹고 떠났다. 얼굴 긴 농부는 떠날 때 스님의 바랑 속에 책과 가다가 요기하라며 삶은 감자를 보자기에 싸서 넣어주었다. 법운스님이 사립문을 나서다가 갑자기 걸음을 멈추었다. 사립문 오른쪽의 동백 열매를 한동안 물끄러미 쳐다보던 스님이 작은 열매를 살살 쓰다듬었다. 푸른 조릿대가 빽빽한 숲 속 오솔길을 내려가다가 철북이는 스님의 바랑을 대신 짊어졌다.

철북이와 법운스님은 오전에 왔던 길을 거꾸로 갔다. 순천에서 버스를 타고 화개장터와 악양으로 갔다. 화개는 지리산의 물들이 섬진강에서 하나로 모아지는 지점이다. 김동리의 〈역마〉라는 소설을 보고 처음 안 화개장터는 지리산 주민들이 고사리나 더덕, 감자 등을 갖고 와서 팔았다. 또 구례와 함양의 농민들은 쌀보리를 가져와 팔았고, 여수, 남해, 삼천포, 통영, 거제 쪽의 바닷가 어민들은 미역이나 고등어 같은 해산물들을 갖고 와 팔았다. 철북이와 법운스님은 화개장터 방문 기념으로 짜장면 대신 섬진강 재첩국을 먹고 악양으로 떠났다.

산들바람이 부는 악양 들판을 걸을 때는 박경리의 대하소설인 《토지》 속의 인물들이 절로 떠올랐다. 타고난 소리꾼인 주갑의 걸쭉한 남도 가락이 바람에 실려 왔다. 복사꽃 같은 기화에게 첫눈에 반하지만 숫기가 없어 말도 못 꺼내는 순박한 청년이었다. 나중에 강우규 노인을 따라 만주 벌판을 떠돌며 독립운동을 하는 그의 모습이 손금 보듯 그려졌다. 또 국밥 장사를 하는 무당의 딸 월선이가 평생 운명적인 불륜의 사랑을 나누던 이용의 품에 안겨 죽어가는 장면은 두고두고 가슴 저미는 명장면이었다. 어쩌면 불륜도 섬진강의 여울처럼 격렬하고 애절할수록 눈부시고 찬란해지는지도 몰랐다. 그래야 '운명적인 사랑'이라는 등급을 판정받고 오히려 더 떳떳하게 미화되는 것 같았다. 아무튼 그 이후 철북이는 못 먹던 국밥도 좋아했고, 또 먹을 때마다 무당의 딸도 떠올라 눈이 시큰해졌다.

　강 주변의 야산은 온통 야생차밭이었다. 초록 잎만 보아도 향기가 코끝에 스쳐오는 것 같았다. 길 양쪽으로는 꽃잎이 진 벚꽃나무가 줄지어 늘어서 있고 들판으로는 누렇게 익어가는 보리밭이 끝없이 펼쳐져 있었다.

사미승의 자살

　두 사람이 버스를 타고 산청에 도착한 것은 저녁노을이 질 무렵이었다. 여러 마을과 들판을 지나가는데 푸른 땡감들이 주렁주렁 달린 감나무들이 유난히 많았다. 얼마 전 운문사에 갔을 때도 씨가 없다는 청도 반시가 사방을 뒤덮었는데, 여기도 산비탈까지 온통 감나무 천지였다. 덕천강을 따라가다 깊은 계곡으로 방향을 튼 법운스님의 설명처럼 산청은 지리산을 비롯해 사방이 산으로 둘러싸여 있었다. 철북이는 한 번도 가본 적이 없는 지리산이었다. 지금 올라갈 백운동 계곡은 조선시대 남명 조식 선생이 사망할 때까지 후학을 양성하던 곳이라 그의 발자취가 특히 많은 곳이라고 했다.

이 계곡 중턱에 조그만 암자가 하나 있는데, 그 뒤쪽 토굴에서 스님이 예전에 혼자 벽을 보며 면벽참선을 한 적이 있다고 했다. 암자를 지키고 있는 암주(庵主)인 무불(無佛)스님도 법운스님과 승가대학에서 경전과 불교철학을 함께 공부한 도반 스님이라 했다. 숲이 울창한 계곡 속으로 들어가자 한치 앞도 분간할 수 없을 만큼 캄캄했다. 스님이 준비한 전짓불에 의지해 험한 오르막길을 한발 한발 더듬거리며 겨우 올랐다. 나뭇등걸과 돌부리 같은 것에 걸리고, 발을 헛디뎌 넘어지면서 수차례 무릎이 깨졌다.

"에휴~ 공비도 아이고 이게 무슨 지랄이고."

"공비가 아이라 빨치산입니더. 더 정확하게는 구빨치."

바로 앞에서 오르던 스님이 숨을 헐떡이며 투덜대자 철북이가 툭 내뱉었다.

"어쭈? 니가 그걸 우찌 아노?"

"이병주의 소설《지리산》에 다 나온다 아입니꺼."

"맞다. 거기에 같은 사람을 놔두고 정부쪽에서는 공비라 부르고 일반 국민들쪽에서는 빨치산이라 부르제."

철북이는 고등학교 1학년 때 이병주의 대하소설《지리산》을 《세대》라는 잡지에서 읽었다. 쥐가 풀빵구리 드나들 듯 자주 가던 보수동 헌책방 골목에서 헐값으로 사 모은 잡지였다. 주인공 박태영이가 하준규 같은 친구들과 어울려 여기 지리산에서 '보광당'이란 걸 만들어 싸운다는 내용이다. 그런데 일제 말기 때 이미 학도병을 거부하고 독립운동을 했다는 사실이 아주 인상적이었다. 보통 독립운동은 만주나 상해 같은 데서만 한 줄 알았던 것이다. 또 그 '보광당' 사람들이 나라가 해방된 뒤에도 역시 지리산에서 이현상의 남부군이 되어 빨치산으로 싸웠다. 그러니까 일본과 죽도록 싸워서 8·15 해방이 되었는데도 해방이 안 됐다고 이번엔 미국과 이승만을 대상으로 또 죽도록 싸우는 모습이 생생하게 그려진 소설이었다. 이놈 피하니 저놈 나타나고 저놈 피하니 또 다른 놈이 나타나는 게 인간사라지만, 막상 당하는 처지에서는 얼마나 징글징글하겠는가.

마침내 작은 암자 마당에 올라서자 문창호 사이로 희미한 불빛이 은은하게 배어나왔다. 철북이는 그 불빛을 보자 다리가 스르르 풀렸다. 그러고는 앞에 보이는 작은 평상에 벌렁 드러누웠다. 그 순간 총총한 별빛이 소나기처럼 쏟아졌다. 한순간에 피로가 싹 가시는 듯했다. 어디선가 모과 향기가 났다.

"철북아, 이제 들어온나."

"예~."

방 안으로 들어간 스님이 조용히 불러서 철북이도 조용히 대답했다.

철북이가 운동화 끈을 풀고 방문을 열고 들어가자 향 타는 냄새가 가득했다. 방 안에는 무거운 침묵이 흘렀다. 서로 오랜만에 만난 친구들인데 표정들이 굳어 있었다. 직감적으로 무슨 일이 있는 듯했다. 법운스님의 친구인 듯한 무불스님이 술잔을 들고 있었다. 법운스님도 자기 잔에 술을 따르고 있었다. 철북이는 앉지도 못하고 엉거주춤 둘러보다가 비로소 모든 까닭을 알 수 있었다. 노란 국화꽃과 붉은 꽃이 한 송이씩 꽂혀 있는 영정이 눈에 들어왔다. 아주 앳된 얼굴의 영정이었다. 짙은 눈썹에 맑고 깊은 눈을 가진 사미승이었다. 그의 얼굴이 산만하던 철북이의 눈길을 붙들어 맸다. 두 스님 사이에선 말없이 계속 술잔이 오갔다. 철북이는 한쪽 구석에 오도카니 앉아 눈만 껌벅거렸다. 떨어진 촛농이 촛대에 가득 쌓였다. 법운스님이 조용히 일어나 초를 갈았다.

"소쩍, 소쩍. 소쩍, 소쩍……."

가까이서 소쩍새 울음소리가 들렸다. 저 녀석은 꼭 밤에만 슬피 울었다. 소쩍, 소쩍, 하고 계속 두 박자로 울었다. 철북이 눈은 영정에 꽂혀 있었고 귀는 소쩍새에 꽂혀 있었다. 소쩍새 울음소리 때문에 가슴이 더 미어지고 심난했다. 그런데 갑자기 소쩍새 울음소리가 세 박자로 바뀌었다.

"소쩍꿍!"

기어이 먹이를 잡은 모양이었다. 그러나 새인지 들쥐인지, 잡힌 놈의 울음소리는 들리지 않았다. 요란하던 풀벌레소리가 잦아들기 시작했다. 풍경소리도 밤을 내려놓은 듯했다. 그렇게 밤이 깊어갔다. 졸음이 밀려왔다. 잠결에 설핏 스님들이 하는 소리를 들은 것 같기도 했다. 또렷하지는 않았지만 속세의 인연을 결국 끊지 못하고 한 줌 재로 허무하게 갔다는 내용인 것만은 틀림없었다. 그 뒤로도 두런거리는 얘기들이 들렸으나 뚜렷하게 기억나지는 않았다.

철북이가 정신을 차리고 일어나 보니 벌써 새벽이었다. 잠깐 눈을 붙였는가 싶었는데 문창호로 푸르스름한 새벽빛이 스며들었다. 말끔하게 정리된 방 안에는 아무것도 없었고 촛불만 여전히 타오르고 있었다. 철북이는 영정 앞으로 다가가 손으로 얼굴을 천천히 쓰다듬었다. 왜 죽었는지 자세한 이유는 모르지만, 어쨌든 죽음 앞에서만큼은 누구나 숙연해지고 슬퍼지는 법이었다. 눈시울이 뜨거워진 철북이는 문 밖으로 나왔다. 먼동이 트는 산자락이 아스라하게 펼쳐졌다. 마당 주변으로는 온갖 나무들과 야생화들이 피어 있었다. 어젯밤 늦게 도착해 잠시 별빛에 취해 드러누웠던 평상도 보였다. 평상 앞에는 또 커다란 모과나무 한 그루가 서 있었다. 어제 맡았던 모과 향기가 다시 떠올랐다.

암자 뒤에는 넓은 채소밭이 있었다. 이슬을 머금은 과일들과 각종 채소들이 풍성했다. 스님 혼자 저 많은 걸 어떻게 다 심고 가꿀까 싶었다. 고추, 상추, 배추, 시금치, 무, 감자, 고구마, 콩, 팥, 토마토, 참외, 수박, 호박, 가지, 아욱, 들깨, 옥수수, 치커리, 쑥갓, 오이, 열무……. 그리고 도라지에 핀 보라색 꽃이 아주 예뻐 향기를 맡아보았다.

여기저기 한참 기웃거리다보니, 그제야 이 암자 이름을 발견할 수 있었다. 들어오는 입구의 기둥에 '불귀암(不歸庵)'이라고 씌어 있었던 것이다. 불귀암, 여기 한번 들어오면 돌아갈 수 없다는 뜻일까. 아니면 여기서 한번 나가면 다시 돌아올 수 없다는 뜻일까……. 아무튼 불귀의 객이란 말이 연상돼 기분이 좋지는 않았다. 어디선가 마치 폭포에 물 떨어지는 것 같은 소리가 들려와 철북이는 그쪽으로 방향을 틀었다. 계곡으로 가는 오솔길은 가팔랐다. 풀숲에 맺힌 새벽이슬이 철북이 허리까지 금방 적셨다. 물소리가 점점 크게 들려왔다. 조금 더 가자 정말 거기에 폭포가 있었다. 허연 물보라를 일으키는 폭포가 웅장한 소리를 내고 있었다. 폭포소리 외에는 아무것도 들리지 않았다.

그런데 그 폭포 아래에 스님들로 보이는 사람 둘이 물속에 들어가 있었다. 몸은 다 잠기고 얼굴만 물 위로 드러낸 상태였는데, 둘 다 머리카락이 없었던 것이다. 가까이 다가가자 바위 위에 벗어놓은 옷들이 가지런히 개켜져 있었고 스님들은 두 눈을 감고 있었다. 벌써 오래된 듯했다. 아마 영정 앞에서 밤을 새우다 잠도 자지 않고 곧바로 폭포 속으로 들어간 모양이었다. 철북이는 물에 손을 담가보았다. 손끝보다 명치끝이 먼저 시려왔다.

　차가운 폭포 속에서 명상에 잠긴 스님들의 표정은 담담하고 평화로워 보였다. 법운스님은 수구암 묵언정진 때 말고는 처음 보는 모습이었다. 새까만 모기떼한테 물어뜯길 때도 저랬다. 아마도 먼저 떠나간 젊은 사미승에 대한 천도제를 하는 마음으로 저렇게 깊은 묵념에 잠겨 있는지도 몰랐다. 철북이는 바위에 앉아 무릎에 턱을 괴고 한참 바라보다가 일어섰다. 돌아오다가 철북이는 문득 뒤돌아보며 혼자 잠시 키득거리며 웃었다. 나무꾼이 옷을 훔쳐간 '선녀와 나무꾼' 얘기가 떠올랐던 것이다. 그렇지만 철북이는 금방 포기해버렸다. 분명 저 스님들은 옷이 없어진 걸 알아도 놀라고 당황하기는커녕 오히려 볼 테면 얼마든지 보라는 듯이 알몸으로 당당하게 걸어올 것 같았기 때문이다.

　두 스님들의 표현대로 긴 '폭포 참선'이 끝나고 아침 공양을 한 것은 아침이 완전히 밝았을 무렵이었다. 법운스님은 조그만 밥솥에 불을 때 밥을 하고 무불스님은 채마밭을 분주히 오가며 고추와 상추 등을 씻고 다듬었다. 그런데 희한한 일은 바쁜 스님 뒤를 강아지도 아닌, 새 몇 마리가 날개를 파닥거리며 줄곧 따라다니는 것이었다. 때로는 어깨 위나 손등에도 자연스레 앉았다. 서로가 오랜 친구처럼 보여 저절로 웃음이 나왔다. 무불스님 얘기로는 노루와 사슴, 토끼 같은 산짐승들도 새끼를 데리고 수시로 내려와 절 마당에서 한나절씩 놀다 가곤 한단다.

마침내 향기로운 모과나무 아래 정자 같은 평상에 세 사람이 둘러앉았다. 법운스님이 바랑을 뒤적거리며 발우를 꺼내려 했다. 그러자 무불스님이 손을 내저으며 억센 사투리로 내뱉었다.

"야, 임마! 여기가 뭐 똥도사나 좆계사 같은 일류 호텔인 줄 아나? 그런 거 필요 없다. 뭐 묵을 끼 있어야 격식도 차리든지 말든지 할 꺼 아이가. 마, 이 쭈그러진 양푼이에 싸그리 말아 넣고 시뻘건 꼬장 확 풀어 비벼 무면 일류 호텔 저리 가라다! 안 글나?"

"허허허, 그래 니 말이 맞다! 오랜만에 한번 시뻘겋게 비벼 묵어보자! 아, 철북아 니도 비빔밥 좋아하제?"

"하모예! 킥킥킥……."

"니 와 자꾸 웃노?"

"아, 무불스님 말씀이 웃긴다 아입니꺼?"

철북이가 지금 사는 부산의 신평동에 '신평동 땅개'라는 별명을 가진 동네 깡패가 하나 있는데, 무불스님 인상이 딱 그 땅개였다. 키는 작지만 몸은 땅딸하고 다부지게 생겼다. 그리고 매서운 눈초리도 한번 물면 절대 놓지 않을 것 같은 인상이었다. 무불스님은 산속에서 오랜만에 입을 여는지, 얘기가 암소 물똥 싸듯 촬촬 쏟아졌다.

"그래, 니도 내 말이 맞제? 내도 그런 호텔에 쪼매 있어봤는데, 아이고마 조디만 나불대고 중들 대가리 썩는 냄새가 진동하는 기라! 그래서 오바이트 하다 하다 결국은 못 참고 이 물 좋고 공기 좋은 데로 왔다 아이가! 자 법운이 시다바리, 니 저노마 따라다닌 다꼬 고생 많을 낀데 한 양피 더 무라.”

“예, 고맙심더.”

“니 그 입 험한 거는 여전하구마!”

법운스님이 웃으며 말하자 무불스님이 갑자기 분기탱천하더니 한술 더 떴다.

“야, 말도 마라! 지난번엔 우연히 총무원장 밑에 있다는 대학 후배 한 놈을 만났는데, 그 새파란 놈이 지한테 잘 비면 큰 주지 자리를 하나 주겠다며 거드름을 피우는 거라. 내가 누꼬? 좆같은 새끼가 호강에 겨워 요강에 똥을 싸지르는데 가만히 있을 내가 아이다 아이가. 그 자리에서 옆엣 놈 목탁을 뺏어 대갈통을 갈겨버렸지.”

“잘했다!”

“근데 말이다, 그노마 대가리에 얼마나 썩은 물이 고여 있는지 소리도 안 나는 기라!”

“푸하하하!”

“자고로 중놈들은 디지고 난 뒤에 대가리 두드려서 목탁같이 통통 통, 하고 맑고 영롱한 소리가 안 나면 화장할 가치조차 없는 기라!”

“음. 그래서?”

“아 그랬더니, 이놈이 내를 승적에서 당장 지워버리겠다고 지랄발광을 하는 기라. 내가 누꼬? 살짜기 똥 싸러 가는 척하고 몽둥이 하나를 찾아와 그놈을 늘씬하게 패줬다 아이가. 그래도 그놈은 살 복이 있었는지 운이 좋은 편이라."

"와?"

"빗자루가 약해서 몽둥이를 찾는 데 시간이 한참 걸렸거든. 쪼매만 더 빨리 찾았어도 그놈 글쎄…… 아마 지금쯤 앵벌이나 하고 있을 텐데 말이다."

"허허허, 그래 지금 승적 박탈 안 됐고?"

"뭐, 박탈? 내가 누꼬? 똥무원장이 나와 봐라, 내 승적을 박탈할 수 있나! 도 닦을라꼬 중 됐으면 조용히 도나 닦을 것이지, 그 새파란 놈들까지 벌써 권력 맛을 알아 국회의원이나 되는 양 거들먹거리며 돌아다니는 꼬라지를 보면, 지금도 내 속에 천불이 난다 아이가! 니 두고 봐라. 우리 불교계에도 김지하 같은 양심적인 지식인이 나타나 바른 소리 안 하면 쓰레기통이 될 끼구마!"

"그 양반 나왔다가 작년에 또 반공법으로 구속됐제?"

"하모! 그놈의 긴존지 긴 좆인지, 박통인지 꼴통인지, 인간 같은 놈들은 다 잡아간다 아이가!"

"긴급조치 말이가?"

"그래, 1호 2호 3호…… 그 코걸이가 벌써 9호째 아이가! 나라가 이 모양 이 꼴이니, 쯧쯧쯧……."

김지하라는 사람은 시인 김지하였고 '박통'은 박정희 대통령을 줄여서 흔히 부르는 말이었다.

이 김지하라는 이름은 철북이와 다소 인연이 깊은 편이었다. 어느 날 학교 수업을 마치고 부산 서면에 있는 한 작은 서점에 우연히 들어가게 되었다. 이것저것 책을 뒤적거리고 있는데 황세용이라는 이름의 곱슬머리 점원이 슬며시 다가와 이상한 제안을 했다.

그런 문학 책들만 보지 말고 이런 책들도 좀 보라는 것이다. 그러면서 권하는 책들이 거의 사회과학 책들이었다. 며칠 굶어 모은 점심값으로 겨우 책을 사보는 철북이로서는 그런 책들이 낯설기도 했지만, 돈이 없어서도 못 본다고 딱 잘라 말했다. 그랬더니 곱슬머리 점원이 눈에 번쩍 뜨이는 제안을 했다.

"학생이 이런 책들을 보면 그 대신 2:1 비율로 학생이 보고 싶은 책 두 권을 빌려주지. 어떻노?"

"공짜로요?"

"하모. 그 대신 책은 깨끗하게 보고 도로 갖고 와야 돼."

"정말입니꺼?"

"하모! 그라고 내가 보라는 책들을 학생이 진짜 읽었는지 안 읽었는지, 내가 테스트해볼 끼다. 알았제?"

"알았심더. 근데 테스트는 어떻게 하는데요?"

"책 내용에 대해 차근차근 물어볼 끼다."

철북이로서는 그야말로 황공한 '빅딜'이 아닐 수 없었다. 다만 보고 싶은 문학 책을 보기 위해 딱딱한 사회과학 책들을 '봐줘야' 하는 시간 낭비와 곱슬머리한테 테스트 받는 게 좀 귀찮을 뿐이다. 그 다음 주부터 일주일에 한 번씩 정기적으로 만나 테스트 받고, 또 새로운 책들을 빌려 왔다. 첫날은 철북이가 보고 싶은 김수영의 시집《거대한 뿌리》와 조세희의 소설《난장이가 쏘아올린 작은 공》, 그리고 황세용 점원의 추천서인 함석헌의《뜻으로 본 한국역사》를 빌려 왔다. 며칠 뒤에는 정현종의 시집《고통의 축제》와 카프카의 소설《변신》, 그리고 유동우의《어느 돌멩이의 외침》, 그 다음에는 고은의 시집《문의마을에 가서》와 제임스 조이스의 소설《율리시즈》, 그리고 장준하의《죽으면 산다》, 또 그 다음에는 보들레르의《악의 꽃》과 에밀 아자르의 콩쿠르상 수상 소설《자기 앞의 생》그리고 송건호의《해방전후사의 인식》등이었다.

철북이는 그런 책들을 꼼꼼히 보면서 내가 학교 숙제도 이렇게 안했는데, 라는 생각이 들자 피식 웃음이 나왔다. 그런데 테스트를 받을수록 시골에서 도시로 막 가출해온 것 같은 점원은 뜻밖에도 아주 똑똑했다. 성격도 침착하고 인간미도 넘쳤다. 때로는 테스트 도중에 서로 의견이 엇갈려 목소리가 높아지기도 했다. 특히 이 음울한 시대의 작가들은 과연 무엇을 써야 하는가, 라는 문제가 나왔을 땐 작가 지망생인 철북이한테 김수영, 신동엽, 김지하, 황석영, 남정현, 현기영, 양성우, 조세희, 조태일 같은 시인과 작가들을 본받아야 한다고 침이 마르도록 강조했다.

그러면서 이 엄혹한 시대에 음풍농월이나 읊조린다며 서정주나 김춘수 같은 시인들을 사정없이 꼬집었다. 점원이 철북이한테 권한 책들은 거의가 이른바 판매 금지된 '불온서적'들이었다.《노예수첩》《겨울 공화국》《분지》《나폴레옹 꼬냑》《구리 이순신》《미8군의 차》《비어》《국토》《전환시대의 논리》《8억인과의 대화》《시대와 양심》《지식인의 역할》《우상과 이성》《페다고지》《민족경제론》《한국 민족주의의 탐구》《한국 자본주의의 원점》《제3세계와 인권운동》등 수없이 많았다. 책의 내용이 모두 그동안 거의 몰랐던 사실들이어서 철북이는 눈이 번쩍 뜨였다. 그리고 이왕 사회문제에 불이 당겨진 김에 스스로 학교 부근의 보수동 헌책방을 돌아다니며《사상계》《씨알의 소리》《다리》《대화》등의 시사 잡지까지 구해 탐독했다.

물론 곱슬머리 점원은 딱딱한 사회과학 책들 외에 소설 같은 달달한 책의 추천도 잊지 않았다. 하루는 곧 판금이 확실한 물건이라며 작은 책 하나를 내밀었다.

"사람은 눈물이 메마르면 핏물만 출렁대는 법이니까 가끔은 이런 말랑말랑한 책도 봐야 돼. 니는 시도 쓰고 소설도 쓰니까 느끼는 게 더 많을 끼다."

철북이는 그 책을 학교 수업시간에 읽다가 선생님 목소리가 자꾸 방해가 돼 아예 도서관 서고로 '망명' 가서 혼자 조용히 읽었다. 늘 그렇듯 예쁜 사서 선생님이 바깥에서 서고의 문을 자물통으로 잠가주었다. 선생님들이 종종 수업을 빼먹고 도서관에서 땡땡이치는 학생들을 잡으러 급습하기 때문이다. 책은 야만적인 게슈타포로 국민들을 억압하는 나치에 죽음도 불사하고 처절하게 맞서는 독일 뮌헨대 독서클럽 학생들의 저항 이야기였다. 마지막 책장를 덮자 철북이의 가슴에 지진이 일어났다. 리히터 규모 8.5의 강진이었다. 철북이의 영혼이 떨렸다. 충격은 심장을 멈췄고 감동은 해일을 일으켰다. 이 책의 주인공들이 처형당하고 2년도 안 돼 나치는 무너졌다. 딸이 처형되기 직전, 마지막 면회를 온 어머니의 말에 철북이의 가슴도 무너졌다.

"이제 네 방은 언제나 비어 있겠구나."

물론 스물두 살의 철학과 여대생 딸의 당당한 최후진술도 오랫동안 잊을 수 없을 것 같았다.

"누구든 결국 시작해야 할 일이었다. 우리가 말하고 행동한 것은 많은 사람들이 생각하고 말하고 싶은 걸 대신했을 뿐이다."

그리고 철북이는 독후감을 한 줄로 요약해 메모했다.

"자유로운 자는 언제나 태연하고 조용하다."

철북이는 이 책만큼은 오랫동안 간직하고 싶어 사려고 했더니 곱슬머리 점원이 그냥 선물로 줬다. 철북이는 집에 가자마자 속표지의 '아무도 미워하지 않는 자의 죽음'이라는 제목 아래 이렇게 썼다.

"양철북, 영혼이 감전되다."

그런데 어느 날이었다. 곱슬머리 점원이 주위를 살피더니 철북이를 서점 구석으로 데리고 갔다. 그러고는 철북이 귀에 대고 속삭였다.

"니 이거는 절대 남한테 보여주면 안 돼. 만약 걸리면 우리뿐만 아이라 모조리 줄초상난다. 알았제?"

"뭔데 그럽니꺼?"

"폭탄이다! 여기서 보지 말고 집에 가서 문 단디 잠그고 혼자만 봐라! 알았제?"

"알았심더."

"다른 데 돌리면 절대 안 돼. 니만 혼자 몰래 보고 빨리 갖고 와야 돼. 알았제?"

"아, 알았다니까요!"

그렇게 다짐을 받은 다음 조그만 복사본을 하나 주었다. 철북이는 집에 와서 다락방에 들어가 문을 꼭 잠그고 복사본을 펼쳤다. 순간 심장이 터지는 줄 알았다. 듣던 대로 정말 폭탄이었다. 그토록 보고 싶어도 볼 수 없었던 김지하 시인의 바로 그 《오적(五賊)》

이었던 것이다. 국회의원, 장차관, 장성, 고급 공무원, 재벌 등의 거만한 오적들을 풍자한 첫 장의 해괴한 그림부터가 심상찮았다. 시는 "시를 쓰되 좀스럽게 쓰지 말고 똑 이렇게 쓰랏다"로 시작해 "나 같은 거지시인이 싯귀에까지 올라 길이길이 전해오것다"로 끝났다. 상당히 긴 장시였다. 철북이는 다 읽자마자 복사본을 탁 덮으며 소리쳤다.

"아~ 씨발, 이런 시를 써야 진짜 시인이지!"

문제는 다음에 일어났다. 곱슬머리와의 약속을 어기고 철북이는 학교 도서관 사서인 방정복 선생님한테 《오적》을 빌려준 것이다. 그런데 어느 날 학교에 불온 학생과 불온서적들이 나돈다며 경찰서 대공과 형사 세 명이 갑자기 들이닥쳤다. 이날 철북이는 어느 대학이 주최하는 백일장에 참가하느라 학교에 가지 않았다. 형사들이 불시에 도서관에까지 들이닥치자 젊은 방 선생님 얼굴이 새파랗게 질렸다. 바로 책상 서랍 속에 《오적》 복사본이 들어 있었던 것이다. 선생님은 최대한 침착한 표정을 지으며 위기를 모면하기 위한 방법에만 신경을 곤두세웠다. 형사들은 눈에 불을 켜고 도서관을 샅샅이 뒤졌다. 얼굴이 창백해진 방 선생님은 얼어붙은 듯 앉은 자리에서 꼼짝도 하지 않았다.

한바탕 난리법석을 피운 형사들은 한 시간 뒤 투덜대며 돌아갔다. 계속 넋 나간 표정으로 앉아 있던 방 선생님이 의자에서 조용히 일어났다. 그때 치마 속에서 뭔가가 툭 떨어졌다. 바로 《오적》 복사본이었는데 푹 젖어 있었다. 방 선생님은 순간적인 기지를 발휘해 《오적》을 허벅지 사이에 끼운 채 숨을 죽였던 것이다. 그리고 얼마나 긴장하며 달달 떨었는지 책이 땀에 푹 젖어버린 것이었다.

그게 바로 두 달 전의 일이었다. 철북이는 방학하자마자 수구암으로 떠났다. 방 선생님이 《오적》을 철북이한테 돌려주면서 한 말이 지금도 귀에 생생했다.

"내가 이걸 허벅지 사이에 끼우고 얼마나 떨었는지 아나?"

그때 철북이는 복사본을 흔들며 실실 웃는 얼굴로 농담처럼 한마디 던졌다.

"오적 이노마들 진짜 복 터졌구마! 나도 한번 그래봤으면 소원이 없겠다!"

"이기 까분다!"

"아, 아야!"

방정복 선생님이 예쁜 얼굴을 살짝 붉히며 철북이 팔뚝을 힘껏 꼬집었다.

그런데 이 먼 암자에까지 와서 스님한테 김지하 시인의 이름을 듣자 철북이는 그 선생님이 떠올라 자신도 모르게 빙긋이 웃었다. 들키는 날에는 불온서적 소지죄로 무조건 10년 감옥살이를 각오해야 한다는 말이 나돌았으니, 한마디로 줄초상날 뻔했던 것이다.

계속 독설을 내뱉던 무불스님이 갑자기 법운스님을 빤히 보며 목소리를 낮춰 물었다.

"참, 니 거기 댕겨오는 길이제? 잘 계시더나?"

"음. 여전히 생각이 많으신 모양이더라."

"뭐라카더노?"

"춥다카더라."

"불 좀 넣어드렸나?"

"싱겁기는……."

"씨바, 세상이 얼마나 좆같으면 이 염천에 춥겠노. 난 더워 미치겠는데. 또?"

"사립문 옆에 동백꽃 심었더라."

"동백꽃? 그건 와?"

"잘 모르겠지만, 인혁당 조화 아이겠나……."

"아~ 씨발 우리도 빨리 뒈져야 하는데, 좆나게 밥만 축내고……."

"……."

"그게 다가?"

"이솝우화와 여울 얘기도."

"……."

아마도 오늘 들렀던 불일암과 얼굴 긴 농부 스님 얘기 같았다. 그런데 분위기가 흐린 날처럼 침울했다. 두 스님의 어두운 표정 때문에 철북이는 끼어들면 안 될 것 같아 듣고만 있었다.

불일암에서 나와 오솔길을 걸을 때 스님이 한 얘기가 생각났다. 방금 만난 저 법정스님은 어디에도 얽매이지 않는 자유인이 되고 싶어 중이 되었다고 했다. 한국전쟁 휴전 때 남쪽도 북쪽도 아닌 제3국을 선택해 한반도를 떠난 《광장》의 주인공과 비슷한 심경이었을 거라고 한다. 또 함석헌, 장준하 선생들과 《씨알의 소리》 잡지도 같이 만들면서 유신철폐 개헌 서명운동에 참여해 늘 기관원들이 감시하고 붙잡아가 괴롭힌다고 했다.

그런데 3년 전 이 독재정권이 자기네들 유신체제를 반대했다고

'인민혁명당'이라는 사건을 조작해 하루아침에 8명의 꽃다운 청춘들을 전부 사형시켜버렸다고 한다. 그러자 법정스님은 큰 충격을 받아 추악한 세상을 버리고 이 절로 들어와 홀로 수행하며 글도 쓴다고 했다. 아까 선물 받은 《무소유》라는 책도 거기서 쓴 거라고 했다. 철북이가 저자한테 직접 책도 받고 사인도 받은 것은 태어나서 처음이었다. 철북이가 책이 들어 있는 가방을 힐끗거리는데 무불스님이 팔을 휘저으며 다시 목청을 높였다.

"하여간 이러다간 나라도 불교도 모조리 작살날 끼다!"

"그러고도 남지. 옛날 정혜결사운동처럼 법도 뜯어고치고 대대적으로 수술해야 정신을 차리지……."

"법? 야, 법 같은 소리 마라. 지금 법이 모지라서 이런 줄 아나? 칭기즈칸은 그 광대한 유라시아 대륙을 경영하면서도 고작 36개 법 조항만 갖고도 다 해결했다 아이가. 그 법 조항도 얼마나 간단한 줄 아나? 외상으로 물건을 세 번 사놓고 안 갚는 놈, 또 물건 사놓고 세 번이나 도로 무르는 놈은 재깍 사형시키삐고."

"그땐 외상도 잘 준 모양이구마?"

"외상?"

"누가 그놈의 화두도 외상으로 좀 안 주나."

"지랄한다. 문제는 칼 같은 집행이다 아이가! 내 쪼매 더 도 닦다가 그때까지도 자꾸 니전투구 해싸면 몽둥이 들고 내려가 확 뽀사뿌릴 끼다! 내가 와 이 모과나무를 애지중지 키우는 줄 아나?"

"와?"

"이기 박달나무보다 더 야물거든. 요걸로 몽둥이 맹글면 니 화두 외상으로 풀 때까지 절대 뿌사지지도 않고, 또 한 방 맞았다 카든 부처님이 눈에 번쩍번쩍 보인다 아이가!"

"하하하! 저기 중대가리나무도 있는데, 저거는 안 야무나?"

"중놈들 대가리가 폭폭 썩어 가는데 저기 야물 턱이 있겠나. 그라고 대가리뿐만 아이라 중놈들 눈알도 다 동태눈이 됐는데, 지들이 우찌 남을 구제할 끼고? 되려 인자는 중생들이 중놈들을 구제해야 될 끼구마!"

"옳거니, 철북이 중생아. 니가 우리 땡초들 좀 구해주라."

"허허허……."

이때 철북이가 한 나무를 손으로 가리키며 무불스님한테 물었다.

"근데 저기 진짜 중대가리나무라예?"

"하모! 저 나무줄기가 중대가리같이 반질반질하다고 이름 붙였다 아이가."

"거 참, 이름 한번 요상하네예."

철북이는 늦은 아침 공양 중에 뜻하지 않게 무불스님의 열변을 들었다. 공양이 끝나자 철북이는 설거지를 자청했다. 스님들이 차를 마시는 동안 철북이는 샘터로 가 식기들을 씻었다. 샘터 위에는 노란 야생난이 여러 송이 피어 있었다. 철북이는 하나하나 코를 가까이 대 향기를 맡아보았다. 은은하면서도 그윽한 향기였다. 어제 곡차(술)를 마실 때는 말이 없던 스님들이 식사 때는 큰 소리를 내고, 차를 마실 때는 조용조용 말해서 빙긋이 웃음이 나왔다. 이제 마음이 좀 가라앉은 모양이었다. 뗑그렁 뗑그렁, 하고 풍경소리가 울렸다.

절 뒤로 조금 올라가자 법운스님이 3년 동안 면벽참선했다는 토굴이 나왔다. 토굴 입구에는 참선 중 가끔 물도 받아먹었다는 고로쇠나무도 있었다. 세 사람이 겨우 들어갈까 말까 한 작고 좁은 굴이었다. 바닥의 나무판자 위에 마른 짚으로 엮은 거적때기들이 깔려 있어 제법 푹신했다. 군데군데 콩알만 한 까만 토끼 똥들이 보였다. 사람이 없을 때는 산짐승들이 가끔 숙소로 이용한다고, 토굴의 다양한 용도에 대해 무불스님이 자랑스럽게 늘어놓았다. 그러다가 토굴 바로 앞의 큰 고로쇠나무에 눈길이 머물자 갑자기 표정이 굳어져버렸다. 철북이도 이미 알고 있었다. 이 토굴에서 참선하던 사미승이 바로 저 나뭇가지에 목을 매었던 것이다. 그 나뭇가지에는 아직도 떠나지 못한 사미승의 영혼인 듯 작은 새 한 마리가 앉아 있었다. 세 사람은 발소리를 죽이며 조용히 내려왔다.

절로 돌아온 철북이는 평상에 드러누워 오랜만에 휴식을 취하며 한가롭게 빈둥거렸다. 책을 보려다 눈앞에 펼쳐진 풍광이 아까워 아예 꺼내지도 않았다. 그런데 마당 한쪽 뜰에 핀 유난히 붉은 꽃 몇 송이가 눈에 들어왔다. 키는 철북이 허리 높이쯤 되는데 긴 학 다리 같은 꽃대궁에 잎은 하나도 없이 꽃만 피어 있었다. 좀 더 자세히 보니, 바로 영정에 노란 국화와 같이 꽂혀 있던 그 붉은 꽃이었다. 여러 꽃들 가운데서 하필이면 영정 옆에 저 꽃이 간택된 것도 필시 무슨 곡절이 있었을 것이다. 철북이는 무불스님을 찾았다. 스님은 보이지 않았다. 절 뒤로 가자 런닝구 바람인 두 스님이 호미를 들고 나란히 엎드린 채 밭을 매고 있었다.

철북이가 밭고랑 사이로 다가가자 법운스님이 허리를 펴며 한

마디 툭 던졌다.

"니 또 밥값 하러 왔나?"

"또라니요, 밥값이 뭐 화두인 줄 아십니꺼. 외상으로 하게."

"지랄, 마 잡초나 뽑거라."

"근데 무불스님요, 혼자서 이 많은 걸 우찌 다 농사지으십니꺼?"

"이기 다 내 새끼들인데 와 못하노. 그라고 농사는 내가 짓는 기 아이라 햇빛과 흙이 다 지어준다 아이가."

"이거 스님 혼자 다 드십니꺼?"

"어데. 종자야 천지삐까리지만 양은 쪼매밖에 안 돼 절에 오는 사람들한테 나눠주고 나면 얼마 남지도 않는다 아이가."

무불스님이 이마에 흐르는 땀을 닦으며 말했다. 서글서글하게 웃는 모습도 여유가 넘쳐 보였고 말도 시원시원했다. 옆쪽 밭고랑에는 푸른 오이들이 주렁주렁 달려 있었다. 오이넝쿨의 기다란 수염이 나뭇가지 하나를 친친 감고 있었다. 원래 이 수염은 왼쪽으로 도는 호박과는 달리, 오른쪽으로 서서히 원을 그리며 돌다가 어떤 물체라도 만나면 야무지게 옭아맨다. 그래야 그것에 기대어 줄기를 계속 뻗어갈 수 있다. 스님도 그것을 아는지 오이밭 군데군데 장애물들이 널려 있었다. 그런데 무성한 다른 잎사귀들과는 다르게 아욱은 볼품없이 초라했다.

"무불스님요, 이 아욱은 와 이리 쪼그라들었십니꺼?"

"그거 된장국으로 끓여 먹으면 구수하고 시원하다고 해서 올해 처음 씨를 뿌려봤는데, 마 병든 삐아리같이 시들시들해졌다 아이가."

"스님 이 아욱은요, 위로 쑥쑥 자랄 때 잎사구를 팍팍 짤라삐야

옆으로 커다랗고 실하게 잘 자랍니더. 안 그러면 빨리 커서 꽃이나 피우려고 발광한다 아입니꺼. 한창 자라는 놈을 뽀개서 쪼께 미안하겠지만 안 그러면 요놈들같이 묵을 끼 하나도 없는데 우짭니꺼."

"그래? 니는 그런 걸 우찌 아노?"

"우리 집이 한때 채소 장사를 좀 했다 아입니꺼. 근데 스님, 이 풀은 처음 보는데요?"

"그거 함부로 다루면 안 된다."

"이기 배추도 아이고 무시도 아이고…… 잡종입니꺼?"

밭에 유독 많이 심어져 있었는데 생긴 게 영 이상했다. 얼핏 배추같아 보이기도 했고 무같이 보이기도 했다. 무불스님이 줄기를 잡고 하나 쑥 뽑더니 일어나 설명하기 시작했다.

"이기 그 유명한 순무 아이가!"

"순무? 처음 듣는데요."

"그럴 끼구마. 니 삼국지 봤제?"

"예."

"거 제갈공명 사부께서 멀리 쌈박질하러 가실 때마다 지 나와바리에 무얼 심어 놓더노?"

"이중 삼중으로 보초들을 뺑 둘러 심어 놓던데예……."

"인간 말종 말고 쳐묵는 거."

"그, 그건 잘……."

"바로 이놈이다 아이가. 이 순무를 군량으로 키워서 그 많은 부하들이 묵었다고 이걸 일명 '제갈채'라고도 안 하나."

"제갈채?"

"봄이면 막 돋아난 야들야들한 새순을 날로 묵지, 여름이면 크게 자란 잎을 폭 삶아 묵지, 또 겨울이면 잎을 말려 구수한 시래기국으로 끓여 묵지, 그라고 오동통한 뿌리를 캐 그냥 씹어 묵지……. 뭐 김치 담가서 무도 되고."

"배추도 그렇고, 뭐 그런 거야 많잖아요?"

"이놈아, 삼국지 시절에는 배추나 무 같은 기 없었다 아이가. 그러니까 이기 한마디로 완전 사철 전투식량인 기라. 이거 하나면 이런 골짜기에서도 외부 군수물자 도움 없이 잘만 살구마. 한 놈 뽑아서 무봐라. 맛이 매콤하면서도 쌉싸름한 기 죽이니라!"

철북이는 순무 하나를 뽑아 대충 흙을 털고 조그만 뿌리를 한번 씹어보았다. 정말 매콤하면서도 쌉싸름한 게 꼭 배추꼬랑이 맛과 비슷했다.

"진짜 맛있네예."

"그라고 뭐니뭐니해도 곡차 안주에 최곤 기라!"

"술안주 말입니꺼?"

"하모! 참 이럴 기 아이라……."

무불스님이 갑자기 호미를 놓더니 절 쪽으로 잽싸게 달려갔다. 조금 있으니 만면에 웃음을 띤 채 큰 주전자 하나를 들고 왔다.

"이 막걸리로 말하자면 내가 새로 제조법을 개발해서 봄에 담근 곡차 아이가. 법운이 니도 맛을 못 봤을 끼구마. 오늘 한번 무봐라."

무불스님이 쪽박에 가득 따라 건네주자 법운스님은 받자마자 단숨에 쭉 마셔버렸다.

"캬아~ 죽이구마! 근데 이거 어떻게 담갔노?"

"허~ 기밀을 맨입에! 안 갈쳐줘야 이거 생각나서라도 니 여기 자주 올 거 아이가? 맞제?"

"오냐, 알았다."

"안주 안 묵나?"

법운스님이 순무 하나를 쑥 뽑아 씹으며 고개를 끄덕끄덕했다. 무불스님도 한 잔을 마시더니 하나를 뽑아 우걱우걱 씹었다. 옆에서 침만 삼키던 철북이가 무불스님한테 차분하게 물었다.

"스님요, 지는 와 안주만 주고 그거는 안 주는데예?"

"이놈아, 이건 술이다 아이가."

"그게 와 술입니꺼? 곡차지!"

"허허허! 알았다. 니 묵고 뻗어도 내사 모린다!"

철북이가 한 잔을 스님들처럼 쭉 들이키자 모두 입을 쫙 벌리며 놀랐다. 철북이도 막걸리 종류라면 꽤 자신 있었다.

"맛이 좀 싱겁긴 하지만 뭐 그럭저럭……."

"어쭈, 저 자슥 씨부리는 것 좀 봐라."

그러고는 순무를 하나 쑥 뽑아 흙을 탈탈 털고 씹어 먹었다. 안줏감으로는 썩 괜찮았다.

"법운아, 니 그라고 보이 꽁무니에 술통 하나 차고 다니는구마. 니는 좋겠다!"

"허허허."

졸지에 밭에서 순무 곡차 잔치가 벌어졌다. 술잔이 세 사람 사이로 돌고 돌았다. 철북이도 지지 않았다. 어느 순간부터 머리가 어지러워오기 시작했다. 순무밭으로 울긋불긋한 나비들과 잠자리들이 무수히 날아다녔다. 나무들도 새처럼 날아다녔다. 계곡의 폭포소리가 할머니의 자장가처럼 들렸다.

영정에 꽂힌 꽃을 물어봐야 하는데……. 마당에 핀 그 붉은 꽃을 물어봐야 하는데…….

상사화

목탁소리와 염불소리에 깨어 일어나보니 벌써 저녁이었다. 오전에 마신 막걸리에 취해 지금까지 잔 모양이었다. 철북이가 잔 방도 낯설었다. 이따금 법운스님이나 객승들이 오면 머물다 가는 방인 듯했다. 철북이는 밖으로 나가려다 머리가 어지러워 다시 드러누워 버렸다. 한참 지나 누가 철북이 어깨를 흔드는 것 같았다. 설핏 눈을 떴다. 그새 또 잠든 모양이었다. 무불스님이 미소 띤 얼굴로 철북이를 내려다보고 있었다.

"인자 일어나거라. 저녁 묵자."

"벌써요?"

"벌써라니, 디게 피곤했던 모양이구마. 빨리 나온나, 죽 식는다."

저녁예불도 끝난 모양이었다. 마당으로 나가자 새들이 여기저기 쫑쫑거리며 뛰어다녔다. 이미 평상에는 저녁 공양이 준비되어 있었다. 콩과 쌀이 섞인 노르스름한 콩죽이었다. 반찬으로는 고추장에 찍어 먹을 찢어놓은 생더덕과 순무잎 겉절이가 놓여 있었다. 콩죽의 구수한 냄새와 더덕의 진한 향기에 입에는 벌써부터 침이 고였다. 밥상 앞에 앉자 무불스님이 철북이에게 말했다.

"니는 점심도 건너뛰었으니까 두 끼 다 묵어야 된다. 알았제?"

"예~."

"니 콩죽 좋아하나?"

"남 생각 안 합니더."

"더덕은?"

"남이 죽어도 생각 안 합니더, 헤헤헤……."

"그라머 우린 죽었다 생각하고 니 혼자 마이 무라."

"스님도 공양게 안 합니꺼?"

"뭐? 공양게?"

"예."

"내한테는 부처 같은 거 없다! 내 이름이 무불이다 아이가, 무불!"

"그래도 순진한 중생 앞인데……."

"아이고 중생어른님 알겠심더! 이 음식이 어데서 와서 어데로 가는고. 밭에서 와서 똥구멍으로 간다~. 땡~ 묵자!"

어릴 때 시골에서 먹은 뒤로는 처음인 콩죽은 그 맛이 혀에 착착 달라붙었다. 그리고 고추장에 찍어 먹는 향긋한 더덕도 씹을수록 쫄깃쫄깃하면서도 약간 쓴 듯한 단맛이 일품이었다. 갓김치 맛과 유사한 순무잎 겉절이 역시 담백한 콩죽과 썩 잘 어울렸다. 몇 가지 안 되는 밥상이었지만 성찬이었다. 철북이는 무려 세 양푼을 해치웠다. 목에서 꺼~억 꺼~억, 하고 트림이 나왔다. 철북이가 배를 두드리며 뒤로 물러앉자 두 스님이 흐뭇한 표정으로 바라보았다. 이때 다시 마당 한구석의 붉은 꽃이 눈에 들어왔다.

"무불스님요, 저기 장미꽃 옆에 핀 붉은 꽃 이름이 뭐라예? 처음 보는데……."

스님이 고개를 돌려 그쪽을 물끄러미 바라보더니, 잎으로 가져가던 숟가락을 조용히 내려놓았다. 그러고는 저물어가는 먼 산을 보며 한참 동안 말이 없었다. 순간적으로 철북이는 물어서는 안 될 것을 물은 것 같아 잔뜩 긴장했다. 잠시 후 무불스님이 시선은 여전히 먼 산에 고정한 채 나직한 목소리로 말했다.

"저 붉은 꽃이 상사화(相思花) 아이가……."

"상사화요?"

"음. 또 상사초(相思草)라고도 하고……."

"상사초라고요?"

"지금처럼 저렇게 꽃이 필 때는 상사화, 잎이 필 때는 상사초, 이렇게 두 가지로 부르는데……."

"그라머 꽃과 잎이 서로 다르게 핀다는 말입니꺼?"

"그렇지. 서로 피는 시기가 달라 한 몸이지만, 꽃은 잎을 볼 수가 없고 또 잎은 꽃을 볼 수가 없는, 그래서 서로 영원히 만날 수 없는 애절하고도 슬픈 운명의 꽃이지. 지금도 저기 보면 꽃만 있고 잎은 하나도 없잖아?"

"잎은 언제 피는데요?"

"저 꽃이 다 지고나면 가을쯤에나 피지."

"정말 무슨 비련의 주인공들처럼 애절하네예."

그동안 조용히 듣고만 있던 법운스님이 슬그머니 끼어들더니, 한껏 처연한 표정을 지은 다음 말하기 시작했다.

"저 꽃에는 정말 아주 애절한 사연이 하나 있는 기라. 뭔고 하니…… 아주 아름다운 어떤 처녀 하나가 인물이 수려한 한 젊은 스님을 사모하고 있었는데, 열심히 수행하는 스님이라 도저히 그 사랑을 전할 수가 없는 거라. 그래서 혼자 짝사랑만 하며 시름시름 앓다가 결국 말라 죽어버렸다 아이가. 그런데 어느 날 그 스님이 살고 있던 승방 앞뜰에 이름 모를 붉은 꽃이 하나 피더란 말이야. 그러니까 사람들은 상사병으로 죽은 처녀의 넋이 붉은 꽃으로 환생했다고 하면서 이름도 상사화라고 붙여줬다 아이가. 진짜 슬프제?"

"예."

"말당 서정주 시인의 시에도 나오는 그 유명한……."

"말당이 아이고 미당입니더, 미당!"

"이 대가리에 피도 안 마른 기, 말 끊지 마라. 니한테는 미당이겠지만 내한테는 말당이다!"

"에이~ 그런 게……."

"이놈아, 내가 말당이라고 부른다고 해서 서정주의 얼굴이 바뀌더나?"

"그런 건 아이지만……."

"그렇다고 부랄이 없어지더나?"

"그것도 아이지만…….."

"말만 바뀌었지 실체는 그대로다 아이가? 안 글나?"

"그렇지만 내가 그의 이름을 불러주기 전에는 별 것도 아니던 게 이름을 불러주었을 땐 내한테 와서 꽃이 되었다고, 누가 그러던데요?"

"시인 같은 소리 하고 있네! 뭐? 이름을 불러주니까 좆도 아인 기 꽃이 되었다고? 엠~병 그거 다 헛소리야. 허상, 허구, 한마디로 헛자 돌림빵인 기라! 안 그래도 지금까지 이름을 불러주기 전에는 말짱했는데, 쓸데없이 너도나도 불러주니까 오히려 더 꽃을 망가뜨려놨다 아이가! 가마이 보이 거 시인나브랭이들이 꽃을 다 망쳐놨구먼. 철북아 암만 해도 꽃이라는 건 이름을 부르거나 손으로 만지작거리기 전이 가장 예쁜 기라."

"스님은 지금 불립문잔지, 불구문잔지 그런 걸 얘기하시는 모양인데예……. 그라머 스님은 법운이라는 이름을 뭐하러 지었십니꺼?"

"그거야 임마 중들이 모조리 대가리를 빡빡 밀어버리니까 서로 비슷해서 구별할라꼬 지은 거지. 이놈 저놈 다 어이, 어이 하고 부를 수는 없다 아이가? 허허허……."

"스님요, 바쁜 인생인데 이제 억지 좀 그만 부리소."

"우하하하! 알았다. 그건 고마하고 우야튼 동백꽃으로 유명한 고창 선운사에 가면 도솔암이라는 암자가 하나 있는데, 그 암자 올라가는 길에 저 상사화들이 지천으로 피어 있어 장관이다 아이가. 어이, 무불아 니도 기억나제? 옛날 우리 대학 다닐 때 도솔암 가서 경전들 모조리 싹 불태워버렸던 거……."

"내가 태운 게 아이라 니가 술 처먹고 태웠지!"

"히히히…….'

"허허허! 아무튼 다음 날 내려오는데, 그 붉은 상사화들이 활짝 피어있는 기라. 그걸 보이 그 여자가…….'

"어허, 여기 중생도 있는데 고마해라."

"알았다."

"니, 저 상사화 누가 심었는지 아나?"

"몰라."

"갸가 심어놨다 아이가."

"갸라니?"

"죽은 사미승. 저렇게 꽃이 피어 있다 아이가…….'

"……."

"……."

전혀 뜻밖의 말에 모두 한동안 꽃을 물끄러미 바라보며 침묵만 지켰다. 법운스님이 계속 고개를 무겁게 끄덕이더니 안타까운 표정으로 혀를 찼다. 무불스님도 담담하게 말하기는 했지만 눈빛은 촉촉이 젖어 있었다. 눈만 뜨면 저 꽃이 보이니 가슴이 오죽 쓰릴까. 상사화 위로 하얀 나비 한 마리가 날아와 앉았다. 철북이는 이제야 의문이 풀렸다. 그래서 영정 옆에 저 꽃 한 송이를 꽂아 놓았던 것이구나…….

하지만 너무 슬펐다. 법운스님이 얘기한 꽃말처럼 저 사미승에게도 어떤 처녀와의 애절한 사연이라도 있었던 것일까……. 아무리 간절하게 그리워해도 이루어질 수 없는 그런 사랑을 했던 것일까……. 그런데 얼마나 견디기 힘들었으면 목숨까지 버렸을까……. 생각하고 상상할수록 가슴이 너무 미어지고 저며 왔다.
이제 상사화의 붉은 꽃잎이 이름 모를 처녀의 붉은 입술처럼 보
이다가 또 죽은 사미승의 핏방울처럼 보이기도 했다.

　서쪽 하늘에 붉은 저녁노을이 지고 있었다.

에베레스트 위에도 구름은 있다

법운스님과 철북이는 불귀암에서 사흘을 머물다 떠났다. 그사
이에 비가 내려 쓰러진 고추와 토마토도 일으켜 세우고 밭가에
배수로도 더욱 깊게 팠다. 자기 그림자도 싫어할 만큼 햇볕을 좋
아하는 고추는 양지바른 곳에 심어야 잘 자란다. 그래서 습지를
좋아하는 미나리와는 달리 배수로에 유독 민감하다. 늦었지만 철
북이는 고추밭 고랑도 조금 더 깊이 파주었다. 그리고 틈날 때마
다 숲 속이나 계곡 같은 데로 들어가 잘 익은 열매들을 따먹었다.
붉은 산딸기며 검은 머루며 다래, 오디, 돌배…… 등등 없는 것이
없었다. 이따금 독하고 진한 향기를 따라가 보면 칡넝쿨꽃 같은

보라색 꽃이 핀 더덕이 나오는데, 그것을 여러 뿌리 캐서 스님들과 같이 먹기도 했다. 마지막 날 오전에 감자와 고구마를 캐고 오후에 두 사람은 절을 떠났다.

헤어질 때 너무 아쉬워 철북이는 눈물을 글썽였다. 무불스님이 철북이를 꼭 끌어안은 채 등을 토닥여주며 오고 싶을 땐 언제든 오라고 했다. 철북이는 절 아래로 내려오다가 급히 도로 올랐다. 그러고는 마당 구석에 핀 붉은 상사화 한 송이를 꺾어 사미승의 영정에 꽂아놓고 재빨리 내려왔다. 무불스님이 잔잔한 미소를 지으며 지켜보았다.

계곡을 다 내려온 두 사람은 올 때처럼 다시 그 강을 따라 계속 내려갔다. 선선한 바람이 불었다. 비 온 뒤여서 그런지 풀잎들이 더욱 싱싱해진 듯했고 풀빛도 더욱 짙어 보였다. 강물이 많이 불어 있었다.

"니, 성경을 한 줄로 줄일 수 있겠나?"

몇 걸음 앞서 걸어가던 스님이 불쑥 물었다. 철북이는 흠칫했다. 언제부턴가 스님이 갑자기 뭘 질문할 눈치면 철북이는 지레 겁부터 먹었다. 이유야 어떻든 거의가 결국은 철북이가 골탕만 먹은 탓이었다. 철북이는 일단 한 발 빼고 난 다음에 생각하기로 했다.

"그 긴 걸 한 줄로? 택도 없심더!"

"있느니라."

"그라머 해보소."

"다~ 지나가노니……."

스님이 한마디 하더니 입을 꾹 다물었다. 철북이가 얼굴을 쳐다보며 말했다.

"아, 마저 하이소."

"끝났니라."

"예?"

"이번엔 불경을 한 줄로 줄여봐라."

갈수록 태산이었다. 한 발 빼나 두 발 빼나 마찬가지였다. 더구나 스님 앞에서 감히 불경을 한 줄로 요약하라니! 할 수도 없었지만 해서도 안 되었다. 비록 가벼운 농담이라 하더라도 말이다. 철북이는 머리를 긁적긁적하며 딴청을 피웠다.

"내가 또 해보까?"

"그게 좋겠심더."

"헛되고 헛되도다!"

"……."

"다~ 지나가노니, 헛되고 헛되도다! 어떻노?"

"기똥차긴 한데…… 좀 기네예."

"뭐, 이게 길다고? 그라머 니가 해봐."

철북이가 먼 산을 보면서 사뭇 엄숙한 표정으로 손가락을 딱 튕기며 말했다.

"인생은 나가리!"

"아~ 씨발놈, 고 따위로 핵심을 찔러삐면 내가 뭐 되노! 좆됐삣네, 푸하하핫!"

"근데 스님, 그거 말라꼬 그래 줄입니꺼?"

"심심해서. 어느 날 갑자기 불경도 양파같이 까고까고 또 까버리면 마지막엔 뭐가 남을까, 하는 생각이 드는 거라. 그래서 계속까보이 결국 개뼈다귀 한 토막만 딱 남는 기라. 하는 김에 성경도 까봤지, 뭐."

"그러니까 사는 게 알고 보면 개뼈다귀 한 토막같이 다 부질없
는 짓이다, 이런 말입니꺼?"

"허허."

스님의 눈빛이 저무는 들녘처럼 애잔하고 허허로워 보였다. 보
이지 않으면 좋으련만 메뚜기들은 여전히 풀숲으로 경쾌하게 뛰
어다니고 있었다. 스님이 이번엔 또 이상한 걸 물었다.

"철북이 니, 사람고기 값이 얼마나 될 것 같노?"

"예? 사람고기…… 아, 거 식인들이 주식으로 묵는다는 인육 값
요?"

"죽은 사람 말이다."

"시체도 누가 삽니꺼?"

"실험실 해부용 말고는 안 사지."

"근데요?"

"내가 인간을 한 마리 생선으로 가정하고 값을 한번 따져봤다
아이가."

"취미가 참 엽기적이시네."

"하루는 생선처럼 근수와 성분을 분석하고 기타 가공품으로 분
류해보이 이기 아무리 후하게 쳐줄라 캐도 쌀 한 말 값조차 안 나
오는 기라. 그런 물건을 우리 아부지는 평생 주물럭거리고 있으니
내가 환장을 안 하겠나?"

"스님 아부지가 와 시체를 평생 주물럭거리는데예?"

"우리 집 시체 미장원 했다 아이가."

"시, 시체 미장원……?"

"아, 장의사집 말이다. 사는 동네가 미학동이라서 '미학 장의사'인데, 난 어릴 때부터 아부지 따라다니며 시체 염을 했다 아이가."

"……."

"썩어가는 건 썩어가는 대로 냅둬야 하는데, 죽은 뒤에도 뭔 집착이 그리 많은지……."

"지금도 미장원 합니꺼?"

"내가 우찌 알겠노? 아부지한테 상장 하나 드리고 삭발해버렸는데."

"상장예?"

"우리 아부지가 맨날 '내 평생 상장 한번 받아봤으면 소원이 없겠다'고 투덜대서 내가 출가할 때 한 장 만들어 소원을 풀어드렸다 아이가."

"아들이 아부지한테 상장을 수여했단 말입니꺼?"

"염하고 와서 성대하게 시상식까지 했구마."

"히히, 뭐라고 썼는데예?"

"이렇게 썼지."

상 장

성명 : 허전무

부문 : 자녀인생교육부

순위 : 최우수 공로상

소속 : 노년부 말기생

직업 : 시체 미학사

위의 사람은 사랑하던 아내가 가출한 불우한 환경 속에서도 오로지 자식들의 교육적인 차원에서 재혼도 마다한 채 의연하고 꿋꿋하게 삶을 영위해왔을 뿐만 아니라 장남 허장강을 출가할 때까지 훌륭하게 키웠으므로 이에 상장과 부상을 수여함.

1968년 12월 5일 장남 허장강

"이날 국민교육헌장 선포식과 동시에 했다 아이가. 어때, 근사하지? 허허허!"

"지가 국민학교 1학년 땐데, 국민헌장 저거 빨리 외운다고 골이 빠개졌다 아입니꺼. 근데 부상은 뭐였어예?"

"고급 양주 한 병과 고무지우개 한 타스였지."

"아니, 아도 아이고 웬 고무지우갭니꺼?"

"아부지 지금까지 살아오신 인생 다 지워버리고 또 앞으로도 끊임없이 지우면서 사시라고."

"거 참……."

"와? 떫나?"

"아, 떫은 기 아이라 하도 싱거워서 그러지예. 근데 엄마가 진짜 집을 나갔어예?"

"아부지가 술꾼에다 노름꾼이었으니 우찌 견디겠노. 하루는 엄마와 30리 길을 걸어 장에 갔는데 그날이 마침 5일장이 선 날이라. 엄마가 눈깔사탕과 이것저것 맛있는 거 억수로 사주더니, 갑자기 뭘 잊어먹었다고 여기 꼼짝 말고 잠깐 기다리라며 잡고 있던 손을 슬며시 놓는 거라. 그래서 난 눈깔사탕을 하나 입에 넣고 오물거리며 기다렸다 아이가. 그런데 눈깔사탕을 열 개나 빨며 눈이 빠지도록 기다려도 엄마가 안 오는 거라. 벌써 날이 저물어 장사꾼들은 보따리에 물건을 주섬주섬 싸고 있는데도 말이다.”

“…….”

“그게 엄마와 마지막이었는데, 이상하게 지금까지도 엄마가 내 손을 놓은 그 자리가 잊어지지 않는 거라. 엄마가 내 손을 놓은 자리, 어떻노? 니 나중에 글쟁이 되면 그런 제목으로 글 하나 쓰거라. 내 이름은 빼고…….”

“제목으론 눈깔사탕도 괜찮겠네요. 근데 디게 눈물 나는 얘긴데.”

“허허, 다 덧없는 인생이니라.”

“…….”

마음은 잦아들고 슬픔은 차올랐다. 비록 가슴 아픈 얘기지만, 철북이는 천일야화를 다 듣고 난 뒤의 왕처럼 지극히 만족스러웠다. 오랜만에 베일에 싸인 스님의 비밀을 알았기 때문이다. 그런데 ‘엄마가 내 손을 놓은 자리’는 좀처럼 철북이 머릿속에서도 떠나지 않을 것 같았다. 눈깔사탕은 다 먹고, 날은 어두워지고, 금방 오겠다던 엄마는 나타나지 않고……. 그 이후로 스님은 지금까지 한 번도 눈깔사탕을 먹은 적이 없단다.

그때가 생각났는지 스님이 하모니카를 슬며시 꺼내 불었다. 아런하고 처량하고 애틋한 동요들이었다. 그러더니 갑자기 강을 향해 "엄마~!" 하고 외쳤다. 상처 입은 짐승의 포효 같았다. 철북이의 가슴이 댓잎 서걱거리듯 서늘해졌다. 스님이 눈물을 글썽거렸다. 잠시 후 철북이가 분위기 전환이라도 하듯 퉁명스럽게 한마디 툭 내뱉었다.

"또 운다. 중놈이 엄마가 어딨노!"

"그래, 니 말이 맞다. 내가 그놈의 눈깔사탕에 환장해 엄마를 잃었삣다 아이가."

"스님한테 엄마가 눈깔사탕이라는 화두를 줬네 뭐. 그라고 거 앞으로 한소식 할라카믄 넘어야 할 고개들도 만만찮을 낀데……."

"어쭈?"

"앞으로는 암만 달콤하더라도 함부로 먹지 마이소. 단디 명심하소!"

"지랄한다. 마 니가 스님해뿌라."

법운스님과 슬프고도 몽롱한 대화를 나누며 강을 따라 걸으니 문득 선재동자가 떠올랐다. 선재동자는 요즘 철북이가 읽고 있는 《어린 나그네》라는 소설의 주인공이다. 한때 스님이었다가 파계한 고은이라는 괴짜 시인이 〈독서신문〉에 연재하는 소설이었다. 그 월간 신문이 나올 때마다 철북이는 먼저 그 소설부터 읽었다. 작년에 본 헤세의 소설 《싯다르타》와 느낌이 아주 비슷했다. 《싯다르타》 속에는 물소리를 느끼는 장면이 나오는데, 너무 감동적이어서 아직도 생생했다. 소설 속의 선재동자도 강을 따라 걸었다. 물고기를 보면 물을 생각하고 새를 보면 하늘을 생각하고 나무를 보면 숲을 생각하며 걸었다. 그리고 흐르는 강물을 보며 자기가 무엇인지를 조금씩 깨달아갔다. 혼자 끊임없이 스스로에게 질문을 던지고, 혼자 끊임없이 스스로에게 답하는, 어리지만 결코 어리지 않은 그런 나그네였다.

선재동자처럼 철북이도 스스로에게 질문을 던져보았다. 너의 존재는 무엇인가. 그러나 철북이는 얼른 대답이 떠오르지 않았다. 그 대신 《데미안》에 나오는 알이 떠올랐다. 하나의 세계를 깨지 않으면 다른 세계로 나아갈 수 없다고 했다. 그럼 자신을 둘러싸고 밖으로 나가게 하지 못하는 그 알껍데기는 과연 무엇일까……. 법운스님은 그 알을 깨고 나왔겠지. 그랬으니까 평범한 길을 버리고 저렇게 초연하게 자기 길만 가겠지. 그렇다면 나는……. 철북이가 자신에게 질문하고 있는데 스님의 목소리가 들렸다.

"어, 강이…… 끊어졌구마."

정말 넓은 강이 뚝 끊어지고 여러 작은 여울로 갈라졌다. 돌과 바위들을 휘감고 도는 물소리가 철북이의 귓바퀴를 적셨다.

"일단 흩어졌다가 다시 또 모이지 않겠십니꺼?"

"그렇겠지. 근데 어느 여울을 따라가야 되겠노?"

"허 참, 선장이 선원한테 물으면 우짭니꺼?"

"……."

아무래도 오늘 스님의 컨디션이 영 안 좋은 모양이었다. 철북이도 마음이 울적해졌다. 스님이 바랑을 벗어 뒤적거렸다. 저번처럼 또 소주 한 병을 꺼내더니 자갈밭 위에 벌렁 드러누워 버렸다. 그러고는 병뚜껑을 이빨로 따고 꿀꺽꿀꺽 마셨다. 철북이는 스님의 바랑 속에서 생쌀 한 줌을 꺼내 드러누웠다. 생쌀을 입에 조금 털어넣고 썹었다. 푸른 하늘에 흰 구름이 떠 있었다. 구름이 두 사람 위로 지나갈 때마다 넓은 그늘을 드리웠다.

"철북아, 아주 옛날에 모든 산을 다 정복하고 유일하게 에베레스트만 정복 못한 어떤 등산가가 하나 있었는데……."

스님이 하늘을 보며 나직한 음성으로 말했다. 철북이는 가만히 듣고 있었다.

"세월은 자꾸 흘러가는데 잠이 올 턱이 있나. 벌써 여러 번 실패했는데 이번엔 진짜 마지막이다, 하고 몇 년간 빡시게 체력 단련을 해 또 도전한 거라. 죽을 고비를 거듭한 끝에 드디어 그토록 꿈꾸던 정상을 밟았다 아이가."

"……."

"정상에 발을 디딘 그 등산가가 하늘을 보며 한 말이 뭐겠노?"

"……."

"에베레스트 위에도 구름은 있구나!"

"그게…… 무슨 뜻이라예?"

"정상 위에 또 다른 정상이 숨어 있듯 깨달음에도 끝이 없다는 뜻 아이겠나. 그 등산가는 하얀 설산으로 날아갔지……."

"투신했다는 말입니꺼?"

"……."

구름이 지나가고 또 새로운 구름이 다가오고 있었다. 그 등산가는 왜 죽었을까……. 새로운 구름이 잠깐 멈추더니 또 지나갔다. 그늘도 따라갔다.

"가장 낮은 것이 가장 높은 것이니라……."

스님이 나직이 읊조렸다.

철북이는 생쌀을 오물오물 씹으며 스님의 말을 곰곰이 생각해 보았다. 얼핏 하나 짚이는 게 있기는 했다. 언젠가 절의 벽화를 보며 스님이 자세히 설명을 한 적이 있었다. 그 벽화는 스님들의 수행 단계를 소를 끌고 가는 열 가지 모습에 비유한 '십우도(十牛圖)'였다. 그때 스님은 수행의 마지막 단계인 열 번째는 시장 바닥으로 내려가는 것이라고 했다. 시장은 무엇을 사고파는 가장 밑바닥이다. 그 사고파는 행위 사이에 모든 것들이 다 들어있다는 것이다. 사는 쪽은 더 적게 주려고 하고 파는 쪽은 더 많이 받으려고 한다. 그 밀고 당기는 흥정이 사람 사이의 중심을 없애고 결국은 사람들마다 기준을 달리해 구별이 아닌, 차별을 낳게 된다는 것이다. 구별은 있지만 차별은 없는 세상, 그것이 스님들이 시장으로 가는 많은 이유 중의 하나라고 했다. '십우도'를 보고 나오며 스님은 결론처럼 이렇게 말했다.

"시장은 가장 낮은 저잣거리야. 가장 낮은 곳에서는 가장 낮은 자세를 취해야 하는 법. 그것을 취하기 위해서는 마음을 비우지 않으면 안 되지. 그래서 난 지금 가장 낮은 포복 자세를 훈련받고 있는 중이고……."

그런데 설사 스님이 화두를 정복했다 하더라도 그 화두 위에 또 구름처럼 떠 있는 것은 무엇일까. 구름만큼이나 높은 어떤 경지를 말하는 것일까. 그럼 그 구름 위에는 또 무엇이 있을까. 득음을 했는데 또 그 이상의 경지라니! 철북이는 너무 골치가 아팠다. 아직 알껍데기 하나도 못 깼는데, 에베레스트 정복이라니……. 하물며 그 정상 위의 구름씩이나!

스님 옆에 더 있다가는 머리가 돌 것 같아 철북이는 벌떡 일어나버렸다. 그러고는 신발을 벗고 여울 속으로 첨벙첨벙 걸어 들어 갔다. 떼 지어 다니던 물고기들이 일시에 흩어졌다. 얼굴을 씻었다. 실타래처럼 헝클어진 생각도 씻었다. 그래도 소용없었다. 물속에 머리를 푹 담갔다. 한참 있다가 머리통을 건져내 좌우로 힘차게 흔들었다. 머리카락이 없으니 사방으로 튀어나가는 물방울도 없었다.

스님이 바위 한쪽에 벗어놓은 백구두를 신었다. 언젠가 철북이가 "스님이 우아한 고무신 놔두고 경망시럽게 백구두가 뭡니꺼!" 하고 핀잔을 주자 "이 자슥아, 이기 원효대사의 해골바가지 아이가!"라고 대답한 적이 있었다. 그 이후부터 철북이는 저 백구두를 해골바가지라고 불렀다. 스님은 목마를 때마다 저 해골바가지로 물을 떠먹었다. 늘 그렇듯 철북이는 또 송아지처럼 스님 뒤를 따라 걸었다. 철북이가 스님의 바랑을 툭툭 치며 말했다.

"스님요."

"와?"

"중들은 바랑 속에 밥그릇하고 칫솔하고 목탁만 간소하게 넣어 다닌다고 하던데, 이 속에는 벼라별 잡동사니가 다 들어 있네예."

"안 그래도 더버 디지겠는데 와 또 시비고?"

"시비가 아이고 중이 하나라도 줄일 생각은 안 하고 이렇게 세속적인 물건들에 집착을 못 버려서야 되겠심니꺼? 어떤 책에, 뭐든지 소유할수록 갑갑해지고 구속되니까 다 버렸뿌면 홀가분해지고 자유로워진다, 라는 구절이 있던데."

"그 책에 이런 거는 없더나?"

"어떤 거요?"

"동행이 있으면 걷거나 멈추거나 쉬거나 또는 여행하는 도중에도 항상 간섭을 받게 되느니라. 그러니 남들이 간섭하지 않는 독립과 자유를 원한다면, 무소의 뿔따구처럼 혼자서 갈지어다……."

"그런 건 없던데예?"

"최초의 불교 경전인 《숫타니파타》에 나오는 말인데, 꼭 니한테 하는 소리 같아서 읊어봤다 아이가."

"그라머 스님 혼자 무소의 뿔따구처럼 가이소!"

"허허."

"그라고요."

"또 뭐?"

"딱 한마디만 더 하겠심더. 도대체 중이 하모니카나 불어싸면서 그렇게 감상에 빠지면 도가 제대로 닦이겠십니꺼?"

"허~ 애이불상(哀而不傷)이니라~."

"예? 애기불상?"

"인간사를 슬퍼하되 결코 나약한 감상에 젖지 말라는 공자님의 말씀이니라."

"아이고마, 스님하고는 더 이상 얘기가 안 되겠심더! 딴 얘기 하나만 딱 더 할께예. 이거 성실하게만 대답하시면 진짜 더 안 묻심더."

"성실하게?"

"예. 거 수도원의 루시아 수녀님과는 도대체 어떤 사입니꺼?"

"중과 수녀 사이다, 와?"

"성실하게 답변하라 캐십니데이."

"니가 속으로 내 옛날 애인이기를 은근히 바라고 상상한다는 걸

내 모를 줄 아나? 그렇지만…….”

"그렇지만 뭐예?"

"내 형제든, 내 이웃이든, 내 애인이든, 살다보면 사람 사이의 인연이란 게 늘 엇갈리기 마련. 허나 그렇게 가위 모양으로 항상 엇갈리면서도 자를 건 잘라야 하는 법이니라.”

“…….”

"그라고 니도 하나쯤은 모르는 게 있어야 안 되겠나? 그 점에 대해서 니는 우찌 생각하노?"

"뭐 쪼께 아쉽기는 하지만 우얍니꺼. 모과나무 몽둥이로 두드려 팰 수도 없고…….”

"허허허.”

철북이가 비록 쪼께, 라는 표현을 쓰긴 했지만 속으로는 너무 아쉬웠다. 하지만 이미 오래전에 출가한 스님 처지를 고려해 더 이상 묻지 않기로 했다. 그냥 감나무에 딱 하나 남은 까치밥이려니, 하고 생각하는 것도 더 여운이 오래 남지 않겠는가. 그런데 한동안 앞서 묵묵히 걷던 스님이 갑자기 홱 돌아서며 불쑥 물었다.

"근데 철북이 니는 와 니 얘기는 하나도 안 하노?"

"언제 묻기라도 했십니꺼?"

"이 자슥아, 어른이 안 묻더라도 아가 스스로 알아서 해야지.”

"마, 내 혼자 속으로 다 하고 있심더.”

"혼자 속으로? 그게 무슨 말이고?"

"아, 지가 지금 속으로 스님 얘기를 소설로 쓴다 아입니꺼. 그래서 지 얘기도 중간 중간 조금씩 다 하고 있심더.”

"내 얘기를 소설로 쓴다고? 그건 또 뭐꼬?"

"마, 스님도 저에 대해서 하나쯤은 모르는 게 있어야 안 되겠십
니꺼. 그 점에 대해선 우찌 생각하십니꺼?"

"허, 흠…… 마, 니 혼자 잘 묵고 잘 살아라."

"아이구~ 고맙심더. 우히히히……."

"올커니, 저 정도면 됐다!"

스님이 바랑과 옷을 훌훌 벗더니 완전히 알몸으로 강물 속으로
풍덩 뛰어들었다. 수영하기 좋은 깊은 강인 것 같았다. 강 멀리까
지 헤엄쳐 간 스님이 손짓으로 철북이를 불렀다. 그러나 철북이는
들어갈 수 없었다. 헤엄칠 줄 모르기 때문이다.

철북이는 어릴 때 얼음이 꽝꽝 언 겨울 저수지에서 놀다가 살얼
음이 낀 숨골에 빠져 죽다가 살았다. 물에 홀딱 젖은 몸으로 엉엉
울며 집에 갔는데, 엄마가 몽둥이를 휘두르며 사립문 안으로 한
발짝도 못 들어서게 했다. 철북이는 사립문 밖에서 저녁이 될 때
까지 온몸을 달달 떨며 울었다. 한겨울이라 물에 젖은 옷은 꽁꽁
얼어 금방 얼음덩어리로 변했다. 그래도 철북이 엄마는 몽둥이를
손에서 놓지 않았다. 나중에 아랫동네 가서 집을 지어주고 귀가하
던 아버지가 데리고 들어갔다. 그날부터 철북이는 저체온증으로
3일 동안 드러누워 시름시름 앓다가 겨우 살아났다. 그 뒤부터 철
북이는 물 근처에는 얼씬도 하지 않았다. 여름과 겨울마다 그 저
수지 둑에는 아이들의 익사체가 가마떼기에 덮여 있었다. 철북이
는 그때 얼마나 혼이 났는지 부산으로 이사한 뒤 고등학교 졸업
반인 지금까지도 해운대 바닷물에 손 한 번 적신 적이 없었다.

법운스님이 열심히 수영을 하는 동안 철북이는 바랑 속에서 책
을 꺼내 읽었다. 불일암의 법정스님이 사인해서 준《무소유》였다.

잠깐 스님의 인상 깊은 여울 얘기와 이솝우화가 스쳐갔다.

　법운스님이 보이지 않았다. 물속 깊이 들어간 모양이었다. 바닥을 보았을까. 잠시 후 심연의 바닥을 탁, 치고 솟아오르리라 믿었다.

4부

오대산 적멸보궁

  다음 날 철북이와 스님은 강원도 평창의 대화를 거쳐서 봉평으
로 들어갔다. 법운스님이 이효석의 소설 〈메밀꽃 필 무렵〉에 나오
는 메밀꽃밭 구경과 또 그 메밀로 만든 막국수도 먹어보자고 했
다. 봉평에 가자마자 출출한 두 사람은 먼저 메밀국수집부터 찾았
다. 봉평시장 근처 큰 마당에 맷돌과 느티나무가 있는 집으로 들
어갔다. 주인 할머니가 얼른 뛰어나와 합장하더니, 자기도 불자
라고 하면서 친절하게 맞았다. 두 사람은 느티나무 그늘의 평상
에 앉아 두 그릇씩 뚝딱 먹어치웠다. 배도 고팠지만 텁텁하고 쫄
깃쫄깃한 면발이 정말 시원하고 맛있었다. 긴 국수발을 후루룩거

리면서 담백한 육수를 들이키니 그동안 쌓인 피로가 한순간에 싹 달아나는 듯했다. 또 할머니가 특별 서비스라며 준 메밀묵을 안주 삼아 메밀 동동주도 마셨다. 할머니가 옆에 앉아서 스님께 동동주를 따르며 메밀묵에 얽힌 얘기를 들려주었다.

"도깨비가 이 메밀묵을 제일 좋아한다잖소. 아마 긴 메밀꽃 다리가 붉은색이라서 그럴 거래요. 하루는 과부 하나가 야밤에 도깨비한테 요기하라며 메밀묵을 한 사발 쑤어주었더니, 이튿날 밤에 도깨비가 고맙다고 꽃게를 한 광주리 가득 잡아왔더래요. 그런디 스님, 그 꽃게를 폭폭 삶으면 긴 다리가 붉은 색으로 변한다는 걸 도깨비가 우찌 알았겠소? 원래 도깨비는 꽃게를 제일 무서워하는 디……."

"……."

뜬금없는 할머니의 질문에 스님과 철북이는 마주보며 눈만 멀뚱거렸다. 화두보다도 더 골치 아프다는 눈빛이었다. 할머니가 불자란 걸 의식하는지 스님의 표정이 미묘하게 변했다. 할머니는 대답 없이 머뭇거리는 두 사람의 얼굴을 한참 동안 빤히 쳐다보더니 사라져버렸다. 스님이 술 사발을 벌컥벌컥 들이켰다.

"지도 한 잔 묵을 랍니더."

철북이도 자작해서 한 잔 쭉 마셨다. 그러고는 혼자 독백하듯이 말했다.

"거 참, 희한한 할망구네."

"허~ 내 화두보다 더 골치 아프구마. 가자."

"그게 좋겠심더."

두 사람이 평상에서 일어나자 할머니는 한사코 국수값을 안 받겠단다. 그리고 대문 밖까지 따라와 배웅했다.

"스님, 다음에 오실 때는 꼭 좀 가르쳐주시구래요."

"아, 예……."

두 사람은 황망히 봉평시장을 빠져나와 개울 쪽으로 걸었다. 아직 철이 이른 탓에 메밀밭은 한창 푸르게 자랄 뿐 소금을 뿌려놓은 듯한 하얀 꽃은 보이지 않았다. 홀로 피어 있는 것보다 서로 어우러짐으로써 더욱 아름다워지는 메밀꽃을 보지 못해 아쉬웠다. 깊은 산간 마을이라 논은 거의 보이지 않고 화전으로 일군 듯한 산밭들이 대부분이었다.

빨가벗은 아이들이 개울에서 멱을 감고 있었다. 개울에는 다양한 종류의 물고기들도 물살을 거스르며 놀고 있었다. 산천어, 열목어, 어름치, 쉬리, 버들치, 쏘가리, 모래무지, 퉁가리, 갈겨니, 동사리 등등 수없이 많았다. 또 멧모기, 날도래, 강도래 같은 다양한 수서곤충들도 어우러져 살고 있었다. 스님이 돌을 뒤집자 곤충의 애벌레들이 촘촘히 붙어 있다.

철북이가 개울의 돌다리를 건너다 발을 헛디뎌 물에 풍덩 빠져버렸다. 그런데 다시 돌다리를 밟으려는 순간 주저앉고 말았다. 발목을 삔 것 같았다.

"등에 업히거라."

스님이 철북이 손을 잡아주며 허리를 숙였다.

"그라머 신세 좀 지겠심더. 헤헤."

스님이 철북이를 업자 대뜸 물었다.

"니 와 이리 가볍노?"

"지가 가벼운 게 아이라 스님이 무거워서 그렇지예. 그라고예 원래 영혼으로 사는 사람은 새털처럼 억수로 가볍다 아입니꺼."

"지랄하네. 니 까불면 물속으로 널짜삔다."

"헤헤, 한번 던져보이소. 내가 스님 목을 놓을 꺼 같십니꺼?"

"물귀신 같은 놈."

스님 등이 아버지 등처럼 아늑하고 따뜻했다. 문득 모기들이 붙어있던 저 넓은 등판에 한번 업혀보고 싶었던 수구암 면벽참선 때의 기억이 떠올라 히죽 웃었다. 드디어 소원을 푼 것이었다.

스님은 돌다리를 다 건너가서도 철북이를 아이처럼 계속 업고 걸었다. 길 주변으로는 온통 메밀밭이었다. 철북이는 국어 교과서에서 읽은 〈메밀꽃 필 무렵〉이 떠올랐다. 그러면서 사뭇 그 소설에서 나오는 장돌뱅이 허생원이나 동이라도 된 듯했다. 소설에 아름답게 묘사된 배경의 빛깔이 달빛이긴 했지만, 이 저녁노을빛도 전혀 손색이 없어 보였다. 또 관능적으로 묘사된 '손에 잡힐 듯이 들려오는 짐승 같은 달의 숨소리' 역시 '손에 잡힐 듯이 들려오는 저녁노을 같은 스님의 숨소리'로 바꿔 표현해도 괜찮을 듯했다. 철북이는 지금 달빛에 젖은 당나귀 등이 아니라 저녁노을에 젖은 스님 등에 타고 있으니 말이다. 하지만 그 어떤 것보다도 반드시 확인해야 할 결정적인 문제가 하나 있었다. 이게 안 맞으면 만사가 말짱 도로아미타불이다. 철북이가 등에 업힌 채 발끝으로 스님의 다리를 톡톡 차며 물었다.

"스님예."

"와?"

"또 하나 꼭 물어볼 끼 있는데예."

"그럼 차지 말고 묻거라."

"스님 혹시…… 왼손잡이 아입니꺼?"

"지랄하네. 내가 허생원인 줄 아나?"

"염병, 그만 내려주소."

　이날 한밤중에 두 사람은 강원도 오대산 상원사라는 절에 도착했다. 스님이야 익숙하겠지만 철북이는 이렇게 깊은 산속의 절은 처음 보았다. 갑자기 너무 멀리 와 세상과의 단절이라도 된 듯 낯설고 불안했다. 스님과 함께 다니면서 이처럼 정체를 알 수 없는 불안감에 휩싸이는 것도 처음이었다. 몸이 산처럼 무너졌다. 발이 불어 터지고 무릎이 시큰거렸다. 멀고 험한 밤길을 너무 오랫동안 걸었다. 얼마나 고단하고 피곤했는지 씻지 않은 채 그냥 잠들어버렸다.

　이튿날 아침 늦게 일어났다. 법운스님이 철북이가 뻗어 있는 모습이 워낙 고단해 보였던지 일부러 늦게 깨운 것이다. 아침 공양을 마치고 스님은 철북이를 상원사 뒷산으로 데리고 갔다. 꼬불꼬불하고 가파른 오르막길을 숨을 헉헉대며 한참 올라갔다. 뜻밖에도 달걀을 세워놓은 것 같은 산봉우리에 수구암 앞의 저수지만 한 평지가 나타났다. 주변이 탁 트였다. 평지 한쪽에 '적멸보궁(寂滅寶宮)'이라고 쓴 조그만 법당 하나가 산짐승처럼 적막하게 앉아 있었다. 그런데 문이 열린 법당 안에는 불상은 없고 허름한 방석이 깔려 있었다. 불상을 누가 훔쳐간 모양이었다. 아까부터 낯선 스님 세 명이 마당 모퉁이에서 귀엣말을 나누는 것으로 보아 무슨 대책회의라도 하는 듯했다. 철북이는 법운스님을 따라 참배를 했다. 불상이 없어도 스님은 전혀 개의치 않는 표정이었다. 참배가 끝나고 밖으로 나오자 참다못한 철북이가 스님에게 물었다.

"스님요, 저기 불상은 누가 훔쳐간 모양이네예."

"그게 아이고 원래부터 없다 아이가."

"예? 원래부터 없다니요?"

"이 절은 적멸보궁이라서 처음부터 불상을 모시지 않고 석가모니의 진신사리를 모셔놓았다 아이가."

"석가모니의 진신사리?"

법운스님에게 겉으로 드러내진 않았지만, 뭔가 없어지면 일단 도둑 탓으로 돌리는 철북이 고정관념이 들킨 것 같아 속으로 부끄러웠다.

스님의 긴 설명을 간단하게 요약하자면, 죽은 석가모니의 몸에서 나온 귀중한 진짜 사리를 신라 때 중국에 유학 중이던 자장율사가 가져와 이 절을 지으면서 모셔놓았기 때문에 굳이 불상을 따로 모시지 않았다는 것이다. 이런 절이 우리나라에 다섯 개가 있는데 그걸 흔히 '5대 적멸보궁'이라고 한단다. 여기 외에 양산 통도사 금강 계단, 영월 법흥사, 정선 정암사 그리고 우리나라 절들 가운데 가장 높은 곳에 있다는 설악산 봉정암이라고 했다. 그래서 스님들이나 불자들이 가장 많이 찾는 성지 중에서도 최고의 성지란다. 몇 해 전에는 법운스님도 잘 아는 한 여스님이 이 적멸보궁에 와 열 손가락을 하나씩 불에 태우며 처절하게 자신과 싸웠다고 했다.

철북이는 이런 말을 들을 때마다 도대체 화두를 깨닫는다는 게 무엇이기에 그토록 자기 몸을 학대할까, 라는 생각부터 앞섰다. 법운스님도 뭔가 심상찮은 것으로 보아 필시 여기까지 온 속뜻이 없지 않을 성싶었다. 손가락을 태우든지, 발가락을 태우든지, 분명 무슨 일을 낼 것 같은 예감이 들었다. 철북이 예감은 비교적 잘 들어맞는 편이었다.

그런데 그게 사실일지라도 말릴 수가 없다는 것이 철북이의 최대 고민이었다. 철북이 눈엔 자학으로 비치는 그런 극단적인 자기 파괴도 수행의 한 방법이라는데 무슨 말을 하겠는가. 수구암 외할머니 말마따나 어지간한 독종이 아니고는 중질도 못해먹을 것 같았다. 절에는 문도 많고 계단도 많다. 문은 다 좁은 문들이다. 그 좁은 문들마다 허리 숙이며 다 통과해야 한다. 말처럼 쉬운 일이 아닐 것이다. 또 산짐승들이 어슬렁거리는 토굴 같은 데 들어가 몇 년씩 벽만 쳐다보며 참선도 한다. 하지만 가장 큰 문제는 그런 일이 끊임없이 반복되어도 감수해야 한다는 점이다. 스님들은 확실히 우리와 껍데기는 같아 보일지 몰라도 속은 전혀 다른 종들임에 틀림없었다. 철북이는 고개를 절레절레 흔들었다. 그런 철북이 심사를 읽었는지 먼발치에서 법운스님이 빙긋이 웃고 있었다.

적멸보궁에서 아래로 조금 내려오자 마당에 큰 가마솥이 걸린 허름한 암자가 나왔다. 오를 때 잠깐 쉬며 물을 마셨던 중대 사자암이었다. 마당 한복판의 단풍나무는 옛날에 한 노스님이 꽂아놓은 지팡이가 이렇게 자란 거라고 한다. 시커먼 가마솥에서 하얀 김이 무럭무럭 피어올랐다. 부엌 마루에서 점심 공양으로 호박죽을 먹었다.

그리고 스님을 따라 여러 계곡으로 돌아다니며 절들을 구경했다. 가는 절마다 스님들은 채마밭에서 김을 매거나 겨울을 대비해 장작을 패는 등 구슬땀을 흘리며 일하고 있었다. 상수리나무와 노송들이 울창한 월정사와 우리나라에서 처음으로 비구니 선방(禪房)을 열었다는 지장암, 초라하지만 소박해 보이는 나무 너와집의 염불암 등이 인상 깊었다. 특히 토방에 노스님의 검정 고무신 한 켤레만이 가지런히 놓여 있는 염불암은 너무 적막해 엄숙하기까지 했다.

다음 날은 만해 한용운 스님이 〈님의 침묵〉을 썼다는 백담사에 들렀다. 또 단종을 유배 보낸 세조의 왕위 찬탈 소식에 분기탱천한 스물한 살 젊은 매월당 김시습이 책들을 불태우고 들어와 스님이 되었다는 오세암에도 들렀다. 스님의 자세한 설명이 아니더라도 저절로 역사의 향기들이 묻어나는 듯했다. 가는 곳마다 차를 얻어 마셨다. 마른 풀을 씹는 것 같았던 차 맛도 조금씩 향기를 풍기더니 어느새 맛과 향기가 씹히기까지 했다.

알쏭달쏭한 여러 스님들의 법문도 야생화 핀 들길을 걷는 것처럼 마냥 편안하고 좋았다. 지붕에서 심심하면 뱀들이 툭툭 떨어진다는 너와집의 염불암에 갔을 때였다. 늙은 스님이 하루 식사를 감자 두 알로 버티며 홀로 참선 중이었다. 마른 나뭇가지처럼 만지면 부러질 것 같은 노승이 잔잔한 목소리로 말했다.

"선방에 들어 풍경소리만 듣고도 어떤 스님은 마당에 내려앉은 새의 종류를 알고, 어떤 스님은 바람의 무늬와 깊이를 알고, 어떤 스님은 바람이 무슨 향기를 실어왔는지를 알고, 어떤 스님은 바람이 어디서 어디를 거쳐왔는지를 안다고 하거늘……. 그런데 어찌하여 나는 아직도 풍경소리도 안 들리고 바람소리도 안 들리냔 말일세. 허허허."

"스님, 처마에 풍경이 없지 않습니까?"

"아니야 있어. 내가 분명히 달아놓았어!"

"……."

노스님을 잔잔히 바라보던 법운스님이 더 이상 말을 잇지 못하고 화제를 돌렸다.

"그런데 스님, 뱀이 많은데 괜찮으십니까?"

"응, 괜찮아. 내가 지들을 해코지 안 하는데 지들이 나를 괴롭히겠나."

"그래도 혹 다치시기라도 하면……."

"아니야, 처음엔 무서워서 줄행랑을 치기도 했는데 이젠 동무처럼 서로 잘 놀아. 하루는 자다 깨어보니 내 배 위에서 하얀 알을 품고 똬리를 틀고 있지 뭔가. 그런 동무를 두고 내가 어찌 떠날 수가 있겠나? 안 그런가? 허허허……."

왜 양철북을 두드리는가

  철북이가 오대산 적멸보궁에서 스님과 함께 기거하면서 며칠을 지내던 어느 날이었다. 스님이 폭포가 있는 깊은 계곡으로 철북이를 데려가더니 물속에 발을 담그며 조용히 말했다. 철북이도 같이 운동화와 양말을 벗고 발을 담근 채 조용히 들었다.

  "철북아, 아직 말할 수는 없지만 내가 곧 어떤 일을 시작할 것 같구나. 쉬운 건 아니지만 끝까지 잘 해야겠지. 그렇게 되면 니 얼굴을 보기가 어려울 텐데, 니는 어떻노?"

  "무슨 일인데예?"

  "그거는 내 나중에 얘기하마."

"오래 걸리는 일이라예?"

"음, 경우에 따라 아주 오래 걸리는데, 어쩌면 세월의 기약이 없을지도 모른다."

"그라머 지는 마 수구암으로 돌아가는 게 좋겠심더. 안 그래도 오랫동안 여행 다녔는데."

"그라머 여기 더 구경하다가 니가 가고 싶을 때 말하거라. 내가 교통편을 알아볼 테니까."

"알겠심더. 근데……."

"근데 뭐?"

"거 곧 스님이 하신다는 일이 혹시 위험하거나 그런 일은 아이지예?"

"허허, 아이다. 걱정 안 해도 된다."

"정말입니꺼?"

"하모! 근데 니는 평소 존경하는 기 누고?"

"그건 와예?"

"혹시 내가 끼어 있으면 빼달라고, 하하."

"스님은 우찌 그리 끝까지 싱겁십니꺼?"

"니도 맨날 풀만 뜯어 묵어봐라. 안 그런가."

"에이~ 고기도 잘만 드시더구만!"

"난 내 대가리에 털 나기도 전에 이자뿐 걸 니는 아직도 등에 업고 있구마, 하하."

"아, 생각났다. 지가 존경하는 기 두 개가 있는데……."

"뭐?"

"첫째는 그리스 신화의 아틀라스고 둘째는 인도 신화의 거북이라예."

"웬 아틀라스와 거북이? 그놈들은 와?"

"둘 다 지구를 등에 지고 있다 아입니꺼. 그래서 지구가 추락도 안 하고."

"니 억수로 통이 크네. 발이 억수로 무겁겠구마."

"등이 아이고 발이라……."

"인도에서는 사람이 죽으면 머리부터 태우고 발은 가장 나중에 태우지."

"……."

"생각하는 머리보다 삶의 무게를 지탱하는 발이 더 중요하다는 얘기겠지. 무릇 사람은 발자국이 깊어야 하는 법."

"……."

"저 폭포 좀 봐."

스님이 손으로 계곡의 폭포 위쪽을 가리켰다. 산골짜기로 내려온 물이 바위에 부딪혀 폭포 아래로 떨어지고, 부서진 물거품이 햇빛에 눈부시게 빛나고 있었다.

"불일암의 법정스님 말씀처럼 저렇게 소용돌이치며 바위에 부서질 때가 가장 찬란한 순간이다. 뭐든 단박에 벽을 뛰어넘으려면 그만큼 아픈 법이지."

"……."

철북이는 법운스님의 입에서 표준말이 나올 때마다 자신도 모르게 긴장이 되곤 했다. 우선 말할 때의 표정과 눈빛도 달랐지만 그만큼 의미를 되새길 수 있는 얘기들이 많았기 때문이다. 지금도 그랬다. 완강한 바위에 온몸을 던져 깨어지고 부서지며 메뚜기처

럼 훌쩍 뛰어넘는 폭포수가 철북이의 머릿속에서 소용돌이치는
것 같았다.

　이틀 뒤에 철북이는 오대산을 떠났다. 떠나기 전에 짐을 싸는데
법운스님이 다가와 무엇을 주었다. 뜻밖에 스님들의 밥그릇인 나
무 발우였다. 아마도 운문사를 떠날 때 은륭스님이 대신 전해준
그 발우인 듯했다. 원래 발우는 스승이 가장 아끼는 제자한테 물
려주는 약속의 징표 같은 것이다. 철북이가 스님의 의도를 간파한
표정으로 쓰윽 째려보며 물었다.
　"설마, 진짜 저보고 중 되라고 주는 건 아이지예?"
　"허허, 아이다. 이 발우가 밥을 대하듯이 항상 그런 마음으로 살
아가라는 뜻이다."
　"밥통이 밥을 대하듯이? 그기 어떤 마음인데요?"
　"항상 따뜻한 온기로 모든 것을 품는 마음 아이가. 알았제?"
　"예……."
　"그라고 학교에 돌아가면 친구들한테도 잘하거라. 와 그래야 되
는 줄 아나?"
　"와요?"
　"그들을 잃지 않기 위해서다 아이가. 그라고 니 적들한테도 잘
해야 된다."
　"그건 또 와요?"
　"그들로 바뀌라는 게 아이고 그들의 마음을 얻기 위해서지. 적
들을 너무 미워하면 니도 그들처럼 변한다. 살다보이 그런 사람
많더라. 내 단점을 알려주는 건 거의가 적들이란 걸 항상 명심하

고. 알았제?"

"예……."

"누구든 경멸하지 말고, 비교하지 말고, 있는 그대로 볼 줄 아는 사람이 난 좋은 친구고, 좋은 사람이라고 생각한다."

"……."

"저 마당에 있는 트럭이 대구 가는 시외버스 정류장까지 데려다줄 끼다. 수구암 스님들한테 꼭 안부 전해주고."

"스님도 몸 조심하이소. 술도 좀 줄이고요."

"허허허, 그래 알았다."

"그라고 제발 거 양아치처럼 깡소주 좀 나발 불지 마시고요! 멋대가리 하나도 없더만."

"우하하하, 알았다 이놈아!"

"그라머 진짜 믿고 갑니데이~."

"해 떨어지것다. 빨리 가거라."

스님이 가다 배고플 때 요기하라며 두둑한 여비까지 주머니에 찔러주었다. 철북이는 자꾸 눈물이 나오려는 걸 참고 또 참았다. 철북이는 마당 입구의 트럭으로 가다 갑자기 뒤돌아서 스님한테 뛰어갔다.

"참, 스님 한 가지 깜빡 잊어버린 기 있는데요?"

"뭐 잊어버렸노? 편지?"

"그게 아이라 거 오스카가 와 성장을 멈추고 난쟁이가 되어버렸십니꺼?"

"아, 그거야…… 잔인한 나치 세상에 대한 저항 정신 아이겠나. 자라서 어른이 돼봐야 학살자나 동조자로 변할 테고……."

"그라머 양철북은 와 자꾸 두드립니꺼?"

"그런 세상에 침묵하고 방관하는 자들의 의식을 두드리는 영혼의 북소리 아이겠나. 니가 집에 도착할 때쯤이면 그 북이 《데미안》의 알 같은 존재라는 것도 스스로 깨닫게 될 끼다."

"……."

"그리고 오스카처럼 눈알에 힘을 한번 팍 주면 교실 유리창도 와장창 박살날 끼다."

"……."

"앞으로 넌 펜으로 힘껏 북을 쳐라. 양철북, 이름대로 그게 니 팔자다. 단, 글을 쓸 때는 항상 연필을 뾰족하게 깎아서 쓰고."

"……."

"이제 가보거라. 운전사 양반과 스님이 너무 기다리신다."

철북이는 한순간 몸으로 북을 치면 안 되겠느냐고 물어보려다가 그만 두고 트럭으로 달려갔다. 트럭이 절을 벗어나 계곡 아래로 덜컹거리며 달릴 때야 비로소 눈물이 왈칵 쏟아졌다. 눈물이 그치지 않자 옆자리에 함께 타고 있던 스님이 미소를 띤 채 손수건을 꺼내주었다. 그동안 우리 옆방에 있어서 잘 알고 지내던 스님이었다.

"학생, 마음이 많이 아픈 모양이구먼. 어려운 일이긴 하나 너무 걱정하지 않아도 되네."

"예? 무슨 말씀인지……."

걱정하지 않아도 된다는 말이 무슨 뜻인지 몰라 철북이가 반문하자 스님이 약간 당황하는 기색이었다. 무슨 일인지 철북이가 계속 조르자 한참 침묵을 지키던 스님이 입을 열었다.

"스님들의 수행 방법에는 여러 가지가 있지. 토굴 속의 면벽참선도 있고 잠을 자지 않는 용맹정진도 있고. 그중에서도 구도와 신심의 극치라고 할 수 있는 게 바로 혈사경(血寫經) 작업이네."

"혈사경 작업? 그게 뭔데예?"

"쉽게 얘기하면《화엄경》같은 부처님 경전들을 혈서로 옮겨 쓰는 것이지."

"손가락을 베어서 말입니꺼?"

"그렇지.《화엄경》에 보면 이런 구절이 나오네. '부처님이 살갗을 벗겨 종이로 삼고, 뼈를 쪼개 붓으로 삼고, 피를 뽑아 먹물로 삼아서 경전 쓰기를 수미산만큼 하였다'라고. 부처님의 말씀을 수를 놓듯 한 글자 한 글자 옮겨 쓰며 그 뜻을 눈과 입과 가슴으로 새기는 치열한 수행 방법이지. 옛날 중국의 무하스님 같은 분은 28년 동안 혀와 손가락을 벤 핏방울로《화엄경》을 무려 81권이나 썼다네."

"그라머 법운스님도 손가락을 벤 피로《화엄경》을 쓰신다는 말입니꺼?"

"뜻이 워낙 강하니 어쩌겠는가. 법운스님을 말릴 수 있는 사람은 아무도 없다네."

"어, 언제부터예?"

"글쎄, 조만간 시작할 눈빛이었어."

철북이는 시종 가슴이 떨리면서 입이 다물어지지 않았다. 눈물은 이제 쏙 들어갔는지 얼굴이 바싹 말라 있었다. 이 절에 올 때부터 줄곧 뭔가 불안하고 심상찮다 했더니, 결국 스님이 일을 내고야 말 모양이었다. 이제 헤어지는 아쉬움은 싹 달아나고 스님이 그러다 쓰러지지 않을까 걱정되기 시작했다. 손끝을 차례차례 베어가며 붉은 핏방울로 하나씩 써내려가는 모습이 떠오르자 머리에 현기증이 일어나는 듯했다. 앞으로는 어딜 가나 잠도 오지 않을 것 같았다. 그런 철북이 마음을 아는지 모르는지 트럭은 비포장도로를 덜컹거리며 잘도 달렸다.

저녁 무렵이 다 되어서야 철북이는 수구암으로 돌아왔다. 골짜기를 올라올 때 포도밭 원두막을 슬쩍 훔쳐보았다. 할아버지만 있고 송화는 보이지 않았다. 수구암은 철북이가 떠나기 전과 마찬가지로 여전히 그대로였다. 외할머니 견성스님은 채마밭에서 잡초를 뽑고 있었고 최낙수는 모기장 안에서 법전을 뒤적거렸다. 철북이가 해인스님에게 운문사 은륭스님의 편지를 전해주었다. 해인스님이 활짝 웃으며 철북이에게 쪽지 하나를 건넸다. 갑자기 떠나게 되었다는 송화의 짧은 글과 주소가 적혀 있었다.

민간인 오빠!
갑자기 엄마가 아프다고 해서 서울로 떠나요.
다음에 만날 때는 오빠가 알을 다 깨고
새로운 사람이 되어 있으리라 믿어요.
앞으로 포도 볼 때마다 오빠 생각이 날 거예요.
이제부터 난 다른 과일은 안 먹고 포도만 먹을 거예요~! 하하.

"이 가시나, 쪼매만 더 기다릴 것이지……. 그럼 내가 그동안 있었던 재미있는 얘기를 엄청 들려주었을 텐데……."

철북이는 혼자 중얼거리며 서운한 생각이 들었다. 눈시울이 뜨거워졌다. 비록 짧은 순간이었지만 정이 많이 든 것 같았다. 철북이는 꽃잎 다루듯 쪽지를 곱게 접었다.

그리고 며칠 뒤에 수구암을 떠났다.

달걀은 어떻게 깨어지는가

방학이 끝나고 3학년 2학기가 시작되었다. 그때부터 철북이는 모든 것을 대학 합격으로 집중했다. 사실 대학은 가정형편상 포기한지 오래되었지만, 올해 초 대구의 유정다방에서 안도현이를 만나면서부터 생각이 달라졌다.

"형은 어느 대학 갈 끼요?"

"서울의 ○○대에 가고 싶지만서도 돈 없어 못 가."

"에이~ 거기 전국고교현상문예에 당선돼뿌면 1학년 등록금은 면제라카던데?"

"뭐? 그기 진짜가?"

"그라고 언제든 등단만 해뿌면 그때부터 졸업 때까지 몽땅 꽁짜고……."

"그라머 시험은?"

"본고사는 면제고 예비고사 서울 까또라인만 넘으면 된대요."

대구 대건고 2학년인 도현이는 철북이 눈에 자기 빼고 전국에서 시를 제일 잘 쓰는 학생이었다. 그래서 겉으로는 친하지만 속으로는 항상 촉각을 곤두세우는 유일한 라이벌이기도 했다.

"아, 그라고 희소식 하나가 더 있심더."

"희소식? 뭔데?"

"그 대학은 지랄같이 응모 자격이 3학년만 된다캅니더."

"우하하하!"

도현이 말이 끝나기 무섭게 철북이가 한바탕 통쾌하게 웃었다. 도현이는 2학년이라 자격 미달이었다. 철북이와 도현이는 서로를 보며 회심의 미소를 지었다. '문학사관학교'로 불리는 ○○대 전국고교현상문예는 전국 모든 고교 문사들의 정복 대상 1순위였다. 그만큼 치열하고 물러설 수 없는 결정적 승부처라 라이벌끼리 맞장을 뜨지 않는 게 천만다행이 아닐 수 없었다.

"그거 진짜 당선보다 더 좋은 희소식이구마. 사실 속으로는 니가 디게 신경 쓰였는데, 인자 따 놓은 당상이네, 뭐. 하하하!"

"아~ 씨바, 거기서 형과 한판 붙을라캤더니 틀렸네, 하하. 암튼 이번은 형 밥상이고 다음은 내 꺼니까 몇 년 뒤 ○○대에서 보입시더. 둘이서 기성 문단을 평정해야 안 되겠십니꺼."

"그래, 같이 다니며 다 뽀개고 다 엎어버리자."

철북이는 도현이로부터 이른바 ○○대 '문예장학생' 제도의 특전을 들은 순간부터 갑자기 눈앞에 태양이 수십 개가 뜨고 졌다. 그런데다 도현이까지 응모 규정상 자격 미달이니 태양이 또 수십 개나 더 뜨고 졌다. 이제 어느덧 3학년 2학기도 되었으니 시가 좋아서가 아니라 오직 '대학 공짜'라는 절박한 이유 때문에 사생결단으로 쓸 수밖에 없었다. 배수진을 치고 밤마다 시와 소설을 쓰느라 피가 말랐다. 아침이면 뇌수가 다 빠져나간 듯 머리가 텅 비었다. 초가을에 ○○대학 등 세 곳의 공모전에 보내고, 또 상금이 10만원이나 되는 유명한 '학원문학상'에도 응모했다. 초조한 시간이 흘렀다.

마침내 10월에 발표가 났는데 다행히 모두 당선되었다. 응모자격 제한이 없는 학원문학상은 대구의 안도현이와 나란히 당선되었다. 심사위원인 김현 문학평론가와 황동규 시인의 호평 때문에 철북이는 겨드랑이에 날개라도 돋은 듯했다.

그리고 11월 초에 벼락치기 공부로 예비고사를 쳐서 '서울 커트라인'이라는 마지막 관문도 무사히 넘었다. 현상문예 당선자는 본고사 면제라고 했으니 그토록 꿈에 그리던 ○○대 국문과 특차 합격이었다. 선생님들은 모두 기적이라 했지만, 예비고사 한 달 전 학교 대신 동대신동 학림독서실에서 숙식하며 오랜만에 코피를 쏟은 덕분이었다. 코피 쏟은 건 중학교 때 고입 연합고사 전 한 달 동안 공부한 이후 처음이었다. 벼락치기는 언제나 피를 불렀다.

친구들이 머리를 쥐어뜯으며 본고사를 준비하는 사이 철북이는 휘파람을 불며 여행을 다녔다. 다만 뜻하지 않은 불미스런 사건 하나로 한동안 마음고생을 하기도 했다. 철북이는 교내시화전 때

행사비 예산 횡령과 시화 패널 제작비를 부풀려 폭리를 취한 선생님을 교무실로 찾아가 비리 증거물들을 제시하며 조용히 따졌다. 행사 담당 책임자는 강구(바퀴벌레)라는 별명의 미술 선생님이었다. 그런데 증거물들을 본 강구 선생님은 사과하기는커녕 도리어 분기탱천해 철북이를 건방지다며 복도 구석으로 끌고 나갔다. 그러고는 뺨을 때리고 복부를 걷어차고 머리를 벽에 수차례 찧었다. 애초에 철북이가 바란 건 단지 잘못을 인정한 선생님의 사과 한마디 정도였는데, 전혀 그게 아니었다. 몸이 불처럼 뜨거웠다가 다시 얼음처럼 차가워진 철북이는 어느 순간부터 차분하게 저항했다.

"잘못은 선생님이 하셨는데 왜 제가 맞아야 합니꺼?"

"이 자슥아, 그라머 니가 내 때리면 되잖아!"

"선생님이 잘못을 인정하시고 사과 한마디만 하시면……."

"이 건방진 새끼가 조디 놀리는 거 봐라!"

강구 선생님이 구둣발로 철북이의 촛대뼈를 힘껏 걷어찼다. 철북이가 얼굴을 일그러뜨리며 짧은 비명을 질렀다.

"이 새끼야, 잘못한 놈이 맞는다며? 자, 니가 때려봐! 자, 자!"

"……."

강구 선생님이 놀리듯 철북이 코앞으로 다시 얼굴을 바짝 들이대며 복도가 쩡쩡 울리도록 소리쳤다.

"안 쳐? 때릴 용기도 없는 새끼가 조디만 까져서……."

철북이가 잠시 선생님의 얼굴을 무심한 표정으로 보더니 천천히 한 발짝 뒤로 물러났다. 그러고는 오른손을 바지 주머니에 넣으며 깊이 허리 숙여 절을 했다.

"그라머 선생님이 거듭 허락도 하셨으니 잠시 실례하겠심더."

정중하게 인사한 철북이가 고개를 들자마자 재빨리 오른손을
뿌렸다.

"퍽!"

둔탁한 소리와 함께 강구 선생님의 얼굴이 깨진 달걀로 노랗
게 변했다. 달걀이 깨졌다. 하나의 세계가 파괴되었다. 단지 손 안
에서 밖으로 나왔을 뿐인데, 조금 전까지의 완전했던 형태가 전
혀 다르게 바뀌었다. 변화는 순식간에 왔다. 선생님 얼굴에 묻은
달걀 껍데기의 파편들을 보자 철북이는 첫 동정을 잃었을 때처럼
슬펐다. 달밤에 홀로 쇠똥을 굴려가는 쇠똥구리처럼 장엄하도록
슬펐다. 철북이가 알을 깬 것은 처음이었다. 물론 철북이는 짐승
으로 변한 강구 선생님한테 그 알보다 더 깨졌다. 하나의 세계를
깨기 위해서는 자신이 먼저 더 깨질 각오를 하지 않으면 안 된다.
그리고 달걀은 완전한 세계가 아니라 언제나 파괴될 수 있는 것
이다. 변화는 항상 파괴 뒤에 오는 것이다. 철북이는 이날 흘린 눈
물의 양만큼 깨달았다.

나중에 강구 선생님이 철북이를 졸업사정회에 회부했고 징계
문제로 교무회의가 열렸다. 졸업이 보류되면 대학 합격도 물거품
이 되었다. 그리고 학생의 불명예는 곧 학교의 불명예이기도 했
다. 그런 사실이 외부로 알려질 걸 우려한 학교 측은 고심하더니
결국 반성문을 제출하는 선에서 조용히 매듭지었다.

그러나 철북이는 반성문을 쓰지 않았다. 달걀을 깨는 것은 곧
자신을 깨는 것이고, 자신을 깨는 것은 곧 앞으로 어떤 것이든 깰
수 있다는 것이다. 그것은 반성할 일이 아니었다. 더구나 달걀이

라는 하나의 세계를 첫 동정을 바치듯 깨지 않았던가. 그것은 반성의 문제가 아니라 도끼로 단숨에 얼음장을 깨듯 자유의지를 확인하는 존재론적인 문제였다. 그와 동시에 겨울의 빙어들이 머리로 얼음장을 툭툭 치며 지나가는 소리만큼이나 장엄한 내면의 북소리였다.

졸업을 앞둔 어느 날 학교로 편지 한 통이 날아왔다. 오대산 적멸보궁에서 보낸 법운스님의 편지였다. 철북이는 가슴이 너무 벅차 눈시울이 뜨거워졌다. 시끄러운 수업 시간에 읽는 건 스님에 대한 예의가 아닐 것 같아 도서관으로 갔다. 도서관 서고는 철북이의 유일한 자궁이자 망명지였다. 편지를 읽는 철북이의 가슴이 배롱나무 꽃잎처럼 잔잔하게 떨렸다.

철북이에게

우리들의 삶이란 높고자 하는 산과
낮고자 하는 물이 서로 인연으로 만나
세상으로 흘러드는 강물처럼
그렇게 덧없이 흘러가는 것이 아니겠느냐.
너와 나의 인연 또한 그런 것이 아니더냐.

500년마다 한 번씩 스스로 향나무를 쌓아 불을 피운 다음
그 불 속에 뛰어들어 타 죽고
그 잿더미 속에서 다시 어린 새로 거듭 태어나는

신비로운 향나무새가 있다.
나는 지금 그 향나무새와 같은 심정으로
혈사경을 쓰고자 한다.
멀고 험한 길이니 깨달음 또한 많을 것이다.

끝을 뾰족하게 깎으면 정의로운 창이 되고
구부리면 밭을 일구는 호미가 되고
구멍을 뚫으면 아름다운 피리가 되고
지난 세월 붙잡아 나이테를 남기지 않고
안을 비워 더욱 단단해지는 대나무처럼
네 몸과 마음을 항상 걸림이 없도록 하여라.
그리하여 네가 어디에 있든 작고 낮고 가볍고
그리고 느린 것들의 두 손을 번쩍 들어주며
그들의 이름을 크게 불러주는 사람이 되거라.
절대고독의 중심에 우뚝 선 자
그가 곧 수도자요, 작가가 아니겠느냐.

너를 보고 싶어 하는 갈증을 적시기라도 하듯
지금 선방 밖으로 비가 내린다.
떠도는 구름이 쉴 곳을 찾아 땅으로 내려오면
비는 깨달음의 법수(法水)가 된다.
깨달음은 마치 산에서 내린 빗방울들이
골짜기에 모여 개울이 되고
다시 강으로 합류해 바다로 가는 것과 같다.

누구에게나 똑같이 내리는 이 비를 맞는 자는
빗방울 속의 바다를 찾아 멀고 험한 길을 고행하고
그러다 마침내 문득 자신이 깨달음의 바다에
도달해 있음을 발견하게 될 것이다.
그때까지 네가 네 스스로를 버리지 않는 한
아무도 너를 버리지 않을 것이다.

나는 앞으로 네가 시인으로 살아가게 될 것을 믿는다.
무릇 시인은 시를 쓸 때마다 언제나 최후의 한 사람이므로
항상 백척간두에서 한발 내딛는 마음으로 쓰게 될 것도 믿는다.
너에 대한 한결같은 그리움으로 이 편지를 쓴다.

                    1978년 12월 31일
                    오대산 적멸보궁에서 법운 합장

　다음 해 봄, 철북이는 자기가 꿈꾸던 대학교에 문예장학생으로
입학했다. 하얀 목련과 벚꽃들이 자욱하게 핀 캠퍼스에서 그는 고
등학교 때처럼 여전히 책을 탐독했고, 시도 부지런히 써서 시인으
로 등단도 했다.

　그러나 꽃이 아름다울수록 그늘은 더욱 깊어지는 법이다. 세상
은 갑자기 지진이 일어난 듯 요동쳤고 모든 게 혼란스러웠다. 부
마항쟁과 대통령 암살사건에 이어 탱크들이 광화문으로 진격하
더니, 이듬해 봄에는 광주에서 영문 없이 동백꽃들이 일시에 떨어
졌다. 잿빛으로 변한 캠퍼스는 강물이 점점 불어나 소용돌이쳤다.
철북이는 조용히 도서관을 나와 거대한 강물의 소용돌이에 몸을
던졌다. 그때부터 미사여구의 시 대신 격문을 써서 유인물을 뿌렸
고, 졸업 세 달 전에는 학생들에게 광주의 진실을 널리 알리기 위
해 지하신문을 은밀히 만들었다. 허름한 을지로 인쇄 골목에서 찍
은 1만 부를 교내외에 기습적으로 뿌리고 수배되었다.

　이날부터 철북이의 긴 도피가 시작되었다. 수배 초기엔 멀리 울
산으로 내려가 백무산 시인이 마련해준 전하동 은신처에 머물면
서 한동안 빵집 시다로 일하다가 서울로 올라왔다. 서울에선 또

선배 고광헌 시인과 선일여고 부근에서 함께 자취하며 도피자금 확보를 목표로 대하 역사소설을 대필했다. 철북이는 낙원동 사무실에 출근해 날마다 원고지에 60~70매씩 썼는데, 단편소설을 하루 한 편씩 쓴 셈이었다. 아주 좋은 문장 훈련의 기회였지만 그만큼 피 마르는 일이기도 했다. 그 무렵 일어난《민중교육》지 사건으로 신변이 불안한 선배와 헤어진 다음, 역촌동 옥탑방에서 혼자 자취하며 민청련 선전국에서 〈민중신문〉과 간간히 〈민주화의 길〉을 만들었다. 소설 대필 사무실에서는 철북이를 최성우라 불렀고, 선전국에서는 이훈으로 불렀다. 철북이의 도피 시절은 그렇게 몇 년이 넘도록 살얼음 위를 걷는 것 같은 긴장의 연속이었다.

다음해 여름, 어쩌면 평생 자신의 인생을 좌우할지도 모를 운명의 그림자가 철북이에게 다가왔다. 40년 동안 은폐된 제주 4·3사건의 진실을 폭로하는 시를 써달라고 북아현동 모 출판사 대표가 제의해온 것이다. 전혀 예상치 못했던 철북이는 멍한 표정으로 눈만 껌벅이며 한동안 말을 잇지 못했다. 옆에는 고교 동기인 신형식 편집장이 철북이의 표정을 살피며 가만히 지켜보고 있었다. 모두 사안의 중대성을 공감하는 듯 무거운 침묵만 흘렀다.

한참 후 창밖만 계속 멍하니 바라보던 철북이는 하루만 시간을 달라고 조용히 말하고 역촌동 옥탑방으로 돌아왔다. 그러고는 출판사에서 참고 자료로 준 '제주도 피의 역사'라는 두꺼운 번역 원고를 읽었다. 미군 지휘 하의 군경토벌대와 서북청년단의 양민학살이 생생하게 기록되어 있었다. 얼핏 고3 때《창작과 비평》잡지에서 읽고 전율했던 현기영의 소설《순이삼촌》이 스쳤다. 제주도 전체 인구의 30퍼센트가 죽은, 한마디로 '한국판 아우슈비츠'였다. 이 땅에 이런 끔찍한 일이 있었다니……. 철북이는 폭탄을 맞은 듯 충격을 받았다. 원고지 한 장 넘길 때마다 수백 명씩 죽었다. 남녀노소 막론하고 무차별이었고 이유를 알고 죽은 것은 극소수였다. 심장이 떨리고 비명소리가 절로 나왔다.

그런데 이 삼엄한 군사독재 시대에 40년이나 숨겨온 학살사건을 시로 써서 세상에 폭로한다는 것은 누가 봐도 폭탄을 안고 불 속으로 뛰어드는 것만큼 위험한 일이었다. 사회과학 출판사의 최전선으로 알려진 곳에서 번역본 대신 시적 형식으로 우회하려는 것만 봐도 충분히 짐작되었다. 물론 단순히 번역본으로 내는 것보다 시로 써서 진실을 알리면 훨씬 대중적 파급력이 클 것 같다는 출판사 대표의 말도 일리는 있었다. 그렇다 하더라도 폭탄은 폭탄이었고, 더구나 정작 그걸 안고 불 속으로 뛰어드는 일은 또 다른 문제였다. 사실 그 번역 원고는 한 달 전 철북이가 우연히 입수해 출판사에 넘긴 것이기도 했다. 그러니까 이제 철북이는 졸지에 단순 폭탄운반책에서 폭탄제조책으로 바뀌어 위험수위 1번이 되는 것이다. 철북이는 솔직히 폭탄이 터진 뒤의 후환이 두려웠고, 도저히 그 후폭풍을 감당해낼 자신이 없었다. 그리고 이런 진퇴양난의 숙제가 그 많은 사람들 중 하필 자신에게 주어졌다는 사실이 원망스럽기까지 했다.

폭탄을 받느냐, 마느냐…….

쓰느냐, 마느냐…….

밤새도록 지진 같은 분열과 갈등이 일어났다. 굳이 내가 왜 이 위험한 짓을……. 그렇잖아도 수배된 몸으로 내 나름대로는 열심히 조직사업을 하고 있는데……. 또 내가 거절하더라도 출판사는 어떤 식으로든 내게 되겠지……. 혹 그 흔한 간첩단 조작사건으로 엮어 10년 이상 감옥살이라도 한다면……. 그래서 나이 새파란 스물일곱에 구속돼 마흔 넘은 중년에 석방된다면……. 또 수배로 몇 년 동안 보지 못한 부모님은……. 이렇게 외부의 나와 내부의 또 다른 나가 서로 격렬하게 싸우는 마음의 전쟁이었다.

열어놓은 옥탑방 문밖으로 새벽이 희미하게 밝아오며 비가 세차게 내렸다. 빗속을 뚫어지게 응시하던 철북이가 갑자기 뭔가에 홀린 듯 벌떡 일어났다. 그러고는 비를 맞으며 연신내를 지나 진관사 쪽으로 달렸다. 마음이 복잡하고 소용돌이칠 때마다 혼자 찾던 절이었다. 절 입구에 이르자 새벽예불 중인지 둥~ 둥~ 둥~ 하고 북소리가 울려왔다. 그 순간 벼락 치듯 고등학교 때 본 김지하 시인의《오적》이 번쩍하며 철북이의 머리를 쳤다. 고2 때 골방에서 낡은《오적》복사본을 읽고 충격 받아 혼자 중얼거린 기억이었다.

"아~ 씨발, 이런 시를 써야 진짜 시인이지! 나도 이런 걸 쓸 수 있을까……."

뒤이어 면도날로 손가락을 베어 붉은 피로 화엄경을 전부 베껴 쓴 법운스님의 '혈사경 수행'이 떠올랐다. 철북이 고교 시절의 감수성을 지배한《오적》과 '혈사경'이라는 두 정신적 화두가 천둥처럼 울리며 그의 영혼을 감전시켰다. 8년 전 오대산 적멸보궁에서 헤어질 때 당부한 법운스님의 말도 떠올랐다.

"앞으로 넌 펜으로 힘껏 북을 쳐라. 양철북, 이름대로 그게 니 팔자다. 단, 글을 쓸 때는 항상 연필을 뾰족하게 깎아서 쓰고."

빗속에 꼼짝 않고 서 있던 철북이 머릿속으로 온갖 상념들이 비처럼 내렸다. 폭탄이 하필 나한테 날아온 것은 거창한 명분 이전에 어쩌면 계획된 운명의 실수일지도 모른다. 그러니 그것조차도 거부한다면 앞으로 이 세상은 어떠한 문도 열어주지 않을 것이다. 물론 폭탄이 터지는 것도 운명의 실수일 것이다. 백척간두는 지금이 순간의 내 자리이고, 한 발 내딛는 것도 지금 이 순간의 내 운명일 것이다. 운명은 체념이 아니라 자신을 객관화시키는 현실 속으로 들어가 그 바닥을 치고 다시 치솟는 장엄한 절대고독 같은 것일지도 모른다. 운명은 그런 것이다. 먼저 본 자가 먼저 그리고, 먼저 안 자가 먼저 쓰는 것. 이번엔 내가 먼저 알았으니 내가 먼저 쓸 수밖에 없다는…….

대못 같은 비는 여전히 그치지 않았다. 한참 뒤 철북이의 마음속에서 그동안의 소시민적 잡념들이 하나씩 거품처럼 가라앉기 시작했다. 비가 자욱한 진관사 입구에서 철북이는 몸을 돌렸다. 그때부터 겨울까지 몇 달 동안 옥탑방에 칩거하며 200자 원고지에 〈한라산〉이라는 제목의 긴 서사시를 썼다.

혓바닥을 깨물 통곡 없이는 갈 수 없는 땅
발가락을 자를 분노 없이는 오를 수 없는 산
…….

그것은 시가 아니라 긴 비명이자 통곡이었다. 밤마다 시체들이 매장되는 악몽의 연속이었다. 철북이는 살아도 살지 못하고 죽어도 죽지 못한 자들을 위해서라면, 악마에게 영혼을 팔아서라도 좋은 시를 쓰고 싶었다. 또 영혼을 판 대가로 악마가 지정한 날에 죽는다 할지라도 그 역시 기꺼이 감수하고 싶었다. 그렇지만 철북이는 자신의 영혼이 〈한라산〉을 쓸 때만큼은 자기 생애 처음이자 마지막으로 가장 정직하고 가장 지극한 영혼이었음을 믿었다. 눈 오는 날, 철북이는 완성된 〈한라산〉 1부 원고를 넘기면서 젊은 사장에게 조용한 목소리로 딱 한마디 했다.

"이거, 내 모가지 걸고 쓴 거니까 잘 지키시오."

다음 해 벚꽃이 피던 봄날, 철북이의 서사시는 고교 후배인 박종철의 고문치사사건으로 세상이 잔뜩 긴장하고 있을 때 《녹두서평》이라는 잡지에 발표되었다. 폭탄이 터졌고, 세상이 발칵 뒤집혔고, 출판사는 초상집으로 변했고, 그는 다시 긴급 수배되었다. 여러 정보기관에서 조작된 '양철북 체포조'의 포위망이 점점 좁혀졌다. 체포요원에겐 현상금 외에 '2계급 특진'이라는 내부 포상이 걸려 있어 더욱 혈안이 되어 있다고 했다. 또 어쩌면 항간에 은밀히 떠도는 흉흉한 소문이 사실인지도 몰랐다. 안기부가 12월 '대선용 용공조작사건'을 기획하고 있는데, 그 그림의 정점에 '빨갱이 시인' 양철북을 수괴로 앉혀 제물로 삼겠다는 것이었다. 비록 뜬소문들이긴 했지만 철북이 입장에서는 단지 듣는 것만으로도 등골이 서늘했다.

얼마 후 그는 출판사 대표와 편집장이 붙잡혀 남영동에서 조사받고 있다는 소식을 들었다. 또 보안사에선 철북이의 고교 같은 반 동기까지 체포조를 짜 잡으러 다니기도 했다. 하루는 철북이가 인천의 한 노동자를 만나러 성균관대 정문 앞 카페 '메카'로 갔다. 50여 명의 안기부 요원들이 카페 주위에 잠복해 있었다. 노동자는 이미 체포된 상태였고, 다행히 그의 은밀한 신호로 철북이는 위기를 모면할 수 있었다.

거리는 6월 항쟁으로 타올랐고 여름으로 접어들자 추적자들의 그물은 더욱 촘촘해졌다. 6·29직선제 선언 이후 정부에서는 수천 명의 수배자들 중 약 40여 명만 제외하고 모두 수배를 해제한다고 발표했다. 신문에 난 40여 명의 수배자 명단에는 철북이 외에도 《녹두서평》 잡지에 글을 발표한 필자가 거의 절반에 가까웠다.

그런 상황에서도 철북이는 가끔 무모하리만치 대범해지기도 했다. 어느 날 오후 여름 양복에 넥타이를 매고 신촌 세브란스병원 영안실로 간 것이다. 불의의 교통사고로 숨진 채광석 문학평론가의 조문이었다. 그는 철북이의 〈한라산〉 원고를 발표 전에 본 유일한 외부인이었다. 그때 어깨를 토닥여주며 격려해준 걸 철북이로서는 도저히 잊을 수 없었던 것이다. 물론 영안실 주변에 각 기관들의 체포조가 잠복해 있을 수도 있었다. 그러나 채광석의 영안실에 감히 〈한라산〉의 양철북이가 조문 온다고 생각할 만큼 기관원들이 멍청하지는 않다고 판단했다. 철북이는 단지 역으로 그 허를 찔렀을 뿐이었다. 또 그때까지는 어느 누구도 철북이를 〈시운동〉 출신의 '이 릉'이라는 시인으로만 알았지, '양철북'이라는 사실은 전혀 몰랐다.

양철북의 정체가 전국에 알려진 날은 철북이가 가장 비감했던 날이기도 했다. 대선 정국으로 어수선한 초가을 어느 날, 갑자기 조간신문과 텔레비전 뉴스에 '한라산 필화사건'이 일제히 터졌다. "양철북, 그는 누구인가?"라는 신문기사 별면에서는 본명부터 필명, 학력까지 자세히 다뤘다. 철북이도 그날 우연히 마포의 한 출판사에 잠깐 들렀다가 신문을 보고 알았다. 출판사 사무실에는 여러 유명 작가, 시인들이 북적거렸다. 그들은 여러 신문에 난 철북이 기사를 보며 깜짝 놀라더니, 이내 하나둘씩 힐끗거리며 자리를 뜨기 시작했다. 물론 오랫동안 한라산의 저자가 '고첩(고정간첩)'이나 '빨치산'이라는 이상한 소문만 듣다가 뜻밖에 당사자와 맞부딪치자 충분히 당혹스러웠을 법도 했다. 또 어쩌면 괜히 인화성이 강한 물질 옆에 있다가 유탄을 맞을 수도 있을 것이다.

철북이는 자신에 대한 신문기사를 몇 개 오려 안주머니에 넣은 다음 조용히 사무실 밖으로 나왔다. 이때 젊은 이승철 시인이 뒤쫓아와 아무 말 없이 손을 잡으며 철북이 주머니에 지폐 여러 장을 슬며시 찔러주었다. 철북이는 이 시인의 따뜻한 손의 온기를 느끼며 횡단보도를 건너자마자 골목길로 틀었다. 가슴이 섬진강 댓잎에 베인 듯 쓰라렸다. 동료 작가와 시인들의 외면과 침묵이 슬펐다. 가슴속으로 찬바람이 불면서 술이 당겼다. 아픈 상처는 술로 소독되지만 쓰라린 상처는 술로 소독되지 않는다는 것을 알면서도 술집으로 갔다. 철북이는 허름한 가게 구석 자리에서 두부김치를 안주로 소주를 마셨다. 그런데 몇 잔 마시지도 않았는데 갑자기 텔레비전에서 음산한 배경음악으로 사건 전말과 철북이 얼굴 사진을 보여주며 긴급 수배한다는 뉴스가 나왔다. 소주잔을 든 철북이의 손이 파르르 떨렸다. 철북이는 천천히 일어나 최대한 침착하게 주인과 손님들의 눈치를 살피며 밖으로 나왔다.

그날 이후 철북이는 함께 활동하는 사람들 외에는 일절 만나지 않았다. 이미 정체가 드러났으니 자칫하면 자신으로 인해 다른 사람들이 피해를 볼 수도 있었기 때문이다. 시간이 갈수록 철북이는 더욱 숨이 막혔다. 인천 부평에서 함께 학습하며 활동하던 노동자 수십 명이 안기부에 잡혀 두 달째 조사 받고 있는데, '양철북의 은신처'를 집중적으로 추궁한다는 소식이 들려오기도 했다. 사면초가였고 진퇴양난이었다. 모든 사람들이 자신을 잡는 추적자처럼 보였고, 어둠조차도 검은 복면을 한 것 같았다.

그해 가을, 철북이는 아침 일찍 합정동 네거리 부근의 아지트로 갔다. 이날은 중요한 약속이 집중된 날이었다. 아침엔 합정동 모교회에서 유시민 등의 조직원들과 전태일추모제 회의를 하고, 점심 땐 광화문의 카페에서 인천의 선배 노동운동가와 토론하고, 저녁엔 대한극장 옆에서 민청련 선전국의 한홍구, 박순섭, 이정우 등과 반미 문제 최종 토론을 하기로 되어 있었다. 그런데 철북이는 합정동의 아침 회의를 마치고 다음 약속 장소인 광화문에 가자마자 체포되고 말았다. 유도선수 같은 수십 명의 대공요원들과 여러 대의 검은 승용차들이 대기하고 있던 걸로 보아 이미 선배와 내통한 듯했다. 추적자와 도피자의 경계가 무너지는 지점, 자리도 아수라장으로 변했고 철북이도 피투성이로 변했다.

컴컴한 터널 같았던 오랜 도피생활이 끝나는 순간이었다. 막상 손목에 수갑이 채워지자 철북이는 자신도 모르게 "휴~" 하고 긴 안도의 한숨이 새어나왔다. 수배 4년의 고단한 세월과 긴장감이 절벽 사이로 타고 가던 외줄이 뚝, 끊어졌을 때처럼 오히려 마음을 홀가분하게 했다. 손을 움직일수록 수갑이 더욱 조여들었다. 철북이는 물끄러미 자기 손을 내려다보았다. 펜으로 영혼의 북을 두드려야 할 손이었고, 연필을 뾰족하게 깎아야 할 손이었다. 체포되어 끌려가는 철북이 머리 위로 날개를 다친 새 한 마리가 힘겹게 날았다. 오래전 《데미안》의 알을 깨고 나온 그 새인지도 몰랐다. 잠시 햇빛 속으로 상처 입은 새가 눈부시게 빛났다가 사라졌다. 검은 승용차 속에 구겨 넣어진 철북이의 얼굴에 사형수처럼 검은 천이 씌워졌다. 문득 철북이의 귀에 법운스님의 음성이 환청처럼 들렸다.

"네가 네 스스로를 버리지 않는 한 아무도 너를 버리지 않을 것이다."